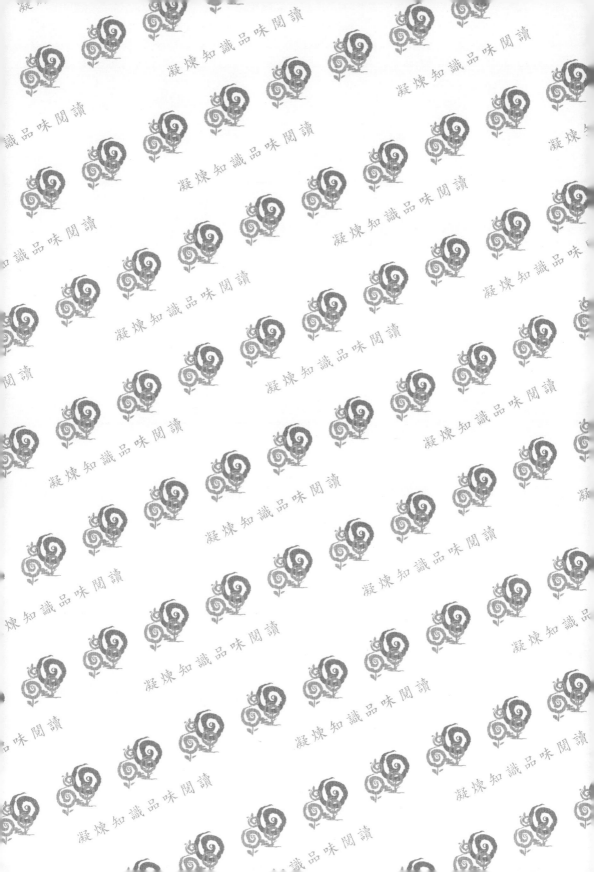

吳承恩與《西遊記》

高桂惠 著

五南圖書出版公司 印行

序

一個故事可以走多遠？挖多深？《西遊記》一百回的小說文本，文本化前後的路，走了好幾百年，甚至更久……。

後經典時代再一次打開經典來閱讀，到底意味著什麼？是一個古代長時間雅俗文化共同累積的故事，再一次對新世代召喚想像力，還是另一種經典生命的再生與故事的延伸？所謂延伸，是當代意義的延伸，還是古典意義的新生？正如近日網路鄉民對經典「新說」那樣？

《西遊記》的研究與傳播已經累積相當豐碩的成果，作爲一位學術工作者與讀者的交界，常常使我想像自己立足點與出發之後的路徑。正如多年前參與中央研究院近代史研究所「禮教與情欲」工作坊，主持人前副所長熊秉眞曾經告訴我：「參加這個跨領域團體，同領域的學者會不理解妳；而不同行的學界會批評妳。」曾幾何時，跨領域叫得滿天價響。

為了寫這本書，再一次細讀《西遊記》，整理過往的學術研究，心裡暗暗決定，書寫風格設定輕鬆愉悅，但是寫著寫著，原來的習性仍緊緊的框限著我，我仍然深信，經典閱讀還是有其嚴肅性的。本書除了作者、成書歷程以及版本，這些經典化必要的理解，對於每一個時代《西遊記》的接受史，是我們面對它很重要的視角，所以在「主題學」與「文學史」的發展中，我們再一次反思這個時代的看法。在主題學看見觀點的多元與變化，文學史的發展也為我們展示《西遊記》在當代及文創的後續生命力，一部經典與時代的對話是多麼的生動與強韌。

接下來在「人物形象」與「點讀」的章節，我試著加入當代學界的學術新視野：對於唐僧肉「吃/被吃」以及「元陽」的議題、孫悟空入妖精肚腹與毫毛的變化等問題，從「後身體哲學」來看，身體到底是什麼「載體」？在取經聖化路上的遭遇，取經人面對哪些質問（或拷問）？不斷的化齋引來厄難；偷寶、盜寶、借寶；「取經/贈經」；以及小說人物身上的配備，在當代「物質文化」的研究上，提供我們哪些面向？這是本書試圖拉出來的一些新視角。

限於字數篇幅，本書仍有許多問題沒有處理：如作者、版本，祖本說、三綴本、繁本、簡本、刪簡本等問題，在尚未確定之際，我們先認識各種版式、出版時間及各種說法，至於最後的定奪，則留待後續文獻及考證。

小說的人物形象，有塑造立體豐富的「典型人物」，以及面貌模糊、卻可以一筆勾勒出群像的「類型人物」，小說典型人物形象的藝術創作，就像張靜二先生以音樂比喻那樣：「心猿」是高音部分，「意馬」是低音部分，二者的搭配，才能完美奏出取經進行曲的樂章。神佛團體與妖魔陣營，在人物形象設計上，是非常龐雜的群體，對於小說起了重要的烘托作用。我覺得，神佛/妖魔的加入，使得原本只有高音、低音的無伴奏取經進行曲，添加不同伴奏的聲部，這些閃現的類型人物，在周而復始的八十一難中，發散在小說的閱讀，成為不可忽視的基調，他們與取經人共構多音部的關係，我們在點讀中一併細細品嚐，本書不另立章節賞析神佛團體與妖魔陣營。

《西遊記》作為經典最感人的地方，當然不乏悟空與八戒的嬉戲逗趣，但是在文本縫隙中仍存在著非常多「有溫度的細節」。如第五十三回「黃婆運水解邪胎」，悟空和沙僧向老婆婆借桶子和繩索去取落胎泉，沙僧就非常細心地要求帶兩條索子，「恐一時井深要用」，像這樣的小地方，一筆勾勒人物性格，在緊張的救援行動中，作者騰出筆來刻畫人物，勝過千言萬語。

每一次閱讀《西遊記》這部老少咸宜的小說，總是令人產生意料之外的愉悅，偉大心靈的壯舉，加上不同層次小人物的日常，是經典共鳴箱中豐富的寶藏，永遠有讀不盡的溫慰召喚，如何在重筆濃墨與輕描淡寫中體會作者的深意，是本書一個小小的心願，讓我們一起走在取經的路上，讀山讀水讀生活，越過那一道道魔難，一起往靈山前行。

高桂惠　於臺北指南山下

二〇二〇年九月四日

吳承恩與《西遊記》

目次

第一章 《西遊記》的作者

西遊故事經過很長時間的演化，從唐代的三藏取經事蹟，以及聖傳紀錄，不斷增衍，並吸收民間故事，經過文人集撰，究竟是在何種狀態下完成，《西遊記》的作者是誰，至今沒有定論。明代版本《西遊記》都沒有寫明作者，只題「華陽洞天主人校」，明代萬曆年間的世德堂本有陳元之的序，但仍不知作者是誰。在作者是誰的問題上，迄今仍是一宗文學公案，其中大致有幾種說法：

一、元代初年的道士丘處機

明清時期，開始有人把作者歸給元代初年的道士丘處機，元末明初陶宗儀的《南村輟耕錄》即持此看法，可能是因爲丘處機的弟子李志常曾記載師父西行，寫成《長春眞人西遊記》二卷。清代初年的刻本又取元人虞道園所作的《長春眞人西遊記序》放在書的前面，當時的人便以爲丘長春是作者。

丘處機本名亡佚，金朝皇統八年（一一四八）正月十九日生於山東登州府棲霞縣濱都村。他自幼不愛儒學，偏好神仙之事，十九歲那年便棄俗入道。次年他聽聞王重陽在寧海州全眞庵授徒，就前往皈依。王重陽爲他取名處機，字通密，號長春子，所以書名稱其爲「長春眞人」。一一六八至一一六九年間，王重陽率領他與其他弟子馬鈺、譚處端、劉處玄、王處一和郝大通在山東登州和寧海州傳教，創立了七寶、金蓮、三光、玉陽和平等會，奠立了全眞道的根基。

我們如果仔細瞭解《長春眞人西遊記》所寫的故事，應是記載丘處機勸阻成吉思汗的事件：「西行止殺」的壯舉。一二一六至一二一九年間，金、宋朝廷多次邀請丘處機赴朝輔政，但他都拒絕前往。地方官員和士紳不解他為何這樣決定，丘處機解釋說：「我的行止是按天意而動的，你們如何知道呢？」

一二一九年冬天，西域乃蠻國派扎巴兒和劉仲祿帶著蒙古成吉思汗前來邀請丘處機。丘處機知道蒙古軍隊向來以大肆殺伐聞名，爲了勸阻這支野蠻殺伐、橫行天下的軍隊，欣然答應了成吉思汗的邀請。次年早春二月，丘處機攜同十八名弟子，踏上了西行止殺壯舉。丘處機一行西出居庸關，途經今日內蒙古、新疆、中亞細亞，穿越草原絕漠、崇山峻嶺，在年底到達撒馬爾干城過冬。在隨後的大半年間，成吉思汗多次向丘處機問道。丘處機向他指出天道好生，不喜殺戮，以及治民應以敬天愛民爲本、養生應以清心寡欲爲要等道理。成吉思汗深表贊同，命耶律楚材將談話內容輯成《玄風慶會錄》，用來教育自己的子孫。

丘處機於一二二三年辭行，不久成吉思汗也停止了西征。後來，蒙古鐵騎大舉南下，勢如破竹地擊潰金兵。蒙古兵向來殺掠成性，但因丘處機「止殺」的言論和全眞道的保護，中原數十州郡的人民倖免生靈塗炭。

丘處機以七十多歲的古稀之年，冒著風沙嚴寒和各種艱難險阻，萬里迢迢往見成吉思汗，「一言止殺」救百姓脫離兵燹之災，功垂萬世。清代乾隆皇帝有感於他的事蹟，曾撰聯曰：「萬古長生，不用餐霞求祕訣；一言止殺，始知濟世有奇功」。明清時期憑著書目指認《長春眞人西遊記》二卷就是《西遊記》，其實此書所寫的不是我們熟知的玄奘天竺取經的佛教故事，而是丘處機西行「止殺」壯遊的道教事蹟。

明版《西遊記》在明代陳元之序明白說不知何人所作，但到了清代《西遊證道書》出版時，多出了一篇元代虞集的序，說作者是丘處機，但也被學界質疑此序是僞造的。清代西遊證道書、眞詮流傳很廣，因此丘處機爲《西遊記》作者之說非常盛行，直到魯迅、胡適等人的考證，作者幡然改爲吳承恩。

二、明代的吳承恩

明代徐渤的《徐氏紅雨樓書目》著錄了《西遊記》二十卷，放在「釋類」，明末清初黃虞稷《千頃堂書目》將吳承恩的《西遊記》歸入「輿地類」，這些歸類都不將吳承恩的《西遊記》作爲通俗小說。清代學者錢大昕、紀昀等人考訂，認爲《西遊記》應是明代作品，而不是元代，吳玉搢《山陽志遺》卷四、阮葵生《茶餘客話》卷二十一〈吳承恩西遊記〉等書，都根據《淮安府志》的記載，指出《西遊記》的作者是吳承恩。

明代天啓年間《淮安府志》記載吳承恩的生平，字汝忠，號射陽山人，明代淮安人，約生於正德初年，死於萬曆十年（一五八二）左右，《淮安府志》的《藝文志‧淮賢文目》載錄吳承恩的著作《射陽集》中有《西遊記》。

民國以後，魯迅《中國小說史略》、胡適《西遊記考證》等多方考證，認爲吳承恩是《西遊記》的作者，主要就是根據明代天啓年間《淮安府志》的《藝文志‧淮賢文目》所說：「《射陽集》四冊〇卷，《春秋列傳序》，《西遊記》。」之後，學者大多據此成說，《西遊記》通行的百回本也都署名「吳承恩著」。

另外，《淮安府志》的《人物志‧近代文苑》也有記載：「吳承恩性敏而多慧，博極群書，爲詩文下筆立成，清雅流麗，有秦少游之風。復善諧劇，所著雜記幾種，名震一時。」北美華裔學者柳存仁將吳承恩的詩詞韻文和《西遊記》的詩詞比較其風格異同；另一位北美華裔學者余國藩因爲《人物志‧近代文苑》說吳承恩的詩有秦少游（秦觀）之風，就拿《西遊記》中的韻文與少游詞做比較，以風格來推定作者，這種論證比較見仁見智，仍無法以直接證據確定吳承恩就是《西遊記》的作者。

三、《西遊記》作者仍未定案

後代有些學者認爲，只根據書目，或是《淮安府志》等這些外部證據，沒有內證，無法證明此《西遊記》就是我們熟知的取經故事，由於世德堂本《西遊記》不像成於某位作者獨力創作，而是比較像在衆多流傳的故事與版本之中，經過文筆思想都極富創意的高手所改定，所以編定者至今仍然沒有定論。

根據陳元之的序指出：舊本《西遊記》可能出自「今天潢何侯王之國，或曰出八公之徒，或曰出王自製。」吳承恩曾在荊王府做過事，有可能於此時修訂過舊本《西遊記》，但是這些都只是猜測的話。西遊故事的發展演進時間很漫長，元末明初大致已經相當成熟，其間參與修改增刪的文人不在少數，吳承恩與今存校訂者華陽洞天主人李春芳熟識，比起丘處機，他更有可能是修訂的作者，但是由於吳承恩只擔任過短時間的長興縣丞，而且「貧老無嗣」，沒有人爲他整理遺作，導致遺稿失傳率很高，至今流傳故宮博物院圖書館在民國十八年印行的《射陽先生存稿》四卷（後劉修業重新校點出版，改書名爲《吳承恩詩文集》，臺灣世界書局翻印），仍然沒有更明確的證據。所以，《西遊記》世德堂本的完成者究竟是誰，仍有待解決。

第二章 《西遊記》的成書、版本及續衍

中國古典小說大致有兩種生產的方式：一種是累積型小說，這類小說通常經由許多途徑，如官方紀錄、戲曲、民間藝人的口傳文學等方式，後來透過文人或出版的編纂，成爲知名的版本，《西遊記》、《三國演義》即是這一類的章回小說；另一種是現代人比較熟悉的獨創型小說，這類小說往往有一個明確的作者，因爲作者個人的才情與創作意圖，形成風格獨具的作品，《紅樓夢》、《儒林外史》就是這一類的代表。

從明末清初開始，《西遊記》與《三國演義》、《水滸傳》、《金瓶梅》並列，被稱爲四大奇書，至此，章回小說發展相對成熟了，而《西遊記》算是四大奇書中最不分年齡，相當受讀者熟悉與歡迎的經典作品。我們透過《西遊記》可以瞭解一部經典作品對於文化的吸納與轉化的許多面貌，以及故事的蓬勃生命力。

第一節　從聖傳到章回小說：《西遊記》的誕生與經典化

《西遊記》到底是一本怎樣的書呢？旅遊地理書、聖賢傳記、冒險家的故事書、還是奇幻文學？其實，答案都是，也都不完全。由於《西遊記》從故事的發生，到不斷地增殖繁衍，因著時代環境與讀者的期待視野，形成說不盡的風格：

一、聖傳的開始

《西遊記》起源於一個宗教事件，是唐太宗時一位熱衷佛學的出家人，冒險出走天竺取經的故事，這不僅記錄了一位冒險家的驚險旅程，更是中西佛教交流的重大事件，涉及了宗教和西域風土文化等議題，事實上在當代已經流傳，出現了相關的敘述，到了章回小說的寫定之前，除了維持西行取經的骨幹外，人物、事件、甚至包括敘事的空間，與歷史的地理、傳記敘事等，由於在各種累積流傳當中經由不同的創作途徑，呈現出多種故事的風貌：

如果以明代萬曆二十年（一五九二）由南京書坊世德堂刊行的百回本《西遊記》爲相關故事的穩定狀態，並向上回溯，《西遊記》成書的過程至今仍有許多謎團尚待解決，但是大抵經過原生故事、聖傳、戲曲、民間演藝等不同故事體系的集結與形態變化。

我們首先以兩個屬於「聖傳」階段的紀錄來看：

(一)《大唐西域記》

《西遊記》最初的故事源頭是玄奘法師將自己西行取經的見聞口述，由弟子辯機完成記錄的《大唐西域記》（以下簡稱《西域記》），該書十卷內容的前五卷，基本上就是一部玄奘法師的西行錄。玄奘取經發生在唐太宗貞觀三年至十九年，歷經十七年，中土的玄奘法師爲求取經文，違反當時的禁令，私自西行，歷經西域一百三十八國，[1]共得經六百五十七部，回國後翻譯佛經的事蹟。後晉劉昫等修唐史完成《舊唐書》，將玄奘取經的事件記載在〈方伎傳〉中，正式地納入正史的紀錄。史傳中從一個僧人的身分，非常簡扼而客觀地記述了玄奘的生平、西行的原因、經過、成就，特別是譯經的貢獻。

> 僧玄奘，姓陳氏，洛州偃師人。大業末出家，博涉經論。嘗謂翻譯者多有訛謬，故就西域，廣求異本以參驗之。貞觀初隨商人往遊西域。玄奘既辯博出群，所在必爲講釋論難，蕃人遠近咸尊伏之。在西域十七年，經百餘國，悉解其國之語，仍采其山川謠俗，土地所有，撰《西域記》十二卷。貞觀十九年，歸至京師。太宗見之，大悅，與之談論。於是詔將梵本六百五十七部於弘福寺翻譯。[2]

正史的紀錄勾勒了事件的梗概，陳述出玄奘取經的歷史事實，包括了具體的時間，地點、其間的經過與收穫。這是一個事件的骨幹，至於具體的血肉，則見於較早完成的《西域記》和《大唐大慈恩寺三藏法師傳》二書。

《西域記》是由法師口述，門徒辯機輯錄，雖然全書是「實錄」，但撰述立場是以大唐爲本位去記述所見所聞的西域景況，嚴格說來是一種官方的立場，玄奘歸返謁見太宗，太宗關心的是西域的物產、風俗，玄奘對答如流，太宗勸他著書，玄奘以一年的時間完成《西域記》並將之上呈太宗，所以可以說玄奘是奉敕完成了《西域記》，這本書雖然是地理的記述，實際上是以佛教相關的人事物爲大宗，尤其是記述許多如來與其弟子的聖跡，以及許多佛教的遺跡和傳說故事，玄奘以一地志書弘揚佛法的意念，至今成爲研究印度古代歷史的重要典籍，要瞭解古代和七世紀以前的印度，僅此一書，至今還被多國翻譯，故在印度古代歷史的研究上《西域記》便成了瑰寶奇書。

《西域記》僅見西行所見所聞，但所見所聞的主體玄奘法師卻隱而不見，阻斷了讀者藉由敘述去理解玄奘法師所歷所感，而這一點在《大唐大慈恩寺三藏法師傳》中，則有所補充。

1 玄奘的〈進西域表〉自言「所聞所見，百有三十八國」，敬播〈序〉則言「親踐者一百一十國，傳聞者二十八國」。見唐・玄奘、辯機著，季羨林等校注《大唐西域記校注》（北京：中華書局，二〇〇〇年四月），頁一〇五三、一〇五五。

2 見《舊唐書》（臺北：洪氏出版社，一九七七年六月），頁五一〇八—五一〇九。

(二)《大唐大慈恩寺三藏法師傳》

由玄奘弟子慧立和彥悰爲他所作的《大唐大慈恩寺三藏法師傳》(以下簡稱《法師傳》)的傳記是聖傳系統的另一重要著作，內容主要是關於三藏法師一生修行佛法、弘揚佛學的事蹟。其中卷一至卷五，記載的就是玄奘生平最重要的事件——西行取經。玄奘作爲全書的傳主，對於西行取經的記述自然是以法師的行跡爲主要內容，與《西域記》中玄奘法師的主體未見，形成明顯的對比。《法師傳》中對法師的西遊，特別強調了西行「孤遊」的艱險和出於毅力誠心所得的「神佑」；至於有關地域與佛教的記述，大致可以分爲兩個部分，一是各項地理建物所承載的聖跡，其中以如來的事蹟爲主，另一則是關於法師於西域習經、弘法之事。

二、口傳演藝的流播

《西遊記》成書的另一重要階段是由口頭文學所展開的西遊故事系統，歷經了話本、戲曲和小說的文類展現，逐漸發展出敘述形式和內容寓意提昇的文本。玄奘取經的事件，進入民間說書的故事系統，現存的《大唐三藏取經詩話》、羅燁《醉翁談錄．小說開闢》中所列名目〈巴蕉扇〉、〈八怪國〉、〈四仙鬥聖〉，也是三藏法師西遊取經故事藉講唱形式傳播，西遊故事在元代的戲曲表演機制，根據陶宗儀《輟耕錄》記載金人院本名目「和尚家門：《唐三藏》」。到了明初楊景賢《西遊記雜劇》完整地被保存，內容與世德堂本《西遊記》也有較多的交集。而於寧夏與宋元刻的西夏文藏經一起被發現的《銷釋眞空寶卷》，已經出現了四聖和西行歷經的妖魔和國度，是爲西遊故事的輪廓，由於寶卷爲民間宣講佛教教義的性質，顯示西遊故事在民間也普遍的流傳。以下先來瞭解兩個重要的戲曲作品：

(一)《大唐三藏取經詩話》

又名《大唐三藏法師取經記》，全書共十七章，全書有詩有話，所以又名詩話，可以說是今存最早的取經故事，第一章已缺，第二章〈行程遇猴行者處〉，第三章〈入大梵天王宮〉，第四章〈入香山寺〉，第五章〈過獅子林及樹人國〉，第六章〈過長坑大蛇嶺〉，第七章〈入九龍池處〉，第八章缺前段和題目，第九章〈入鬼子母國處〉，第十章〈經過女人國處〉，第十一章〈入王母池之處〉，第十二章〈入沉香國處〉，第十三章〈入波羅國處〉，第十四章〈入優鉢羅國處〉，第十五章〈天竺國度海之處〉，第十六章〈轉至香林寺受心經〉，第十七章〈到陝西王長者殺兒處〉。由標題來看，可知已經脫離了玄奘取經的眞實故事，是神話小說的雛形，其中最重要的就是「猴行者」的出現並取得了取經故事的核心地位，尤其在形象的塑造上，猴行者是九度見黃河清的「花果山紫雲洞八萬四千銅頭鐵額獮猴王」，亦是大羅神仙，他以一神通的先知之姿，揭示法師是奉唐帝勅命爲東土衆生未有佛教而取經的理性理由的表相之下，實蘊含另一層命定因素，並告訴法師「和尚生前兩迴去取經，中路遭難，此迴若去，千死萬死。」[3]而此處的「中路遭難」，由後文可知兩度皆爲深沙神所害，而此深沙神即後來《西遊記雜劇》中沙和尚和《西遊記》沙悟淨的原型。

事實上在西行的過程中，三藏雖具有宗教的實踐力，取經的宗旨因而固定，但完成西天取經之旅，主導者似乎移轉至猴行者，成爲法師的重要倚靠，甚至在許多地方指導法師，例如：告知法師的前生、攜法師至大梵王天宮因而得到神力的一路庇佑、重要的是在途經每一處地域，都是由猴行者說明所處之境的狀況，最後亦是猴行者教導法師以至誠燃香、地鋪坐具，面向西竺雞足山祝禱，求得佛經。因此致使原生玄奘法師取經事件的主體由玄奘法師一人，衍生爲猴行者和三藏法師兩人，而神異的猴行者似乎是三藏法師西行所蘊含命定思維的先知，並成爲法師西行主要倚恃力量。

此外，《詩話》的敘事結構仍是以三藏法師行遇之處爲敘事之經，所以每一章的標題皆爲「入……」或「……處」，完全是以行旅者歷經不同的地理空間的過程來進行敘述，作爲全篇的敘事結構，這是一個在形式上承襲《西域記》和《法師傳》。不過將原來的百餘國改爲三十六國，但在記事中並非是對三十六國作一完整的記錄，僅選擇了重要的際遇，所有在《西域記》和《法師傳》中眞實的西域空間，都成爲了「異類空間」。

《詩話》敘述三藏法師取經的故事，已與原生的歷史事件漸行漸遠。在空間上已非依循唐代法師至西域取經的實際所經，沿路地理環境的險惡、野獸和鬼魅的威脅都化為一個個具象的考驗空間，而見於歷史事件的諸國，《詩話》僅保留了女人國、天竺國，後者還和《詩話》所虛擬的國度一般，別具象徵的意義。

《詩話》的敘事是《西遊記》成書過程中一個非常關鍵性的階段，歷史的敘事成為了小說的敘事，重要的是虛構的情節、人物和時空，給予之後的西遊故事非常寬廣的空間。佛道人物的雜糅、神異空間的加入，致使神魔的氛圍開始醞釀。《詩話》的敘述增加了許多對話、吟詩等人物話語，人物的形象因而更為鮮明，詩歌進入文本，形成了有詩有話的形製，增加了另一層敘事意義的可能，《西遊記》的文本善用了詩歌的表達，點明故事的寓意。

3 見《大唐三藏取經詩話》（臺北：世界書局，一九七七年十二月），頁一－二。以下文本引述皆同，故不贅注。

(二)《西遊記雜劇》

元代吳昌齡的《唐三藏西天取經》雜劇，應是一齣有關三藏法師西天取經的全本戲曲，惜今殘存，無法窺得全貌，但從所存殘文來看，玄奘江流兒的出身和唐天子因征東殺伐太重在護國寺做水陸道場，觀世音降臨指示必須至西方取得大藏金經，才能眞正的超渡亡魂，於是三藏自願前往。由此可知，在元代三藏法師取經已經跳脫出《詩話》簡略的「勅令」和「命定」的取經動機，爲皇帝的勅令添加了理由，而且跟宗教的神啓連結，致使三藏取經具有了政教雙重的使命，而觀音也成爲法師取經的推手，如此與歷史上因佛經的疑義而毅然決然前往西方取經截然不同。從佛學的探究到超渡亡魂，這是一個信仰的俗化過程，必然引發一般群衆的認同，尤其加重觀音菩薩的角色。

《西遊記雜劇》雖然是一個劇本，但以取經故事的敘事文本視之，可以說相當的完整，六卷各有主題，第一卷中敷演唐僧江流兒的背景，第二卷則敘述唐僧因祈雨奏效被封三藏法師而奉聖旨前往西天取經，百官送行，得白馬，十方諸神護衛之事。第三卷主要陳述收服孫行者，而後行者降伏沙和尚、銀額將軍，以及鬼子母之事。第四卷敘述豬八戒被收服事蹟，第五卷則敘述西行所遭劫難，包括女人國、火燄山、鐵扇公主。第六卷則敘述至天竺取經升天等事。雖然西行取經是雜劇故事主軸，但地域所經之人事更重於所經地域之風貌，換言之以「事」爲敘述重點，特別是人物間的互動。事件敘寫的增衍，必然導致人物形象的分明。一開始藉由觀世音這個角色，開宗明義說明如來西天有大藏金經五千四十八卷欲傳東土，西天毘盧伽尊者托化於中國海洲弘農陳光蕊家爲子，即三藏的前身爲西天的毘盧伽尊者，膺負如來欲傳經至東土的使命而降生東土，《西遊記雜劇》將西行取經之緣由歸於佛教神祇的旨意和擘畫。

此外，取經成員的聚合是雜劇的重要內容，白馬、悟空、八戒、悟淨一一登場，悟空已經是隨行者的核心，是西行取經克服磨難的主要角色。《西遊記雜劇》中的悟空還具有世俗的凡性和人倫關係，除了偷盜的頑劣習性外，還喜好女色，搶取民女爲妻，雖娶了妻子，而行者在女人國碰觸到女性也起了凡心，是頭上的金箍兒禁制了他；去向鐵扇公主借芭蕉扇時，甚至還會詢問山神鐵扇公主有無丈夫，是否會招自己作女婿等等。又雖然生於開天闢地之時，但有弟兄姊妹五人。在《西遊記》中卻將之改爲由石頭蹦生，無父無母無兄弟姊妹的石猴，同時對於女色完全絕緣，是爲一無姓又無性的存在，並在其身寄寓生命境界的追求。

取經成員的其餘三位《西遊記雜劇》都將之形塑爲有罪之身，西行取經成爲彌補或是贖罪。白馬原是南海火龍三太子，因行雨差遲，玉帝要將他斬於臺上，觀音向玉帝求情，將火龍化爲白馬，送與唐僧前往西方取經，取經完畢，又恢復了原來的身分。而沙和尚原爲玉皇殿前捲簾大將軍，因帶酒思凡，罰在沙河推沙，卻成爲流沙河吃人的妖怪，發願西行取經的僧人，九世為僧，就被吃九遭，並將九箇骷髏掛在身上，沙和尚成了專門吃求道者的妖怪，《西遊記雜劇》的沙和尚承衍自《詩話》中流沙河的深沙神，但九世為僧的僧人並不是唐僧，唐僧是度脫他的人，即沙河神所說：「今日見師父，度脫弟子咱。」。至於八戒原是摩利支天部下御車將軍，因盜金鈴開金鎖而潛藏在黑風洞，拐騙了裴太公女兒，後由二郎神制服，護唐僧前往西方取經。「罪謫」的身分成了取經隨行者的共同印記，參與取經是擺落執迷與罪愆，唐僧便成為了度化者，更強化了《詩話》取經是為成道歷程的意涵。這些曾患「渾世的愆、迷天之罪」的人物在取得經書後修得正果圓寂，完成了宗教救贖的意義，並未如《西遊記》般成聖成佛。

三、圖像敘事、日用類書的殘跡

《西遊記》的成書過程，除了上述兩種重要的戲曲，根據宋．歐陽修在《于役志》提到五代周世宗入揚州毀壽寧寺壁畫，唯有玄奘取經的壁畫猶存，以及安西榆林石窟有三處《唐僧取經圖》的壁畫，所繪唐僧、孫行者和白馬大致與《大唐三藏取經詩話》相符。可以得知玄奘取經的事件自五代之始，已經以圖像敘事傳播，並進入群眾的宗教生活。宋元之後，日益豐沛的有關西遊故事的戲文，顯示社會上對於西遊故事非常熟悉，元代繪有唐僧、悟空、八戒、沙和尚等取經人物的磁州窯磁枕出土，說明了當時西遊故事廣爲流傳，爲人所喜愛，才會在生活日用品上繪製。

在西遊故事成書歷程中，從《大唐三藏取經詩話》到世德堂《西遊記》的完成實有一個非常大幅度的跨越，當中還經歷了《永樂大典》和《朴通事諺解》的一些殘餘的故事內容。完成於明成祖永樂五年（一四〇七）的《永樂大典》爲一具備百科全書性質的類書，對於抄錄書籍的原文未加改易，第一三一三九卷載有《夢斬涇河龍》與世德堂本《西遊記》第九回和第十回的前半內容相似，更重要的是在標題「夢斬涇河龍」的五字下有「西遊記」三字，[4]表示所引之書名就是「西遊記」。大概和《永樂大典》同時的朝鮮學習漢語教科書《朴通事諺解》記錄了八條有關《西遊記》內容的註解，特別值得注意的是已經出現了悟空鬧天宮和取經所歷諸怪的過程，和《西遊記雜劇》的內容不同，而與之後的《西遊記》結構、情節比較相符。

《朴通事諺解》和《永樂大典》中分別引述的西遊故事詳盡，文字修辭比雜劇講究，這

4 見明・解縉等奉敕撰：《永樂大典》（北京：中華書局，一九八六年），第六冊，頁五六八八－五六八九。

兩本書分別作爲漢語學習的手冊和類書性質，西遊故事在明代進入類書和域外的漢語學習教科書，可見其影響的普遍性。

當我們追溯世德堂本《西遊記》刊行之前的成書歷程，由前述成書系譜可以得知從《西域記》、《法師傳》開始，玄奘西行取經的事件，不斷地在各種敘事的媒材被敘述，傳播媒材日益多元，包括歷史傳記、筆記小說、說話故事、詩話寫本、壁畫、生活用品、戲曲劇本和演出、類書、域外的漢語教科書、寶卷，可見世德堂本《西遊記》成書之前，西遊故事已經進入了一個不斷爲各種媒材再製的狀態，經歷的正是一個文化熟知化過程，即在成書之前西遊故事已經得到了社會的確認和接受，廣泛地藉由各種媒材方式被傳播，影響層面也不斷擴充。

四、一百回世德堂本《西遊記》

我們今天所見的《西遊記》是明代萬曆年間金陵（今南京）世德堂本，爲現存字數最多的版本，從歷史上原生的玄奘至天竺取經的事件，成爲文字的記載經歷了近千年的漫長歷程，從一個單純的宗教學術的事件形成了多樣的故事風貌，到了世德堂本的《西遊記》，故事基本上固定下來了，後來的刊行大致不超過它的樣貌。

世德堂本的《西遊記》也是從太宗入冥的生命體驗引發的強烈宗教需求發揮，玄奘法師其實代替唐太宗西行取經，世德堂本的《西遊記》中法師取經是同時肩負了如來佛祖和唐代天子的使命的，因此，這個故事同時具備了政教的任務。

在歷史事件中體現取經的主要人物是玄奘法師，所謂「八十一難」是唐僧所遭逢的，在世德堂本的《西遊記》將孫悟空擴寫爲與唐僧平行的人物，在唐僧西行取經之前演繹了一段孫悟空求道的過程，作爲唐僧西行取經的預先演示，並在悟空的求道過程，如何由生命的長生、本事的練成，點出「修心」的主題。此外，這一段悟空的生命歷程的敘述，尤其是從天官的貶謫經驗，代表了其餘取經者的共同際遇，他們都因罪過被貶謫，失去了原有身分，因此經營出西行取經是他們贖罪與復歸的途徑。

在世德堂本的《西遊記》中，悟空的角色日益吃重，他成爲對西行意義體會最深的人，特別是在前七回的求道過程悟空已經被引導至心性的修行路徑。此外，悟空與觀音的關係，自雜劇開始，觀音逐漸成爲取經事件的穿針引線的人物，在《西遊記》的文本中，觀音儼然是取經的指導者和守護者，所以對取經意義理解最深與能力最強的悟空，自然與觀音有最爲密切的關係，事實上，悟空在受盡「如父」的唐僧委屈時，觀音則扮演了母親角色的聆聽與協助，在五十七回「眞行者落伽山訴苦」中展現得淋漓盡致，宗教信仰中救苦救難的觀音形象，在小說中具體人格化了。

其他的取經者八戒、悟淨、白馬都各有其特色，尤其是八戒與悟空形成對比的關係，文本屢屢以五行生剋和性別差異的金公／木母來比擬二者。取經隊伍是藉由觀音奔走組構的團體，因師徒的關係，近似一個家族，唐僧爲師亦爲父，悟空等則爲師兄弟，取經不僅是每個成員自己的修行試煉，亦是彼此之間關係的試煉，有共修的意味，這也輝映了他們罪謫的出身背景。而唐僧以御弟身分奉勅帝命西行取經，亦使唐僧與唐太宗，形成另一層包括君臣、兄弟雙重身分的人倫關係，以擬似人倫家庭的組合，進行宗教取經的行爲，可見《西遊記》議題的擴大。

至於諸神佛與西行取經的關係，《西遊記》將之緊密地連繫，其實從雜劇開始就明述妖魔爲神佛所幻化，一切皆非眞實，將西行所遇到的妖魔大多與天界有關，使得妖魔／神佛綰成一個體系，試煉的意味更爲強烈。神魔妖怪對歷史、佛教的偏離正是《西遊記》製造更多議題的敘事策略。此外，諸多神魔的交會，也製造了文本戲劇效果和熱鬧氛圍，這種撰作特色，魯迅的《中國小說史略》將它稱爲「神魔小說」，可見在小說史的學者眼中，《西遊記》創立了一種書寫的典型，影響了之後相關小說的創作。經過漫長的成書過程，玄奘取經的歷史事件眞正成了寓言故事，此後西遊故事再無大的異動。《西遊記》在承襲之前文本種種形式和內容之餘，開展出作爲一個寓言故事的藝術獨創性，成爲一部文學經典的作品。

第二節　《西遊記》的版本

《西遊記》版本依出版年代大致分成明刊本與清刊本。又有繁本、簡本、以及刪本的系統，我們可從插圖設計、情節多寡、語言文字、評點序跋等，探索這部小說的刊刻情形。

一、明刊本

據曹炳建綜合前人的研究成果及其考察，認爲：現存明代《西遊記》版本共有七種，可分爲三個大的系統，分別爲繁本系統、簡本系統、刪本系統。[5]日本學者太田辰夫指出，繁本系統《新刻出像官板大字西遊記》（世本）、簡本系統《鼎鍥全相唐三藏西遊傳》（朱本）、《新鍥唐三藏出身全傳》（楊本）的時代最早，也最爲重要。[6]我們大致瞭解如下：

5 曹炳建：《《西遊記》版本源流考》（北京：人民出版社，二〇一二年），頁一〇四。

6 （日）太田辰夫著，王言譯：〈《唐三藏出身全傳》（楊本）考〉，《西遊記研究》（上海：復旦大學出版社，二〇一七年），頁一九一。

(一)繁本系統

1.《新刻出像官板大字西遊記》

- 華陽洞天主人校，二十卷一百回，萬曆二十年，金陵世德堂（榮壽堂）刊。因其多卷卷首題有「金陵世德堂梓行」等字樣，故稱其爲世德堂本，簡稱世本。正文少數地方有雙行夾批。
- 此本最初由明萬曆二十年（一五九二）金陵地區唐氏世德堂書坊發行出版，被視爲是現存最早刊行的百回本《西遊記》。目前僅知全世界存藏四部，其中三部藏於日本（天理圖書館、日光輪王寺慈眼堂、廣島市立淺野圖書館），一部爲國立故宮博物院典藏。
- 是書卷端署「華陽洞天主人校／金陵世德堂梓行」，部分卷次署「金陵榮壽堂梓行」，或有「書林熊雲濱重鍥」。歷來研究學者對此書版本看法分歧，或認爲世德堂與榮壽堂分別刊印，合併發行；或認爲兩書坊先後梓行，後爲福建書坊主人熊雲濱據金陵版本重新翻刻出版。
- 然是書所附插圖爲跨頁連式，上以通欄回目標示圖之內容，其插圖深具刀刻大膽、線條粗曠的金陵版畫風格。

新刻出像官板大字西遊記月字卷之一
華陽洞天主人校
金陵世德堂梓行
第一回
靈根育孕源流出　心性修持大道生
詩曰
混沌未分天地亂　茫茫渺渺無人見　自從盤古破鴻濛
開闢從茲清濁辨　覆載群生仰至仁　發明萬物皆成善
欲知造化會元功　須看西遊釋厄傳
蓋聞天地之數有十二萬九千六百歲為一元將一元分為十
二會乃子丑寅卯辰巳午未申酉戌亥之十二支也每會該一
萬八百歲且就一日而論子時得陽氣而丑則雞鳴寅不通光

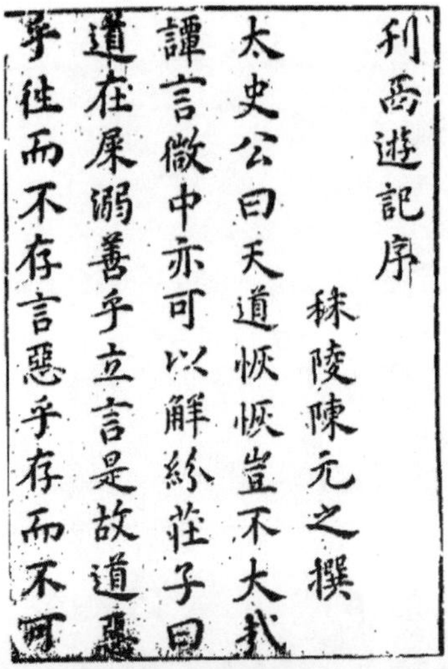

刋西遊記序
秣陵陳元之撰
太史公曰天道恢恢豈不大哉
譚言微中亦可以解紛莊子曰
道在屎溺善乎立言是故道惡
乎往而不存言惡乎存而不可

・世德堂本首刊「秣陵陳元之序」，此版本對今日推斷《西遊記》百回本出處與時間具有重要意義；亦是今日首見評論《西遊記》之文章。

2.《李卓吾先生批評西遊記》

- 不分卷，一百回。日本學者磯部彰又細分爲甲本（注）、乙本、丙本、其他。
- 學術界簡稱其爲「李評本」。
- 卷首有「幔庭過客」之題詞，爲袁于令之署名。題詞後有凡例五條，曰「批著眼處，批猴處，批趣處，總批處，碎批處。」正文有眉批、夾批與總評。
- 此版本有十一種存世，足見其經過多次翻刻與再版。但其題名「李卓吾先生批評」則明顯爲假托之詞；是否出於袁于令之筆，則未可知。

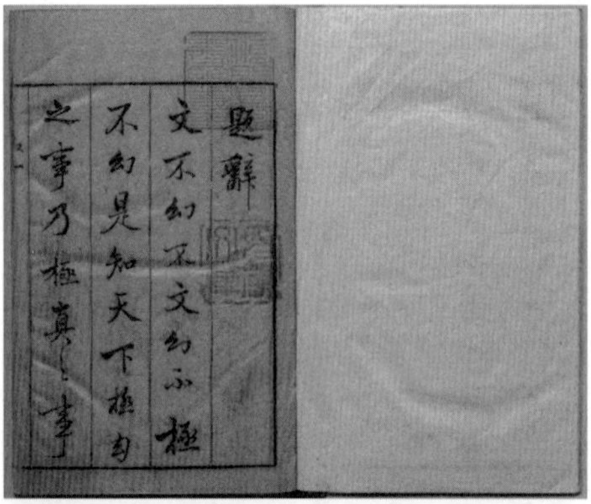

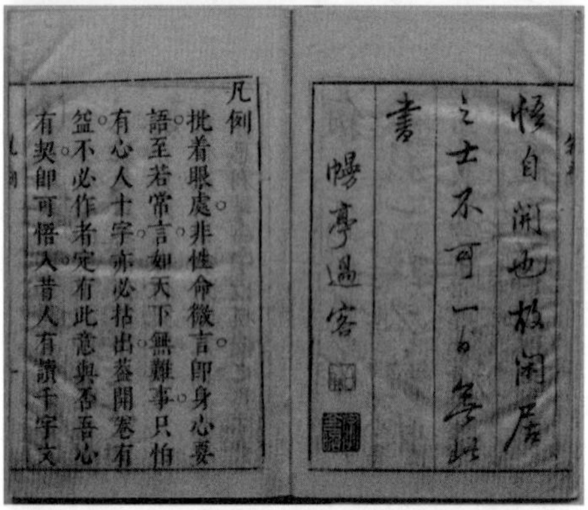

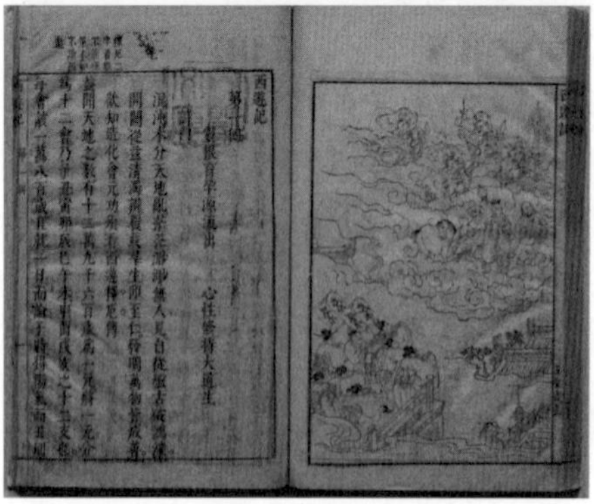

㈡簡本系統

1.《鼎鍥全相唐三藏西遊傳》（或稱《鼎鍥唐三藏西遊釋厄傳》）

・十卷，不分回，四冊。目前可見兩種本子：⑴明書林劉蓮臺刊本，現藏於國立故宮博物院圖書文獻處。⑵明朱繼源刊本，現藏於日本日光輪王寺慈眼堂。

・每卷若干節，每節各有標題，全書共六十九節。卷一首題「鼎鍥全像唐三藏西遊記傳」，尾題「鼎鍥唐三藏西遊釋厄傳」；其餘各卷首尾題名不一。

・因其中有「朱鼎臣編輯」的題款，故學術界簡稱其爲「朱本」。

・太田辰夫不認同將其視爲世本或其同系統文本的節略本，主要理由爲：⑴從形式、內容來看，朱本的時間更早；⑵朱本的內容中，有世本所沒有的部分。

・朱本分則，不分回，如《全相平話》中所見那樣，是一種早期形式。

・朱本卷四增加陳光蕊的故事，世本中沒有與此相當的部分。7

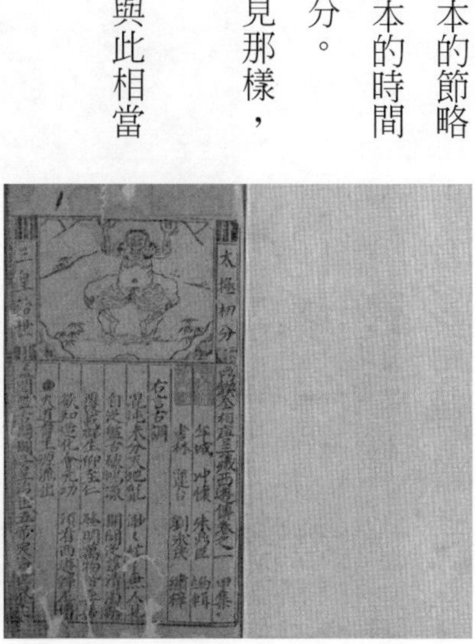

7 （日）太田辰夫著，王言譯：〈《唐三藏西遊傳》（朱本）考〉，《西遊記研究》（上海：復旦大學出版社，二〇一七年），頁二一九—二三四。

2.《新鍥唐三藏出身全傳》

・四卷四十則，明建陽朱蒼嶺刊。

・因其有「楊（陽）致（志）和編」的題款，故學術界簡稱其爲「楊本」或「陽本」。目前可見單行本，以及《四遊記》本。

・楊本可視爲世本的簡略本，其與世本的關係密切，均沒有收錄陳光蕊的故事；楊本後半部內容則被朱本取用，朱本前半部則使用了更爲早期的文本《西遊釋厄傳》。8

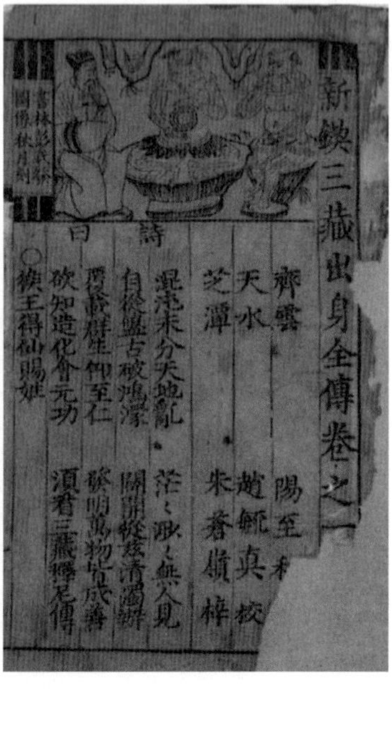

㈢刪本系統

明代《西遊記》的刪本系統主要有三種版本：《唐僧西遊記》、《鼎鐫京板全像西遊記》和《新刻增補批評全像西遊記》。這三種版本都是百回本《西遊記》的刪節本，所以稱爲刪本系統。它和簡本系統的最大的區別，在於簡本系統只是百回本《西遊記》的情節大綱，對百回本《西遊記》的改動很大，喪失了百回本的基本架構；而刪本系統卻是嚴格地按照百回本進行刪節的，保持了百回本的基本架構和主要文字。9

1. **《唐僧西遊記》**

- 華陽洞天主人校，二十卷一百回。
- 學術界簡稱其爲「唐僧本」。
- 此書藏於日本國會圖書館、叡山文庫、日光慈眼堂，中國未聞所藏。
- 日本國會圖書館藏本，卷一（第一至五回）與卷十二（卷五十六回至六十回）闕。該部分據所謂的李卓吾乙本補寫（京都田中謙二氏藏、東京宮內廳書陵部藏〔德山毛利家舊藏〕）。其他部分與叡山文庫本相似，應是同版。
- 叡山文庫藏本，各卷卷首均有圖四面，全卷共計八十葉。陳元之序文，其行格、字句均與世德堂本相同，只有世德堂本的「唐光祿」被改爲「余友人」，最後加了一行「虎林王鏌君平拜書」。

8 〔日〕太田辰夫著，王言譯：〈《唐三藏出身全傳》（楊本）考〉，《西遊記研究》（上海：復旦大學出版社，二〇一七年），頁二二一—二二五。

9 曹炳建：〈明代《西遊記》的刪本系統〉，《《西遊記》版本源流考》（北京：人民出版社，二〇一二年），頁二三一。

・第十八卷的圖第一葉有「全像書林蔡敬吾刻」的木記，太田辰夫推測應是蔡敬吾購買版木補修刊行，其將此本稱爲「蔡敬吾本」。

・日光慈眼堂藏本，封面有「二刻官版唐／三藏西遊記」兩行大字，其中間夾有「書林朱繼源梓行」。不過，有關於朱繼源的生平未知。本書卷首有與世德堂本的行格完全相同的陳元之序文。[10]

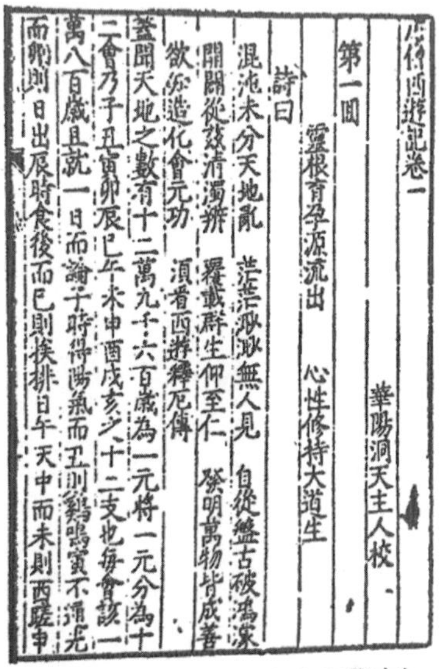

《唐山西游记》(叡山文库藏本)

2. **《鼎鐫京本全像西遊記》**

・二十卷一百回，萬曆癸卯（三一）年，閩書林楊閩齋，清白堂刊。

・因其題款中有「清白堂楊閩齋梓」等字樣，故學術界稱其爲「清白堂本」或「楊閩齋本」。

・封面上題兩行大字「新鐫全像／西遊記傳」，中間夾有「書林楊閩齋梓行」一行小字。第一葉是「秣陵陳元之撰」的〈全像西遊記序〉，半葉六行十五字，故行款與世德堂本不同，文字也有若干差異。此書序文將世德堂本的第三葉和第四葉顛倒刊刻，以致文中有不同的地方。

・楊閩齋本的目錄具有裝飾性，頗爲雅緻。如「月字卷一」之類四個大字置於雲形框中，其下方各記有五回的回目。像這樣使用《清夜吟》文字來分卷的，只有世德堂本。不過世德堂本未用雲形裝飾，此爲楊閩齋本之特色。

・全書半葉十五行二十七字，採上圖下文的形式，圖的左右各有四個說明文字，並清楚署名刊刻者訊息。

・清白堂是福建有名的書鋪，其他記有清白堂之名的書還有《大宋中興通俗演義》（嘉靖三十一年）、《全漢志傳》（萬曆十六年）等，記有閩齋之名的書還有《三國志傳》（萬曆三十八年）等。與清白堂之名相似的還有清江堂，同樣也是楊姓經營，似乎是一族。清江堂出版了《唐書志傳》（嘉靖三十二年）。這類上圖下文形式的書是福建版的特色。[11]

10 〔日〕太田辰夫著，王言譯：〈明刊本《西遊記》考〉，《西遊記研究》（上海：復旦大學出版社，二〇一七年），頁二六八—二七〇。

11 〔日〕太田辰夫著，王言譯：〈明刊本《西遊記》考〉，《西遊記研究》（上海：復旦大學出版社，二〇一七年），頁二七〇—二七二。

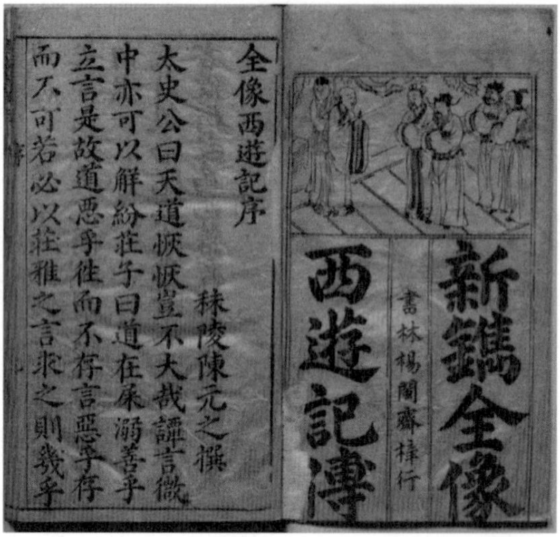

《鼎鐫京本全像西遊記》目錄，雲形裝飾

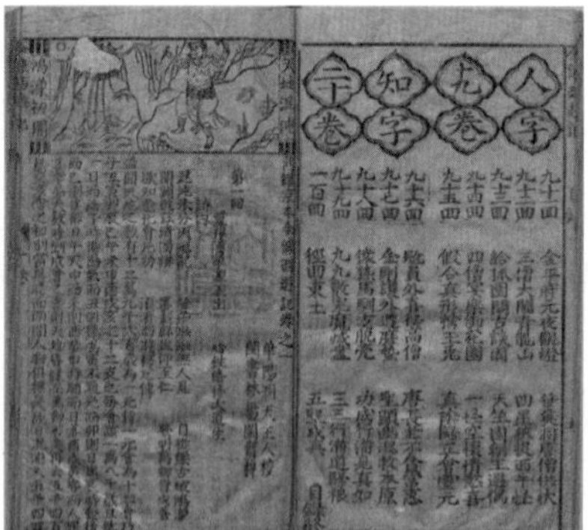

世德堂本《新刻出像官板大字西遊記》目錄，無雲形裝飾

3.

《新刻增補批評全像西遊記》

・倣李禿老批點，一百回，崇禎辛未（四）年，閩齋堂楊居謙刊。

・因其題款中有「閩齋堂楊居謙校梓」等字樣，故學術界稱其為「閩齋堂本」。

・此書收錄了李卓吾批評本中所見的五條凡例：「批著眼處，批猴處，批趣處，總評處，碎評處。」但經過若干省略的文句。但緊接著前文，沒有記凡例。

・全書五回為一卷，共二十卷百回。目錄沒有使用《清夜吟》的文字作為卷名。正文各葉採上圖下文，與清白堂楊閩齋本相同。圖也大體相同，但圖片兩側的標題未必相同，如第一葉作「天地混濛／元會初啓」。[12]

《新刻增補批評全像西遊記》

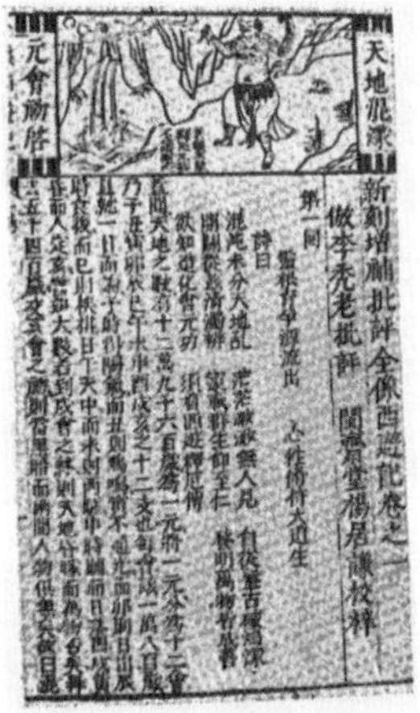

楊閩齋本《鼎鐫京本全像西遊記》

12 〔日〕太田辰夫著，王言譯：〈明刊本《西遊記》考〉，《西遊記研究》（上海：復旦大學出版社，二〇一七年），頁二七三—二七五。

二、清刊本

曹炳建將清代的《西遊記》版本分爲三個系統——刪本、全本與抄本——今所知共有七種，其中五種將《西遊記》視爲一部講述道教金丹大道的修煉之書，分別爲：《西遊記證道書》、《西遊眞詮》、《西遊原旨》、《西遊記評註》和手抄本《西遊記記》。另《西遊正旨》雖聲稱主要用《易經》解讀，但其評論的內容未能脫離「講道說」的範圍。

雖然曹炳建將清代的《西遊記》版本分爲三個系統，實際上清代的《西遊記》版本相當複雜。其中每一個大系統下面，又有不少的小系統。比如證道本、眞詮本、原旨本等，都曾經經歷多次刊刻。其中眞詮本就今所知，就有二十餘種刻本。這些刻本在其刊刻過程中，亂改亂刪的極多，有的刪去了不少原文，也有的刪去了不少評語，甚至有些版本與原刻本相比面目全非，從而形成新的版本。曹炳建強調「這些版本就其校勘意義來說並不大，更主要的是《西遊記》的傳播史意義和學術史意義。因此，在論述清代《西遊記》版本的時候，除《西遊證道書》和《新說西遊記》外，筆者將更多地注意這些版本的評點文字。」[13]

㈠刪本系統

1. 汪象旭、黃太鴻編評《鐫像古本西遊記證道書》

- 一百回，康熙元年至八年間刊印，學界簡稱其爲「證道本」。
- 書前有全頁的繡像圖十六幅。目錄題「新鐫出像古本西遊記證道書」，其下署「鍾山／黃太鴻笑蒼子／西陵／汪象旭憺漪子／同箋評」；第一回題「鐫像古本西遊記證道書」，其下署「西陵／殘夢道人汪憺漪／箋評／鍾山／半非居士黃笑蒼／印正」。
- 曹炳建指出：《西遊證道書》不僅是清代第一種《西遊記》版本——清代其他版本大部分都與證道本有著直接或間接的關係；也是《西遊記》批評史上「講道說」的開創者——此前雖有種種相近說法，但都言之不詳，且不夠系統；同時，證道本又是一個疑點重重的版本——引發了學者們對有關問題持久的爭論；其評點文字比起

13 曹炳建：〈清代《西遊證道書》的刊刻與評點〉，《《西遊記》版本源流考》（北京：人民出版社，二〇一二年），頁二五二、二八〇。

《西遊證道書》目錄

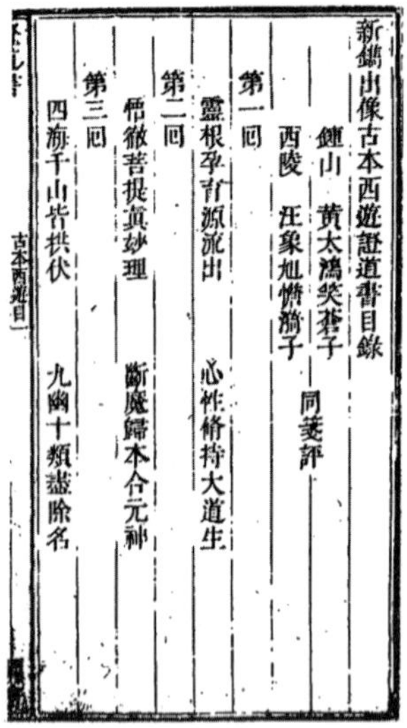

《西遊證道書》第一回

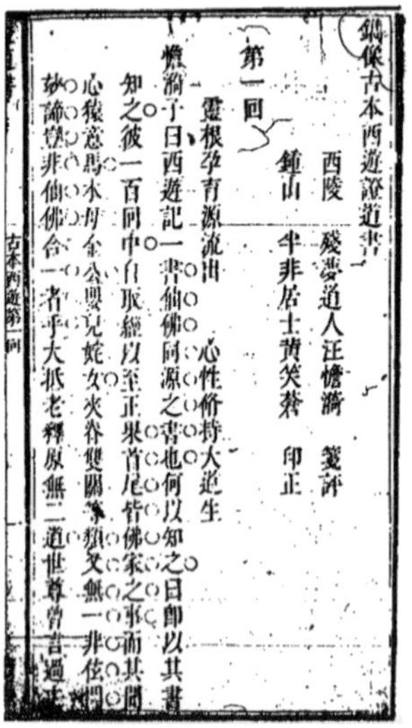

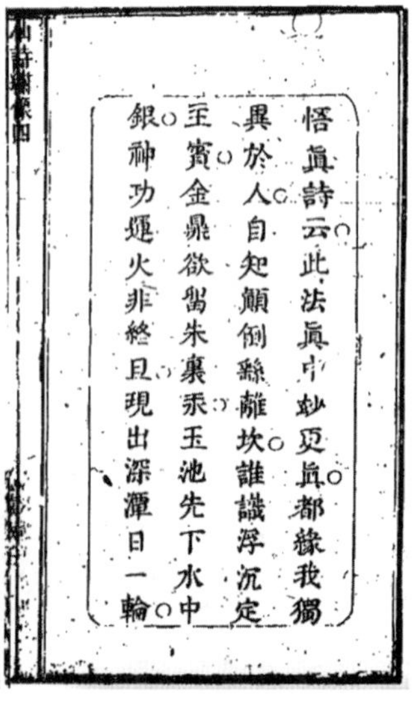

其後的各種刪本來說，又具有更多的客觀性和文學理論價值。14

・此版本亦首開以佛、道、儒詮疏《西遊記》之先河。

2. **陳士斌（悟一子）《西遊真詮》**

・一百回，目前所見的最早版本為東京靜嘉堂文庫藏本，康熙甲戌（三三）年，學界簡稱其為「真詮本」。

・據翠筠山房藏版（丙子〔三五〕年，東京東洋文庫藏）可知：封面題「悟一子批評」、「長春真人證道書」、「金聖嘆加評繪像西遊真詮」。其次收錄尤侗的「西遊真詮序」，序末署「康熙丙子（康熙三十六年，一六九七）中秋西堂老人尤侗撰」。目錄後正文前有版畫二十幅，正面為圖，背面為不同人的題詞。

・此版本有多種翻刻本，甯稼雨曾統計此版本共有二十種刻本，當中包括：乾隆四十五年（一七八〇）芥子園藏板小型本（東京內閣文庫藏）、乾隆四十七年

14 曹炳建：〈清代《西遊證道書》的刊刻與評點〉，《《西遊記》版本源流考》（北京：人民出版社，二〇一二年），頁二五三。

（一七八二）敦化堂本（藏於俄羅斯）等。鄭振鐸以爲此書刪改處極多，不如《證道書》之可靠。

- 《西遊眞詮》推測由證道本而來，部分地方參照明代百回本《西遊記》全本略有修飾，甚至增加了一些文字；包括一些已被證道本刪去的誓詞，也偶有恢復。
- 《西遊眞詮》所錄用的原文約四十餘萬字，但陳士斌的評語達十幾萬字，篇幅豐厚。

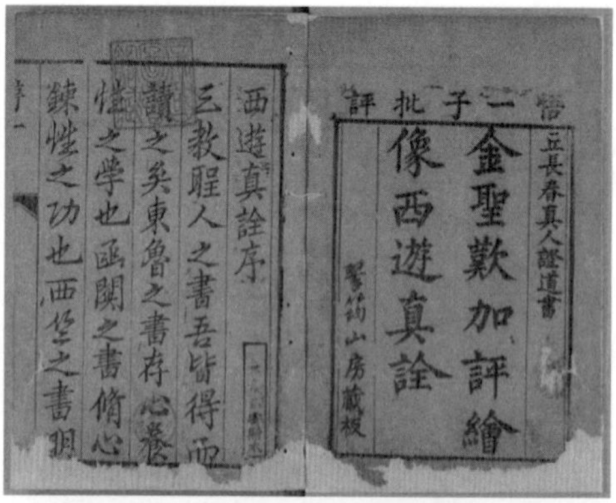
悟一子批評
丘長春真人證道書
金聖歎加評繪像西遊真詮
翠筠山房藏板

西遊真詮序
三教聖人之書吾皆得而讀之矣東魯之書存心養性之學也函關之書脩心鍊性之功也西竺之書

故曰能解西遊記者聖之徒也
康熙丙子中秋西堂老人尤侗譔

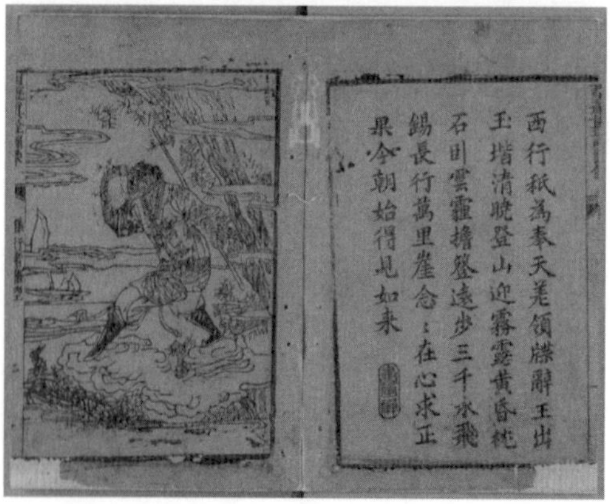
西行秖為奉天差領牒辭王出玉堦清曉登山迎霧露黃昏枕石臥雲霾擔登遠步三千水飛錫長行萬里崖念念在心求正果今朝始得見如來

3. 劉一明《西遊原旨》

・二十四卷，一百回。學界簡稱其爲「原旨本」。

・有嘉慶十三年原刊本，扉頁題：「嘉慶十三年刊／長春眞君著／西遊原旨素樸散人劉一明解／栖雲山藏板」等字樣。書前有「山居歌」一首，亦有〈西遊原旨序〉、〈西遊原旨再序〉等。又有〈寶仁堂西遊原旨〉之版本。正文前有繡像六幅，又有〈西遊原旨讀法〉四十五條、〈西遊原旨歌〉。並爲雙回回末批。

・此版本出自《西遊眞詮》，評論亦承其餘緒：「即遺而未解，解而未詳者，逐節釋出，分析層次，貫串一氣。若包藏卦象，引證經書處，無不一一註明」。

・據吳聖昔考證，《西遊原旨》的原文出於眞詮本。

・劉一明評點文字的三種特色：(1)他更強調《西遊記》思想內涵上的三教合一；(2)減少過去講道說過分牽強附會的成分，增加了道教內丹派理論性內涵；(3)由〈西遊原旨讀法〉可知，他將《西遊記》前七回和後九十三回視爲兩個部分，認爲前七回是爲貫穿道教的金丹大道，後九十三回是對前七回的進一步解釋和詳細論說。[15]

15 曹炳建：〈清代《西遊記》版本與「講道說」的泛濫〉，《《西遊記》版本源流考》（北京：人民出版社，二〇一二年），頁二八八—三〇一。

4. 張含章《西遊正旨》

・一百回，道光己亥（十九，一八三九）年，德馨堂眉山何氏刊。目前藏於北京大學附屬圖書館、北京圖書館、東京都立中央圖書館。學界簡稱其爲「正旨本」。

・分章批註，共分十四章。書前有繡像四幅及題詩，書中之批點者序、跋均自署「無

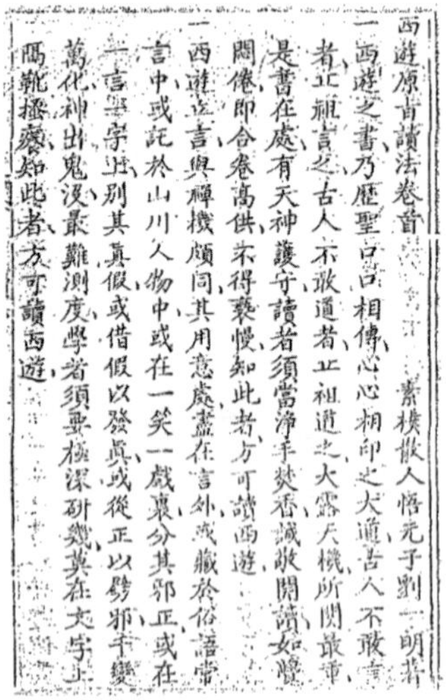

西遊原旨讀法卷首　素樸散人悟元子劉一明著

一西遊之書乃歷聖口口相傳心心相印之大道古人不敢竟者止䂓言之古人不敢道者止祖道之大露天機所關最重是書在處有天神護守讀者須當淨手焚香誠敬開讀如覽閱倦即合卷高供不得褻慢知此者方可讀西遊

一西遊立言與禪機頗同其用意處盡在言外或藏於俗語常言中或託於山川人物中或在一笑一戲裏分其邪正或在一言一字上別其真假或借假以發真或從正以劈邪千變萬化神出鬼沒最難測度學者須要極深研幾莫在文字上隔靴搔癢知此者方可讀西遊

名子」，此即全書首頁所署名之張含章。

・書中托言「三教一源」，而以《易》解西遊，認爲西遊爲「以《周易》作骨，以金丹作脈絡，而以瑜珈之教作無爲妙相」，而以卦爻、金丹之道詮解之。

・從評點文字觀察，曹炳建認爲：總體價值並不高，不僅遠不如《西遊證道書》，亦且不如《西遊眞詮》和《西遊原旨》。

・《西遊正旨》的評點文字有以下特點：⑴書名和評點名不符實：雖然作者題其書名爲《通易西遊正旨》，但實際上並非眞正地運用《易經》來評點《西遊記》。作者既沒有揭示《易經》各卦各爻和《西遊記》的聯繫，也沒有能從整體上來把握《易經》精神內涵和《西遊記》精神內涵的關係。⑵作者於儒、釋、道三教均有涉略，旁徵博引，但卻雜亂無章。[16]

16 曹炳建：〈清代《西遊記》版本與「講道說」的泛濫〉，《《西遊記》版本源流考》（北京：人民出版社，二〇一二年），頁三〇一—三〇五。

5. 含昌子《西遊記評註》（《邱眞人西遊記》）

・清光緒十八年（一八九二）刊本，目前可見東京故奧野信太郎氏舊藏、北京圖書館藏（西諦舊藏），學界簡稱其爲「含評本」。

・封面題「西遊記評註」。扉頁中間大字題「西遊記評註」，右題「壬辰年開鐫」，左題「翻刻必究」。卷首爲《西遊記評註序》，序末題「光緒辛卯六月含晶子自敘」。含晶子生平事蹟不詳。光緒辛卯，即光緒十七年（一八九一），可見這個版本是一八九一年成書，第二年刊刻的。序後爲「邱眞人西遊記目錄」，一百回不分卷。目錄後爲圖像，共五幅，分別爲觀音菩薩、唐僧、孫悟空、豬八戒、沙僧。圖像頁反面題有贊語。正文第一行上題「邱眞人西遊記」，下題「含晶子評註」。正文半頁十行，行二十三字。

・此本正文有回前評，亦有雙行夾批，部分回後有節錄悟一子《西遊眞詮》的批語，有時也在眞詮本的批語中再附夾批。其批評文字基本上不出陳士斌評語的範圍，可視爲眞詮本的節本。[17]

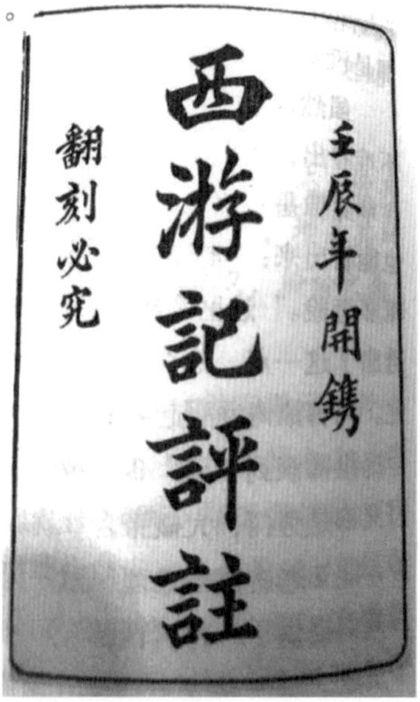

㈡全本系統

張書紳《新說西遊記》

・一百回。題有「第一奇書」、「新說西遊記」、「三晉張南熏注」等字樣。書首自序署名為「西河張書紳題」。有回前批，正文間亦有雙行夾批，又有回末批，應刊於乾隆十三年（一八八八），學界簡稱其為「新說本」。

・據吳聖昔先生的考證，認為新說本應該是以李評本為底本翻刻的。

・書中以理學角度詮解《西遊》。認為其名雖為西遊，卻是講論大學之道，由《大學衍義》而來；並認為《西遊記》為註解朱注而寫。

・在清代《西遊記》版本演變史上，《新說西遊記》具有獨特的意義。現存的清代其他《西遊記》版本都是刪節本，並且都是繼承著證道本或真詮本發展而來的。唯有新說本並非刪節本，而是全本，甚至我們可以說它是整個《西遊記》版本演變史上最全的一種本子。這是因為，所有明代的《西遊記》版本，除朱鼎臣的《唐三藏

17 曹炳建：〈清代《西遊記》版本與「講道說」的泛濫〉，《《西遊記》版本源流考》（北京：人民出版社，二〇一二年），頁三〇六—三〇七。

西遊釋厄傳》外，都沒有完整的「陳光蕊、江流兒」故事，新說本卻根據清代的本子，補入了這一故事。所以，新說本也同清代其他刪節本一樣，在第九回敘寫「陳光蕊、江流兒」故事，並將明代全本的第九回至第十二回壓縮成為三回，以保持全書一百回不變。

- 《新說西遊記》評點文字的特點有：⑴張書紳將把《西遊記》看成是一部具有寓言意味的哲理性小說。⑵張書紳還從社會學和人性的角度來看待《西遊記》。⑶張書紳對《西遊記》的審美價值予以很高的評價。⑷張書紳在評點形式上有所創新，其中目錄注和目錄賦是其獨創之作。

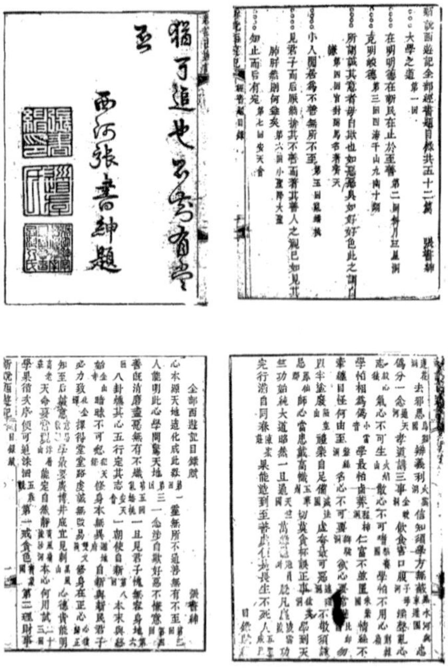

㈢抄本系統

《西遊記記》

・北京圖書館所藏清抄本六冊。書前有《西遊記敘言》三篇，各有署名。

・《西遊記記》比較特殊，從版本系統來說，它屬於刪本系統，但又是《西遊記》現存的一種抄本。[18]就清抄本的版本來源看，亦並非來自證道本，而是來自眞詮本。[19]

・正文似參酌悟一子《西遊眞詮》之版本，可見雙行夾批、回末批。批者持三教同源之立場，引《易》、《大學》、《中庸》等書詮解之。又多採詞曲小令之形式以形容、說理，常見曲牌有〈得勝令〉、〈桂枝香〉多種。

・《西遊記記》在評點形式上，富有自己的特色：⑴夾批、眉批、目前評、回末評一應俱全。其中以回前、夾批數量居多，回末評和眉批相對較少。⑵評點者對照《西

18 曹炳建：〈清代《西遊證道書》的刊刻與評點〉，《《西遊記》版本源流考》（北京：人民出版社，二〇一二年），頁二五二。

19 曹炳建：〈清代《西遊記》版本與「講道說」的泛濫〉，《《西遊記》版本源流考》（北京：人民出版社，二〇一二年），頁三〇七。

遊記》第九十九回觀音菩薩所記唐僧的「難簿」，將《西遊記》全部故事情節劃分為若干故事單元，一個單元一個故事。從第九回開始，在回目下標明「難簿」，如在第九回唐僧身世故事中，標注「金蟬遭貶第一難，出胎幾殺第二難，滿月拋江第三難，尋親報冤第四難」等。(3)其評點文字，大量使用詩詞曲賦的形式。

咸豐歲在丙辰正月初六日甲子

第一回二回三回四回

第三節　《西遊記》的續衍

續書在對經典小說詮釋的過程當中，可以發現原著與續作之間有著不可切割的對話狀態，作為一條文化有機河流的上游（傳說的、口述的、史傳的……）、中游（定本、刊本……）及下游（補西遊、後西遊、續西遊、新西遊），一批又一批的作家仍在議題上不斷找切入點、覓新視野，經典小說所創造的傳統與文化的熟知度，持續散發出來的生命力與擴散力由此可見。

《西遊記》的續書據目錄所載，有《續西遊記》、《西遊補》、《後西遊記》三種，它們都順著原著「證道」的主題而發展，[20]但是這三本續書雖在一定程度上繼承原著的總體精神，卻分別在某些問題上有所突破，其中有些「似乎命定是專給那些具有一定的歷史知識和政治閱歷的人看的」；[21]到了清末，因著現代化的時代變動，出現了一批報刊文人的西遊作品，如：李煮夢、吳趼人、陸士諤等人的《新西遊》、《也是西遊記》等，對新舊文化有所回應。

一、《續西遊記》

《續西遊記》一百回，又稱作《新編續西遊記》，現存有嘉慶十年刊金鑒堂藏本，原書未署作者名，崇禎年間刊行的《西遊補》已提到此書。今人對此書作者爲何人有兩說：(1)

20 參閱林保淳：〈後西遊記略論〉前言，《中外文學》第十四卷第五期，頁四十九。

21 石麟：〈略論《西遊記》續書三種——《續西遊記》、《西遊補》、《後西遊記》考略〉，《明清小說研究》，一九九〇年（總十六期），頁一五〇—一八〇。

清．袁文典《滇南詩略》以為是明人蘭茂；(2)清．毛奇齡《西河文集》認為是季跪。但蘭茂生於洪武三十年（一三九七），卒於成化十二年丙申（一四七六），享年八十，早於一般傳為《西遊記》作者吳承恩（一五〇四—一五八二？），似不可能，《續西遊記》作者當以毛奇齡（一六二三—一七一六）座中見過的季跪，正當明末清初的可能性較大。22

《續西遊記》從唐僧師徒在靈山取得眞經以後寫起，敘述他們東歸的歷程，如來佛首先考問五聖既然取得眞經，接下來要抱持什麼「心」回去？由於孫悟空尚具「機變心」，所以取走他們的兵器，讓他們徒手擔著經卷東歸，派靈虛子、到彼比丘暗中保護，這部小說可以說是東歸記。與《西遊記》的妖魔總是想吃唐僧肉不同，《續西遊記》的妖魔因為五聖機心未泯，引來衆多妖魔搶奪經卷。《續西遊記》在流傳的過程中，「孫行者」的角色不斷加重，他的多樣性也不斷增生。不管由民間傳說、戲劇、話本、章回小說等，由於具備民間準宗教情緒的豐富性，使得在演義「正／邪」、「淨／不淨」、「聖／俗」時，留下了許多閱讀與再創作的「空白」。

《續西遊記》對「機變心」的一再闡釋，將它作為人生阻難的動因，可能仍有更多文化深層的內涵尙待挖掘。尤其是與「西行」同等時間（十四年變廿八年，也許去程與回程不等長），取經回「東土」，經擔上封條堅固，從頭至尾卻只為證明擔包裡其實「未有經」、「我就是經」（頁四七九）的結局，《續西遊記》再一次宣告「靈山只在我心頭」，但這顆心在回程中又經歷了一次自我否定、自我轉化與求法自贖的另類歷程。所有魔境與妖魔造型的時空布局作爲文學的意符，傾向作者對「心學」、泰州學派、市民心態及「西學」經驗中挽合的一種「文明神話」的藝術造像。

二、《西遊補》

《西遊補》十六回，明末董說著，《西遊補》大概作於他二十歲落第之後，明朝滅亡之前，命名爲「補」，雖有它相對自足的封閉體系，卻也弔詭的依附於《西遊記》這原典的大架構；這是一部有對應系統的文本，此點由該書以「補」命篇，卻又以短短的十六回作收，完全沒有章回小說常見的百回結構可見一斑。《西遊補》作爲一部偉大作品的後裔，在一個

22 但季跪之詳細生平，尚待考察。以上論述詳參建宏出版社《續西遊記》鍾夫之前言，引毛奇齡《西河文集》一篇題爲〈季跪小品制文引〉的話：「文之有大小，亦猶心之有敏鈍也。季跪爲大文，久已行世，而間亦降爲小品，嘗見其座中談義鋒發，齊諧多變，私嘆爲莊生、淳于滑稽之雄。及進而窺其所著，則一往譎□，至今讀《西遊續記》，猶舌撟然不下也。技之小者，非大匠勿任；文之小者，非巨才勿精。」

典範轉移以及典範解釋模式與解釋權被認眞檢討、處理的明清之際，[23]若將兩書合併檢視，我們或可對明清的典範操作，有一側面瞭解；從另一角度而言，將唐三藏這一位高僧的故事不斷的俗文學化，而又以取經這一事件綰合政治、哲學等大論述，在續書的系統中產生若干值得探究的議題。

相當意識流的《西遊補》或被評爲「過於空靈」，或被冠上「荒誕」的美學評價，[24]一方面固然與它所闡釋的主題傾向知識分子的內部對話——「心學」的艱澀內涵有關；一方面或者與那一個「歷落乾坤無寸土」[25]）的不確定時代也有關係。

此書成於明末清初，與吳承恩（一五〇四—一五八二？）寫作《西遊記》的年代相去不滿一世紀，在時間上正是明中葉正德、嘉靖走向末葉，正當知識分子對內聖之學熱切探索，禮教一路漸漸失去駕馭力的歷史進程，經典小說的抒寫與續作，在某種程度上，似乎也應證了「以文證史」的可行性。

《西遊補》從《西遊記》三調芭蕉扇，扇滅了火焰山的火之後插入，第一回到第三回繞著「補天」與「求放心」的兩個目的進行。悟空入幻後旋即發現唐僧化爲「殺青（情）將軍」，因被青青世界的天王「小月王」纏住了，由於唐僧想要急急擺脫小月王逕上西天，就令「踏空兒」將天鑿開來抄捷徑，以致於靈霄寶殿滾下來不見了。而行者從正在鑿天的「踏空兒」口中得知，因爲天破了，所以有一個「大慈國王」鑄了通天青銅壁夾斷西天大路，又布了一張六萬里長的相思網，截斷東天西天，落入鯖魚肚子裡的悟空遭誣陷爲偷天賊，因此欲請女媧來補天，由這線索我們看到悟空西行的目的巧妙地被挪移，也探觸到取經聖化的生命目的，被一個外來事件所更動。

《西遊補》以「補天」與「求放心」爲軸線，小說透過行者對「天」的思索展現其內涵，「補天者」（女媧）缺席了，行者入萬鏡樓，被情思所纏，靠著自己眞神所化成的老人

23 陳少明、單世聯、張永義著《被解釋的傳統——近代思想史新論》中所言，經學是傳統意識型態的母題或主幹，作爲傳統政治的合法性依據，其重大變遷與社會政治的變化密切相關，明末清季經學不只是經典之學，同時是經世之學，而後經世路絕反倒促成問學途通，顧炎武反心性玄談的主張，標誌著「尊德性」轉入「道問學」，是一般思想史所謂「回向原典」（return to sources），是一種反智主義向智識主義發展，以復古爲解放的一次調解。凡此無不指向一個思考：經是形式上的權威，但經義卻因人而別、因權而易，關鍵在於它面對什麼問題及誰擁有解釋權。（廣州：中山大學出版社，一九五五年），第一章。

24 見陳冬季：〈變形、荒誕與象徵——論「荒誕」小說《西遊補》的美學特徵〉，《明清小說研究》（十二期，一九八九年），頁一四四—一五五。

25 董說《禪樂府》〈禾山鼓〉語，詳參：顧廷龍等編《續修四庫全書》集部，別集類（上海：上海古籍出版社，二〇〇二年初版），據北京圖書館藏清康熙十五年吳興祚刻本，冊一四〇四，頁七十六。

來自救，方才從情障脫困。這多少反映了當時對天的思惟、討論中，彷若忘記了最重要的討論對象——天，與討論者——補天者，同時都不見了，所以芸芸衆生亟欲追求的，除了補天者，更是「天」的遺失。

在《西遊記》中，人神獸魔的界限本來就很模糊，四者的關係亦極糾葛；《西遊補》以悟空的重構來揭示對人的重構，乃把握了《西遊記》「破心中賊」這一根本性的問題進行演化，更由人的對立面（妖魔）改變起。《西遊補》以插曲的方式補入「情欲」（鯖魚），孫悟空記得要借「驅山鐸」爲取經路上排除「火焰山」的災難爲軸線，而其間卻身陷困頓惶惑之中，使得孫悟空不再那麼自信滿滿，專心一致的前行。《西遊補》所附〈問答〉談到妖魔與人的關係爲「婉孌近人」的論述非常有意思，作者首先顚覆我們以外在形象辨識妖魔的習慣，所謂「婉孌近人」，一方面說明妖魔形象的人化及內化，另一方面排除其陷構、威脅陷構、威脅的印象（婉孌）。

《西遊補》虛構出一個「新唐」天下，卻借孫行者的口，說它是：「假，假，假，假，假」，一連用了五個「假」字。試圖將小說的文類位置擴散與文類界線模糊，是採用當時知識分子熟悉的多種言說方式的綜合，董說特別將一篇《西遊補問答》嫁接在小說前面，結合論述與敘事，透過這種組織、書寫，成爲特殊的感知方式，也是一種亡國感濃厚的自我表述與存在焦慮。

三、《後西遊記》

《後西遊記》四十回，不知作者，題「天花才子點評」，有學者認為是「天花藏主人」所作。這部小說出現了一些江南方言，如：「饞勞」（三十六回）、「呵卵胞」（三十五回），可見作者是江浙一帶的人。

《後西遊記》敘述唐憲宗時，雖然眞經已由玄奘師徒取回東土，但是卻缺乏眞解，僧人遂大開講經之風以謀求錢財與名聲，為了導正風氣，欲尋人至西天求取眞解，所以找到了唐半偈，以及石頭出生的孫悟空後代孫履眞（號孫小聖），豬八戒在高老莊所生的小孩豬守拙，沙悟淨的徒弟沙致和。本書的主角由「取經人」變為「求解人」，由取經——護經——解經的角色變化，「人」與「經」的關係，即象徵著「人」與具象世界與抽象世界關係的變化，在這變化中，由於內省性的增強，原本《西遊記》民間趣味的諧謔性減少，《後西遊記》道德思辨的嚴肅性增加了，使得小說涵納的「日用人倫」附著濃厚的理學色彩，無形中也回應著「文以載道」的文學目的論。

天花才子評點的《後西遊記》，指出「才子世界」是明清小說用以自我定位的一種生存方式，本書將僧團與儒林並置處理，實際上是放在「才子世界」來關照處理，這是傳統說部狀醜摹俗類小說的又一典型。在《金瓶梅》以後，中國狀醜摹俗類小說的審美規範主要朝著諷刺、幽默的方向發展，尤其在藝術的運用上通常是以白描的方式，誇大的特寫某些人情世俗之情態，直至晚清更開展出「譴責」一脈。《後西遊記》的狀醜摹俗很巧妙的把漫畫的誇張，與地方色彩之語言巧妙結合，運用各種語言現象顯示幽默感，小說將醜的寫得越醜，俗的寫得更俗，可笑的寫得越發可笑，無不指向當中的失調與扭曲，透過一連串的漫畫畫卷與語言機鋒，來消費並消解「西遊」系列對唐僧故事與《西遊記》原著正典化的另一種「才子」意見與風貌。

四、《新西遊記》、《也是西遊記》

明末清初之後，一直到清末民初再度締造西遊續衍的高峰期，以「西遊」訂名的作品，大多透過晚清報刊連載：一九〇四、一九〇五年在《大陸報》、《廣益叢報》佚名的〈二十世紀西遊記〉；一九〇六年在《時報》發表，之後在一九〇九年由署名冷笑定稿的單行本《新西遊記》；一九〇八年吳趼人在《月月小說》發表的〈無理取鬧西遊記〉；一九〇九年由李煮夢所撰寫，改良小說社發行的《新西遊記》；同年陸士諤（一八七八—一九四四）也在《華商聯合報》連載《也是西遊記》等等。

相較於明末清初的《西遊記》續書多爲談道與諷世，清末《西遊記》的續衍故事，則著重反應晚清國家危急存亡的現實以及現代化的情境，將《西遊記》的「解難」與「西方取經」轉換爲現實場景，如：佚名的〈二十世紀西遊記〉中的西藏；李煮夢《新西遊記》的上海；陸士諤《也是西遊記》的蜻蜓州／大清國。它們雖然以滑稽小說刊行，但是卻不排除其作爲社會小說、心理小說的特色。

以李煮夢《新西遊記》爲例來看，這部小說藉由豬八戒講述女學堂、青樓的怪現狀，見到的妖怪比較是以傳統視野來看現代化的新事物，認爲現代事物不倫不類。在《新西遊記》中孫悟空大多維持中式打扮，充滿了世俗的守舊氣息，過去受人訕笑的呆子豬八戒卻成了最易掌握新思想的知識分子。

又如：一九二二年包天笑《壬戌本新西遊記》在《遊戲世界》連載十四回，故事中孫悟空化身成小政客模樣，豬八戒則變爲摩登女子，一起「再認識」上海，他們每到一個地方，將新奇事物當作妖魔，用女性觀點，把悟空和八戒的視角交織出小說人物處於現代化都市的感受。這部小說最有意思的是，後半部孫悟空、豬八戒晃到了「靈學會」裡，看到有幾個人在那裡扶乩，悟空翻筋斗到天界詢問文昌帝君，帝君回答他這是靈學會，連新學界的吳稚暉、錢玄同也到此研究。這部小說借西遊的故事，裝載了大量晚清知識界、社會面的現實事件，有相當破除迷信的啓蒙色彩。

清末報刊文人在書寫神魔題材時，往往將魔境轉換爲都市奇觀，讓《西遊記》人物經歷現代化的新舊變化，把「迷信」作爲「啓蒙」的對立面，以祛魅實行小說教化的功能。

第三章
文學史中的《西遊記》及其主題

第一節　文學史中的《西遊記》

根據孫楷第《中國通俗小說書目》、譚正璧《古本稀見小說匯考》等書所錄，明清時期的神魔小說有三十餘種之多，學者早就指出「三教互補」對神魔小說的影響。魯迅在《中國小說史略》說：「……歷來三教之爭，都無解決，互相容受，乃曰『同源』，所謂義利邪正善惡是非眞妄諸端，皆混而又析之，統於二元，雖無專名，謂之神魔，蓋可賅括矣。」[1]從小說類型學的角度來看，魯迅提出「神魔小說」這一類型，的確概括了明清小說對於神仙鬼怪的故事書寫所呈現的特殊現象。

明清時期的神魔小說混融了儒釋道三教，小說中的許多人物取材自民間信仰的改造與補充，如：《皇明大儒王陽明先生出身靖亂錄》、《達摩出身傳燈傳》、《北方眞武祖師玄天上帝出身志傳》、《南海觀音出身傳》、《濟公全傳》、《牛郎織女傳》、《鍾馗全傳》等等，涉及了儒釋道的多方面人物。李豐楙以「謫凡」的概念討論二十餘部「出身修行傳」，認爲這類小說充滿了末劫、罪罰、解罪、救贖等宗教意識，其模式化書寫將敘事結構與義理結構完美結合，[2]有別於魯迅的「神魔小說」，李豐楙提出「仙傳小說」的類型，這類小說有時出版合刊本，最典型的例子如《西遊記》的套書出版，包括：楊致和的《西遊記傳》、吳元泰的《東遊記》、余象斗的《南遊志傳》及《北遊記》。《西遊記》又稱《唐三藏出身傳》，《東遊記》又稱《東遊記上洞八仙傳》、《八仙出處東遊記傳》，《南遊志傳》又稱《五顯靈官大帝華光天王傳》，《北遊記》又稱《北方眞武祖師玄天上帝出身傳》。

這些故事取材於民間流傳很廣的佛道人士及其傳說，編纂成書，從明代刊刻後，至清代中葉，書商一刻再刻。《西遊記傳》是世德堂本《西遊記》的縮寫本，作爲合刊本，楊致和的《西遊記傳》比較適合，孫悟空取代唐僧爲取經故事的主要人物，民間也逐漸有祭祀孫大聖的信仰出現。明代刊刻編纂神魔小說，固然有勸懲教化的工具性意義，這些編書人對於民間信仰也是非常迎合，如：《南海觀音出身傳》結尾說：「自古修善以來，如來以下，未有如我善聖之顯靈者也。是故表而揚之，以爲勸善之戒。」《北遊記》則說：「武當山祖師大顯威靈，逢難救難，遇危救危，四海風平波息，民感神恩。人家孝子順孫，求伊父母，無

1 魯迅：《中國小說史略》第十六篇〈明之神魔小說〉，《魯迅全集》第八卷（北京：人民文學出版社，一九五七年），頁一二二。

2 李豐楙：〈出身與修行：明代小說謫凡敘述模式的形成及其宗教意識——以《水滸傳》、《西遊記》爲主〉，《國文學誌》（七期，二〇〇三年十二月一日），頁八十五—一一三。

子求嗣者，無有不驗。名揚兩京十三省，進香祈福者，不計其數。」清代蒲松齡的《聊齋誌異．齊天大聖》記兩兄弟到福建經商，看到本地人虔誠的到大聖廟祭拜情形；清代褚人獲《堅瓠餘集》也說，福州人在家裡奉祀孫行者爲家堂神。

此外，龔維英上溯先秦即出現神仙家言，多源自齊燕方士，產生了仙話，認爲《西遊記》是這一系列的作品，所以正其名爲「仙話小說」而非舶來品的「神話」。[3]而楊義從神話形態、神魔觀、神話想像、哲理意蘊、敘事結構等面向來談，認爲《西遊記》是中國神話文化的大器晚成。[4]

就小說類型發展的角度來看，不管上溯自先秦的「神話」，或是齊燕方士的「仙話」，晚明出版商大量出版的「仙傳」，抑或「神魔」小說，《西遊記》的出現，的確包含了小說的傳統基因，也把許多文化形態從根本上改寫，創造了劃時代的轉型。

所謂的傳統基因，包括：先秦的神話裡對自然與英雄人物的理解與啓蒙；魏晉南北朝的仙話，或是志怪，以仙、鬼、物（妖精）的形象，在「非常」的世界裡展演「導異爲常」的歷程；[5]還有宋人小說也不乏靈怪、神仙、妖術。明初《平妖傳》應是「神魔小說」較爲早期的作品，尙不離歷史演義的影子，《封神演義》也是這一類作品中的代表。

明代睡鄉居士《二刻拍案驚奇．序》雖然在說明「奇」的概念，但也點出《西遊記》的特色：

……《西遊》一記怪誕不經，讀者皆知其謬，然據其所載，師弟四人，各一性情，各一動止，試摘取其一言一事，遂使暗中摹索，亦知其出自何人，則正以幻中有眞，乃爲傳神阿堵。6

睡鄉居士指出的「幻中有眞」正是《西遊記》的藝術技巧，是想像力最根本所在。相對於較早出現的長篇幻想小說《封神演義》的想像是以「怪誕」爲其特色，對於思想感情、現實生活、人物造型（如：雷震子到哼哈二將等），都稱不上個性化、典型化，基本上有些「幻中失眞」；《西遊記》以長篇寫幻想，則進一步「以幻寫眞」，不論主要人物、妖魔神

3 龔維英：〈《西遊記》系仙話小說述論〉，《明清小說研究》（一九九八年二期），頁一一五—一二五。

4 楊義：〈《西遊記》中國神話文化的大器晚成〉，《中國社會科學》（一九九五年〇一期），頁一七一—一八五。

5 劉苑如：《身體、性別、階級：六朝志怪的常異論述與小說美學》（臺北：中研院中國文哲研究所，二〇〇二年十二月）。

6 睡鄉居士：《二刻拍案驚奇・原序》（臺北：世界書局，一九五八年十二月），頁一。

佛，或是小妖等小人物的一舉一動，無不逼近現實生活，小說中光怪陸離的神魔世界裡，頗有諷刺現實世界的貪官汙吏、劣紳土豪的意味，魯迅說《西遊記》「使神魔皆有人情，精魅亦通世故」，正是對其寓言藝術精到的概括。

對「眞」、「幻」關係的探討是《西遊記》評論的重點，幔亭過客（袁于令）《西遊記題詞》說：「文不幻不文，幻不極不幻。是知天下極幻之事，乃極眞之事；極幻之理，乃極眞之理。」可見，幻想故事也可以具備眞實感。

我們從諸神佛與西行取經的關係來看，《西遊記》將「神／魔」緊密地連繫在一起，其實從雜劇開始就明述妖魔爲神佛所幻化，一切皆非眞實，西行所遇到的妖魔都與天界有關，將妖魔／神佛綰成一個體系，試煉的意味更爲強烈。神魔妖怪對歷史、宗教的偏離正是《西遊記》的製造更多議題的敘事策略。此外，諸多神魔的交會，也製造了文本戲劇效果和熱鬧氛圍，這種撰作特色，被魯迅稱爲「神魔小說」，換言之，在小說史的學者眼光中，《西遊記》創立了一種書寫的典型，影響了之後相關小說的創作。

晚清知識分子以古典小說進行啓蒙，除了以「西遊」故事爲題的小說，王德威藉晚清小說李伯元《官場現形記》和吳趼人《二十年目睹之怪現狀》的「現形記」、「怪現狀」說明，「神魔」敘事的巧妙運用，指認怪異的方式，揭露了當代人的世界觀轉變的心理，他指出：「儘管『志怪』與『神魔』小說皆聚焦於奇怪與超自然的事物，但兩者分別發展了自身的『逼眞』（verisimilitude）原則，因而折射出特定的歷史語境中的眞實觀」，[7]晚清小說語境的「神魔」敘事，雖是人間事卻更駭人聽聞。

明．天啓年間（一六二一—一六二七）刻本《李卓吾先生批評西遊記》（李卓吾也許是葉書託名），評語分別批點：著眼處、批猴處、批趣處、總評處、碎評處五類，「批趣處」特別注意《西遊記》的幽默風趣處，可見這部被譽爲神魔小說首席的經典作品，[8]不僅承繼了傳統說部的人物特質及哲理思想，也不乏對現實社會的調侃與諷刺，在民俗世情的機智氛圍中，充滿令讀者會心一笑的輕喜劇風格。《西遊記》對現實社會的嘲諷，在中國古典小說史上是兼具繼承與創新的拔尖之作，也持續在晚清報刊的小說傳播語境中轉型，並發揮其經典效應。

7 見王德威：〈荒涼的狂歡——醜怪譴責小說〉，收於氏著，宋偉杰譯：《被壓抑的現代性：晚清小說新論》（*Fin-de-Siècle Splendor: Repressed Modernities of Late Qing Fiction*, 1849-1911）（臺北：麥田，二〇〇三年），頁二六四—二六五。

8 鄭明娳：《西遊記探源》全一冊（下）（臺北：里仁書局，二〇〇三年四月），頁二〇四—二〇七。

第二節　《西遊記》的主題

閱讀小說大致可以從四個方面進行思考：第一是「它在說什麼？」，第二「作者怎麼說？」，第三「它說得好不好？」，第四「它說得對不對？」。第一個面向大致掌握了「小說主題」，第二個面向討論「小說敘事」，第三個面向是「小說審美（或是審醜）」，第四個面向則是總結「小說價值論」。這就牽涉了小說主題學、小說敘事學、小說美學以及小說評論（點）；當然在這四方面之外，小說發生（生態）學、小說版本學等面向也蘊含其中。

小說的主題，是一部作品的整體精神，可以是單一的理解，也可以與相關作品共同形塑時代的歷史風貌，就如浦安迪先生將中國四大奇書總結為回應中國知識分子的「誠意正心、修身、齊家、治國平天下」，即是指《西遊記》、《水滸傳》、《金瓶梅》、《三國演義》。

有關《西遊記》的主題，因著時代氛圍與詮釋角度，我們在概括這部作品的主要內容時，就出現了許多不同的說法，這種種說法大致可以分成三個類型，一是傾向宗教哲學性，一是主張政治、社會性的，還有一種讀法是傾向心理、遊戲性質的。清末許多道士即開啓宗教哲學的解讀，到了二十世紀五〇年代前後，小說研究作為政治詮釋工具的模式，《西遊記》「神」、「魔」問題的討論，由「集團對立」、「二元對立」走向「主題的轉化」，[9]曾經纏繞在孫悟空作爲一個「妖魔變節者」的「奴性」的猴子，還是史詩英雄的代表的紛爭。[10]七○、八○年代至今，有些學者則努力由溯源著手，[11]試圖釐清《西遊記》本身存在大雜燴的拼裝過程中說不過去的矛盾現象。以下就比較重要的觀點來認識這部小說：

9 李希凡：〈西遊記的主題和孫悟空的形象〉，《論中國小說的藝術形象》（上海：上海文藝出版社，一九六二年修訂本）。

10 如：胡念貽〈談西遊記中的神魔問題〉，《文學研究集刊》第三冊（人民文學出版社，一九五六年）。

11 如：張錦池先生一系列對五聖形象的演化探討，《文學遺產》，一九九六年第三期等。侯會〈從「烏雞國」的增插看《西遊記》早期刊本的演變〉，《文學遺產》，一九九六年第四期。程毅中、程有慶〈《西遊記》版本探索〉，《文學遺產》，一九九七年第三期。鄭明娳《西遊記探源》，一九八一年，師大國文所博士論文。又如：蔡鐵鷹在《西遊記的誕生》（北京：中華書局，二○○七年十月）的一系列探源特別強調「地域的判定非常重要」。

一、「心」的主題：求放心

關於《西遊記》與心學的關係，在學術界有過爭論。相當多的研究指出《西遊記》的主旨就是宣揚心學，取經過程就是克去私欲的修心過程。最核心的觀念是「心猿意馬」的寓意問題。魯迅曾經引用謝肇淛的一段話，認爲可以表述《西遊記》的主題：

> 《西遊記》曼衍虛誕，而其縱橫變化，以猿爲心之神，以豬爲意之馳，其始之放縱，上天下地，莫能禁制，而歸於緊箍一咒，能使心猿馴伏，至死靡他，蓋亦求放心之喻，非浪作也。（《五雜俎》卷十五）

世德堂本《西遊記》的產生、發展、完善的過程，與哲學史上「心學」的發展歷程的確有相當程度的同步。

西遊故事自從《取經詩話》帶入了神異猴行者，是爲大梵天神和法師間的媒介，對法師西行取經多所啓示、預知、陪伴、保護，甚至最後一起登仙，扮演了一個重要的角色。世德堂本的《西遊記》將孫悟空擴寫爲與唐僧平行的人物，在唐僧西行取經之前演繹了一段孫悟空求道的過程，作爲唐僧西行取經的預先演示，並在悟空的求道過程，如何由長生的追求、本事的練成，點出「修心」的主題。如果將《西遊記》當作孫悟空的傳記，那麼，前七回是他的出世和造反（心之放縱），後八十回則是他戴罪立功、修心成佛的歷程（心之回收）。「心」是這一形象的關鍵，悟空彷彿是「心學」之象徵——心猿。「五行山下定心猿」、「心猿歸正」、「心猿護主識妖邪」、「心猿顯聖滅諸邪」、「心猿鑽透陰陽竅」、「心猿識得丹頭」等，都是強調西行取經的形象化「心猿」的故事，在展演「心生則種種魔生，心滅則種種魔滅」的微言大義。

在世德堂本的《西遊記》中，悟空的角色日益吃重，他成爲對西行意義體會最深的人，特別是在前七回的求道過程，悟空已經被引導至心性的修行路徑。在一百回的《西遊記》中涉及「心」字眼的回目共二十九回，如：第一回「心性修持大道生」、第十四回「心猿歸正」、第十九回「浮屠山玄奘受心經」、第五十回「神昏心動遇魔頭」、五十四回「心猿定計脫煙花」、五十八回「二心攪亂大乾坤」、七十六回「心猿居舍魔歸正」、八十八回「心猿木母授門人」等。

《西遊記》第一回悟空以猴王之姿，在樵夫的指引下到須菩提祖師的「靈臺方寸山，斜月三星洞」拜師，這個地名是「心」的別稱，也是修心的開始。後來三藏常常持唸的「緊箍咒」又叫做「定心眞言」。

此外，《西遊記》承繼《法師傳》，將《心經》的獲取安排在西行之前，而不像《取經詩話》將它作爲最後取得的經書，這是因爲《心經》的眞諦「色不異空，空不異色，色即是空，空即是色，受想行識，亦復如是」的意涵，正是對唐僧師徒的重要啓示，即所經一切，皆是空幻。《西遊記》第十九回浮屠山烏巢禪師口授摩訶波羅蜜多心經，烏巢禪師說：「路途雖遠，終須有到的之日，卻只是魔障難消，我有多心經一卷，凡五十四句，共計二百七十字。若遇魔障之處，但念此經，自無傷害。」儘管小說中把《心經》諧謔的說成《多心經》，唐僧每次面臨高山峻嶺，畏懼驚惶、神思不安而有所罣礙時，悟空總能在恰當時機將唐僧奉爲護身符的《心經》加以運用闡釋，來提撥唐僧。如第八十五回「心猿妒木母，魔主計呑禪」中，他們經過隱霧山的時候，悟空以《心經》開導勸慰唐僧：

唐僧勒馬道：「徒弟們，你看這面前山勢崔巍，切須仔細。」行者笑道：「放心，放心，保你無事。」三藏道：「休言無事。我看那山峰挺立，遠遠的有些凶氣，暴雲飛出，漸覺驚惶，滿身麻木，神思不安。」行者笑道：「你把烏巢禪師的《多心經》早已忘了？」三藏道：「我記得。」行者道：「你雖記得，這有四句頌子，你卻忘了哩。」三藏道：「那四句？」行者道：

「佛在靈山莫遠求，靈山只在汝心頭。
人人有個靈山塔，好向靈山塔下修。」

三藏道：「徒弟，我豈不知？若依此四句，千經萬典，也只是修心。」行者道：「不消說了。心淨孤明獨照，心存萬境皆清。差錯些兒成惰懈，千年萬載不成功。但要一片志誠，雷音只在眼下。似你這般恐懼驚惶，神思不安，大道遠矣，雷音亦遠矣。且莫胡疑，隨我去。」那長老聞言，心神頓爽，萬慮皆休。（第八十五回）

唐僧口頭上可以背誦出「靈山只在汝心頭」，卻仍然心神不安，悟空點出去到靈山的途徑是心境，要明白《心經》的眞諦是災難發生時的解藥，在於必須以經觀心、審心並收心。其中更重要的「心猿」更是直指悟空的戲分。心猿，或名心主、心神，在《西遊記》回目中出現十七次，不僅意謂心性不定（如第七回「五行山下定心猿」），甚至有五聖心靈共構同登彼岸的寓意。作品處處以「心」爲媒介，巧妙構思，值得玩味的是西行其實是一種提昇，最終是歸屬於靈山，取經是爲了弘法，但就五聖來說，也是每一個成員的法性、人格的提昇，而提昇就是歸返，而這個歸返的終極就是內心，西遊的行旅便成了內化的旅行。

二、「罪與罰」的主題：西遊是贖罪與封聖的自度度人歷程

與「求放心」的主題相關，卻又更傾向宗教意涵的是取經動機論的探討，並指向明清小說敘事模式的運用。百回本《西遊記》五聖取經隊伍的成形，以及他們各自的生命歷程的敘述，尤其是從天官的貶謫經驗，就如李豐楙指出的，這是明清小說慣用的「出身／修行」敘事模式的運用，[12]五聖都因罪過被貶謫，失去了原有身分，因此導致西行取經是他們贖罪與復歸的途徑。

孫悟空出場的大戲是他在花果山樹起「齊天大聖」的旗幟，這個「齊天」的願望是非常僭越的想法，他在大鬧天宮時指控玉皇大帝「輕賢」時喊出「皇帝輪流做，明年到我家」，如此挑戰天庭秩序的行爲，最後招到如來佛鎮壓在五行山下，直到遇見取經人，轉變爲取經隊伍的眞正實踐者，拿起如意金箍棒，一棒棒打死妖精，也一棒棒打死自己妖精型態的生命，最後在靈山受封「鬥戰勝佛」。

三藏原是佛祖的第二個弟子金蟬子，因爲不專心聽經，輕慢佛法，遭到貶謫，想要重新獲得佛恩，重返極樂世界，這個「金蟬」需要經歷一番「脫殼」的過程。降生爲東土凡僧，三藏表面上是應唐太宗之詔，前往西天取回大乘，以秉丹誠、修善果，並祈保大唐江山永固；實際上是佛祖起意，要他窮歷異邦，經受魔難，以贖前罪，造福衆生，最後受封爲「旃

檀功德佛」。

八戒前生本為一個天性拙憨、貪閑愛懶、渾渾噩噩的人類，幸而遇見眞仙，勸以大限，才醒悟修眞養性，終於行滿飛昇，玉帝敕封為天蓬元帥，總督八萬天河水兵，並欽賜上寶沁金鈀以為玉節。在西王母蟠桃會上仗酒撒潑，闖進廣寒宮見嫦娥美貌銷魂調戲，又一嘴拱倒斗牛宮，吃了王母靈芝菜。經過糾察靈官啓奏玉帝，遂遣兵擒拿，本來罪犯天條，依律當論斬，幸太白金星求情，改以二千鎚折罪。被打得皮開肉綻骨將折，又遭謫官貶出天關，誰知一靈眞性，錯投豬胎，以致得了一副豬相。他咬死母豬，打死豬羣。後來被福陵山雲棧洞卯二姐招親，卯二姐死後，家當全歸豬八戒，然而他不擅營生，坐吃山空，只得吃人

12 李豐楙：〈出身與修行：明代小說謫凡敘述模式的形成及其宗教意識——以《水滸傳》、《西遊記》為主〉一文指出：明代小說，特別是萬曆以後，形成一種「謫凡」神話的敘述，從《水滸傳》、《西遊記》以至二十餘部出身修行傳，由於書坊主、編書人大量襲用而「模式化」。小說藉由欲揭（揭露）還掩（隱藏）的敘述手法，既預示其中人物、情節的必然結局，又欲掩彌彰地彰顯中下層文人與廣土庶民的宗教意識：凡間的天道、天機需經由謫凡者遂行其神聖使命，諸如群魔象徵邪惡的人性、人欲，如何降伏就考驗了修行者的定性、定力。宗教文學含融濃郁的神話質素，自能以象徵隱喻人性。《國文學誌》，七期（二〇〇三年十二月一日），頁八十五—一一三。

度日，傷生造孽。觀音奉佛祖的命令，東來尋找取經人，他又想閃出吃人，經觀音幾番勸化，受了戒行，當取經人徒弟，改俗名「豬剛鬣」爲法名「豬八戒」。後在高老莊當了三年的女婿，直到遇見唐僧，聽說取經人已到，乖乖皈依。唐僧聽他受了菩薩的戒行，斷了五葷三厭，遂給他取名「八戒」。由於當和尚對於他眷戀塵俗的特性相左，他遂時常抱怨，在高老莊時當「長工」，出家以後還兼做「奴才」。八戒性格上有許多缺點，確實仍有不少可愛的地方，因爲好吃的特性，如來佛因其「……喜歸大教，保聖僧在路，卻又有頑心，色情未泯。因汝挑擔有功，加陞汝職正果，做淨壇使者。」八戒抗議爲何其他人都成佛，只有自己是「淨壇使者」？如來佛回他：「因汝口壯身慵，食腸寬大。……凡諸佛事，教汝淨壇，乃是個有受用的品級，如何不好！」

沙僧本來是凡人，因恐懼輪迴，於是衣缽隨身，鍊心守神，經過尋師訪道，終於因爲虔誠，遇見眞人，修成不壞之身，玉帝親自封他爲「捲簾大將」，在靈霄殿下侍鳳輦龍車。因爲在王母的蟠桃會上，失手打破了琉璃盞，玉帝大怒，欲將他斬殺，幸赤腳大仙保奏，免於一死，只是遭打了八百，貶到下界成了水妖，又得七日一次，忍受飛劍穿脇之苦。由於飢寒難忍，遂在流沙河當起水怪，飽時困臥河中，飢餓時翻波覓食，吃人無數。曾經吃了九次的取經人，九個髑髏成爲脖子上的項鍊，是幾次與唐僧合一的寓意。薩孟武認爲：打破琉璃盞是小失誤，卻遭遇重罰，簡直是「刑賞無章」。[13]經過幾次的衝突，終於聽從法師的勸告，不再當食人妖作惡，歷經折磨，保護唐僧取經，以將功折罪，最後取得「金身羅漢」的正果。

在五聖取經的路上，孫悟空和豬八戒可以駕筋斗雲，眞正沉默的馱著唐三藏一步步行走天路的是龍馬。「馱馬」的形象從「大唐大慈恩寺三藏法師傳」的「瘦老赤馬」；到了《取經詩話》三藏在女人國獲女王贈送「白馬一疋」，返國途中三藏「牽馬負載」而行；《西遊記雜劇》有龍君化白馬的故事，雜劇中龍君原是南海劫駝老龍的第三個兒子，因爲「行雨差遲」，依法當斬，幸經觀音求情，才得化爲白馬，準備給唐僧代步馱經，好待功成罪贖之日，重回南海爲龍。到了世德堂本《西遊記》的龍馬變成西海龍王敖閏的第三子，因放火燒了殿上的明珠，被父王表奏天庭，告了忤逆之罪，以致被玉帝判了死刑，先吊在空中打了三百大板，即將遭誅，幸逢觀音奉旨東來，替他討赦，逃過一死，觀音將他送到深澗之中，準備給唐僧當腳力，一起去西天取經，將功折罪。

龍馬的罪行從「行雨差遲」到「放火燒明珠」，是從職責的錯誤到忤逆，頗有加重的意味。在取經大業完成之時，如來於靈山對他說：「汝本是西洋大海廣晉龍王之子。因汝違

13 薩孟武：《西遊記與中國政治》（臺北：三民書局，一九六九年），頁五十五。

逆父命，犯了不孝之罪，幸得皈身佛法，皈我沙門，每日家虧你馱負聖僧來西，又虧你馱負聖經去東，亦有功者，加陞汝職正果，為八部天龍。」之後，龍馬被揭諦引致靈山後崖化龍池，恢復了龍身，遂盤在山門華表柱上。

《西遊記》的贖罪與成聖，就五聖的取經因果來看，的確是這部小說最重要的敘事動機與寓意所在，但是其中的罪與罰是否公正，也成了思考本書非常重要的一個課題。《西遊記》取經，從如來佛提出時，就是為了「四大部洲」眾生的利益，唐太宗下聖旨取經，為的是唐朝一國之人與一國之鬼的利益，這還是一個國君對國家的責任。唐僧師徒肩負這些使命去取經，所到之處，除妖利民，則表現了更深廣的意義，超越了國界與親疏之分：他們解救了陳家莊人祭的童男童女；讓比丘國一千一百一十一個待殺的兒童回到父母的懷抱；為烏雞國王復國雪恨；車遲國的和尚得以不再煎熬；平反祭賽國的冤案；使鳳仙郡風調雨順，人民安樂；解陽山除霸；根治寸草不生的八百里火焰山；剷平八百里荊棘嶺……，「普濟眾生」是取經人奉行與實踐的宗旨。

取經之前，個人都有一個「小我」的天地，孫悟空在花果山為王，豬八戒在雲棧洞與高老莊享受塵俗安樂，沙和尚稱霸流沙河，龍馬、唐僧也各有一家一戶的恩仇。接受感召，正因為有一個更高的價值與意義，他們投入取經，普渡了眾生，也救渡了自己，取經路上一棒棒打死妖精，也就一次次遠離妖精型態的生命，自己也就得以往成聖成佛的路一步步邁進，天路歷程也正是心路歷程，所以除罪與成聖是一組躲不過的命題。

三、修煉成長的儒釋道三教多元闡釋

許多學者大多注意到西遊故事裡的宗教意識，就道教方面，柳存仁考察《西遊記》韻文，有出自馮尊師《鶴鳴餘音》、張伯端《悟眞篇》、馬丹陽《漸悟集》等，還有書中許多道教文字，因此指出也許有散佚的全眞教版本的《西遊記》。[14]李安綱則認爲《西遊記》小說的原型是《性命雙修萬神圭旨》，小說依據《大丹直指》的步驟和內容來安排孫悟空的修煉和成長，形象生動地揭示了成聖爲仙的各個層次和境界。[15]

《西遊記》中大量運用了《周易》之理，甚至《西遊記》還將西行取經譬喻爲道教的煉丹過程，再加上人倫的修爲，呈現了「三教合一」的融會，在敘事策略上，《西遊記》添

14 柳存仁：〈全眞教和小說《西遊記》〉，收於《和風堂文集》下冊（上海：上海古籍出版社，一九九一年），頁一三六七。原一九八五年刊《香港明報》。

15 李安綱：《西遊記奧義書四・觀世音的圓照》（北京：中國社會科學院出版社，二〇〇二年），頁二四四。

加了許多宗教、哲學的術語、數字，與人物、事件連結，例如五行與取經人物、九九還眞與八十一難，形成一個與宗教信仰和傳統思維發生意義的網絡系統，成了全書深奧的意蘊，編纂者在回目、詩詞的設計與哲思相應，例如五十八回的回目是「二心攪亂大乾坤　一體難修眞寂滅」，文本中有「人有二心生禍災，天涯海角致疑猜。欲思寶馬三公位，又憶金鑾一品臺，南征北討無休歇，東擋西除未定哉。禪門須學無心訣，靜養嬰兒結聖胎」和「中道分離亂五行，降妖聚會合元明。神歸心舍禪方定，六識袪降丹自成」（第五十八回）兩首詩，在神通的敘事中架構出哲學的玄思，突顯出心性修爲的主題，甚至有些詩句往往使讀者無法掌握其確切所指，而有了「天書」之評，《西遊記》的神祕玄思，不能僅從佛教信仰去詮釋，其所述及複雜的宗教和哲理，實打破了原生事件的詮釋界域。

從儒釋道三教混融的角度來說，余國藩認爲《西遊記》有著複雜的宗教意識，是由小說中直指儒釋道三教的經典所形成的各種典故與象徵組成，因此在佛教方面，《西遊記》強調必須受苦難，才能贖罪開悟；儒家方面，繼承了養心、修心的觀念，達至修身、正心；道教方面，加入了練養內丹，以長生不老作爲取經歷程的特殊目的。[16]

但是三教的角色在《西遊記》究竟占有什麼位置？

相對於清代以來，不少文人認爲《西遊記》即是一部「證道書」，甚至以爲作者是丘處機，後來有些學者卻闡釋作者對待佛道的態度，基本上是貶道揚佛的，因爲在其筆下要吃唐僧肉的妖魔往往與道教有關：如十七回中與熊羆怪、白花蛇精狼狽爲奸的練仙丹道人凌虛子是蒼狼化身；四十四回惑亂朝政的虎力、鹿力、羊力大仙，是修練成精的妖道；七十三回黃花觀的觀主多目怪與七個蜘蛛精爲同門師兄妹。作者不僅寫道士多是惡獸害蟲所化，而且妖魔的法力和法寶的出處多來自道教，如三十五回妖怪用來害人的紫金葫蘆是從太上老君那兒偷來的；五十二回金兜洞魔王是太上老君的座騎青牛化成的；三十一回黃袍怪是二十八星宿的奎星私自下界爲妖；三十五回金角、銀角大王是替太上老君看爐的童子；七十九回的白鹿精原是南極老人星的一副腳力；九十五回玉兔精，原來是在廣寒宮搗藥的玉兔。這些負面角色，全是由道教而來，難怪學者認爲這是一部貶道揚佛之書。

但是如果從孫悟空對神佛的調侃揶揄，可以看出《西遊記》對宗教的嘲謔，對「神／魔」都有一定程度的離經叛道。張錦池曾指出：「宋元取經故事演化爲世本《西遊記》的過程，是潛在的非宗教意識不斷發展爲世俗的情感哲學和濟世之道，顯性的弘揚佛法的思想不斷蛻變爲一抹宗教光環的過程。」[17]即以潛在與顯性的變化，來看世本《西遊記》對於儒釋

16 余國藩：〈宗教與中國文學〉，《余國藩西遊記論文集》（臺北：聯經出版公司，一九八九年），頁一九六。

17 張錦池：《西遊記考論》（哈爾濱：黑龍江教育出版社，一九九七年二月），頁二二七。

道三教價值觀在小說中的轉變，是在宗教光環下朝著塵俗治平的求索發展的，這種對文學創作的動態、縱向思考與顯隱不同層次的發掘，相對是比較細膩的。

而李豐楙對於宗教元素更有獨到的見解，他指出：《西遊記》在布局上採用「過關」的寫法，其中所蘊含的宗教元素，既有道教「持戒」之說，也有全眞教「酒色財氣」四戒，這些文化資源，都取自道教聖傳、全眞傳記，著眼《西遊記》護法群的監護之眼，在厄難中既驗察又保護五聖持戒修行的過關設計。[18]對敘事動力以「過關」的遊戲設計審視神佛的參與，特別是道教的護法神概念，在宗教元素的基底來觀測，融合了「宗教說」與「遊戲說」的詮釋視角，則又綜觀深層的框架性意義，是晚近研究《西遊記》自成一家的解說，頗值得參考。

四、奇幻諧謔的遊戲說

「遊戲說」的先聲應該可以算是胡適，他在《西遊記考證》中試圖解決作者問題，探討猴行者的原型，並駁斥以往的探討過度將《西遊記》附會至宗教義理。

二十世紀初，大部分的學者對於清評本的丹道理解持負面看法，玄奘西行取經事件經過不同文本的敘述，呈現了一個虛構成分越濃的趨勢，原本單一的處於現實時空的宗教事件，拓展為虛構時空的神魔交會，「幻而張之」，[19]成書過程虛構想像不斷地滲入，至《西遊記》成為奇幻的文本，而在奇幻的內容風格中，卻寄寓了可以廣泛指涉的人事、人性的眞實。即使《西遊記》將雜劇的俚俗詼諧的特色，拓展為諧謔的書寫，都在其中寓有深意，許多的評者已洞見了《西遊記》的撰作用意以奇幻諧謔的文本，寫至每一個存在主體「我」來，也寫至人心來。袁于令有非常眞切的評論：

> 文不幻不文，幻不極不幻。是知天下極幻之事，乃極眞之事；極幻之理，乃極眞之理，故言眞不如言幻，言佛不如言魔。魔非他，即我也。我化為佛，未佛皆魔。……此《西遊》之所以作也。[20]

18 李豐楙：〈監護之眼——《西遊記》中在佛、道護法下的過關〉，《漢學研究》第三十七卷第四期（總號第九十九號），頁一一五—一五八。

19 清・李海觀：〈歧路燈序〉，朱一玄、劉毓忱編，《西遊記資料彙編》（天津：南開大學出版社，二〇〇二年十二月），頁三二一。

20 明・袁于令：〈西遊記題詞〉，朱一玄、劉毓忱編，《西遊記資料彙編》（天津：南開大學出版社，二〇〇二年十二月），頁二二三。

而眞/幻和我/魔極端的差異與融合，形成了《西遊記》最耐人尋味之處，也造就了《西遊記》的寓言性，歷來的評論者在評論《西遊記》時都敘及「其用意處，盡在言外」[21]的寓言特質，敘事並非僅敘述玄奘西行取經事件，而指涉了其他的意義，於是「所言者在玄奘，而意實不在玄奘。所記者在取經，而意實不在取經，特假此以喻大道耳」。[22]而「大道」則可指涉至人生每一範疇，早已溢出三教的範限。《西遊記雜劇》中禪宗悟道敘寫，與俚俗的表達，共同交織成諧謔風格的元素，影響了《西遊記》的撰作。

《西遊記》在唐僧師徒經歷九九八十一難之際，雖然常常遇見妖魔與險境，但在降妖伏魔的過程中，始終因爲孫悟空與神佛妖魔，以及五聖內部的對話、互動中，洋溢著機靈活潑的氣氛，主要是因爲「雖述變幻恍惚之事，亦每雜解頤之言」，[23]「遊戲之言」不僅在情節的安排，還表現在語言的詼諧調笑、行爲的滑稽，《西遊記》承襲之前文本種種形式和內容之餘，並開展出作爲一寓言文本的藝術獨創性。歐陽健基本上贊成胡適與魯迅等人的意見，指出《西遊記》有玩世不恭的藝術手法，是一種「建立在對於現實世界基本上是懷疑或否定認識基礎之上的獨特的變形的處世態度」。[24]歐陽健的說法繼承了前人的看法，但是又將此書指向對禮教的蔑視、對現實社會的批判。

余國藩討論《西遊記》的「宗教說」與「遊戲說」時，聚焦在小說中多處以諧謔的語言對宗教人物、教義進行嘲弄，指出《西遊記》是「喜劇性的宗教寓言」，[25]在敘述本質上確立三教義理，卻又創造性地透過敘事進行譏諷。劉瓊云考察小說中宗教論述與典故的出處源流，指出「聖教與戲言」並呈的書寫，是爲了將宗教理想與俗世關懷，透過小說符號化的文本世界，開創出辯證與反思的場域。[26]

近代另有一些學者以西方術語「喜劇」（comedy）或是「幽默」（humour或作humor）來詮釋《西遊記》，如夏志清認爲《西遊記》是一部喜劇幻想作品，方瑜引此說，

21 清・劉一明：〈西遊原旨讀法〉，朱一玄、劉毓忱編，《西遊記資料彙編》（天津：南開大學出版社，二〇〇二年十二月），頁三四四。

22 元・虞集：〈西遊記序〉，朱一玄、劉毓忱編，《西遊記資料彙編》（天津：南開大學出版社，二〇〇二年十二月），頁六十四。

23 魯迅：《中國小說史略》（北京：人民文學出版社，一九五六年），頁一七三。

24 歐陽健：〈《西遊記》的玩世主義和現實精神〉，收於歐陽健《明清小說采正》（臺北：貫雅文化，一九九二年），頁四十五—六十三。

25 余國藩著，李奭學譯：〈宗教與中國文學——論《西遊記》的玄道〉，《余國藩西遊記論集》（臺北：聯經出版社，二〇〇三年），頁二一四—二二〇。

26 劉瓊云：〈聖教與戲言——論世本《西遊記》中意義的遊戲〉，《中國文哲研究集刊》第三十六期（二〇一〇年三月），頁一—四十三。

指出「空」確實是把握《西遊記》的要旨，但是「笑」也是整部小說精心設計的喜劇。[27]鄭明娳在《西遊記探源》一書也指出《西遊記》的喜劇風格。[28]

劉勇強《西遊記論要》認爲要以「趣味化」來理解古人的開朗、樂觀、詼諧、幽默的性格特質。[29]明代李卓吾先生屢屢集中在孫悟空與豬八戒的對話與發言，評點爲「趣」、「妙」，不同於清代評點本注重義理的闡發，晚明文人傾向對趣味的審美追求。就如《西遊記》第六十七回，孫悟空與豬八戒合力對付紅鱗大蟒蛇，在爭鬥中仍不忘一起取樂，在怪物體內玩起搭橋、撐船的遊戲，二人一搭一唱，頑皮調笑。遊戲書寫的童心，舒緩了降妖除魔的緊張氣氛，也是這部小說老少咸宜的特色。

如果從這一個角度再聚焦，那麼孫悟空的角色就被認爲是遊戲的最主要焦點。悟空、八戒是神魔與人獸的結合體，他們醜惡的外型加上超強的法力，以及七十二變和三十六變的身體變形能力，呈現了《西遊記》最炫目精彩的一面。「好戰」更是悟空性格上頑皮的一面，與妖魔戰鬥成爲取經路上必要的事，他把戰鬥看成遊戲一樣來玩耍，可以看出他的童心與玩心。在第二十二回八戒大戰悟淨於流沙河時，戰經二十回，不分勝負，悟空見狀，耐不住觀戰的角色，拿起如意金箍棒加入戰局，沒想到悟淨趁機逃走，八戒埋怨他出來攪局：

行者笑道：「兄弟，實不瞞你說，自從降了黃風怪，下山來，這箇把月，不曾耍棒。我見你和他戰的甜美，我就忍不住腳癢，故就跳將來耍耍的。哪知那怪不識耍，就走了。」30

悟空對戰鬥的情緒是「戰得甜美」，相較於豬八戒常常藉口逃避戰鬥，悟空從不厭戰或遁逃，他每次變身和妖魔鬥智都充滿了頑／玩心，所以最後被敕封為「鬥戰勝佛」。

其實最早指出「趣」為《西遊記》的藝術手法應該見於《李卓吾先生批評西遊記》中，李卓吾在評點孫悟空與豬八戒的對話，常常加上「趣」、「趣甚」、「妙」的批語，相較於清代評點本重視義理的解讀，明代李評本則注意到這部小說的妙趣，顯然受到晚明「以

27 方瑜：〈論西遊記——一個智慧的喜劇（上）〉，《中外文學》六卷五期（一九七七年十月），頁十八。
28 鄭明娳：《西遊記探源》全一冊（下）（臺北：里仁書局，二〇〇三年），頁一七六—一九三。
29 劉勇強：《《西遊記》論要》（臺北：文津出版社，一九九一年），頁一五四。
30 吳承恩原著，徐少知校，周中明、朱彤注：《西遊記校注》（臺北：里仁書局，二〇〇〇年），頁四二七。

趣為美」的文藝思潮，以及「童心說」的思想所影響。然而，誠如余國藩引劉一明的詮釋：「西遊立言與禪機頗同，其用意處盡在言外：或藏於俗語常言中，或托於山川人物中，或在一笑一戲裡分其邪正，一言一字上別其眞假。」（《西遊原旨》卷首），指出：「這部小說所以能夠成為一部喜劇性的宗教寓言，正是因為其敘述本質和創造性的設計，一方面確立了三教的教理，另一方面，又大事譏諷所謂『不濟的和尙，膿包的道士』」。[31]所以從遊戲的輕鬆面，我們也看到宗教教理的啓發性、寓言性以及嘲諷等面向，喜感與宗教感有時候不是那麼扞格不入的。

五、少年成長小說——從賜名說起

受到文藝思潮與思想觀念的啓發，《西遊記》也帶出「少年成長小說」的詮釋。從孫悟空尋找到須菩提祖師的命名，《西遊記》中最先獲得賜名的人是孫悟空，小說第一回寫其往靈臺方寸山求道之時，入見菩提老祖，老祖即賜其名氏：

祖師道：「既是逐漸行來的也罷。你姓甚麼？」猴王又道：「我無性。人若罵我，我也不惱；若打我，我也不嗔，只是陪個禮兒就罷了。一生無性。」祖師道：「不是這個性。你父母原來姓甚麼？」猴王道：「我也無父母。」祖師道：「既無父母，想是樹上生的？」猴王道：「我雖不是樹上生，卻是石裡長的。我只記得花果山上有一塊仙石，其年石破，我便生也。」……祖師笑道：「你身軀雖是鄙陋，卻像個食松果的猢猻。我與你就身上取個姓氏，意思教你姓『猢』。猢字去了個獸傍，乃是古月。古者，老也；月者，陰也。老陰不能化育，教你姓『猻』倒好。猻字去了獸傍，乃是個子系。子者，兒男也；系者，嬰細也。正合嬰兒之本論。教你姓『孫』罷。」猴王聽說，滿心歡喜，朝上叩頭道：「好！好！好！今日方知姓也。萬望師父慈悲！既然有姓，再乞賜個名字，卻好呼喚。」祖師道：「我門中有十二個字，分派起名到你乃第十輩之小徒矣。」猴王道：「那十二個字？」祖師道：「乃廣、大、智、慧、眞、如、性、海、穎、悟、圓、覺十二字。排到你，正當『悟』字。與你起個法名叫做『孫悟空』好麼？」猴王笑道：「好！好！好！自今就叫做孫悟空也！」正是：鴻蒙初辟原無姓，打破頑空須悟空。[32]

31 余國藩著，李奭學譯：〈宗教與中國文學——論西遊記中的「玄道」〉，《中外文學》第十五卷第六期，頁二十五—五十六。

32 明．吳承恩著，陳先行、包於飛校點：《西遊記：李卓吾評本》（上海：上海古籍出版社，二〇〇七年），頁十三。

此處的賜名過程在李卓吾本的評點者眼中可謂爲全書一大關鍵，該回總批即說：

又曰：「子者，兒男也；系者，嬰細也。正合嬰兒之本論。」即是《莊子》「爲嬰兒」，《孟子》「不失赤子之心」之意。若如「佛與仙與神聖三者，躲過輪回。」又曰：「世人都是爲名爲利之徒，更無一個爲身命者。」已是明白說了也，餘不必多爲注腳，讀者須自知之。[33]

評點者關注悟空名字的來由，強調其與儒家「赤子」、道家「嬰兒」皆有深厚淵源，突顯了悟空名字中的本眞涵義，但値得注意的是，這場賜名的儀式過程，孫悟空終於從「天地生成」的猢猻狀態獲得了姓名，取得了「成人」的身分，「命名」作爲一種「禮物」，實際上意味著一個生命個體進入人文秩序的社會框架之中，但是「悟空」的名字從一開始就試圖將「嬰兒」的本眞形態永恆維持，這也形成了其後小說開展「悟空」與「天庭」之間的對抗，小說第七回敘述者即借如來之口道出在此一「成人」歷程上尙屬新生的悟空與已然成爲秩序者的「玉帝」的差異：

佛祖聽言，呵呵冷笑道：「你那廝乃是個猴子成精，焉敢欺心，要奪玉皇上帝尊位？他自幼修持，苦歷過一千七百五十劫。每劫該十二萬九千六百年。你算，他該多少年數，方能享受此無極大道？你那個初世爲人的畜生，如何出此大言！不當人子！不當人子！折了你的壽算！趁早皈依，切莫胡說！但恐遭了毒手，性命頃刻而休，可惜了你的本來面目！」[34]

「初世爲人」的孫悟空與苦歷多劫的玉皇上帝之間，最顯著的差異即在「成人」歷程上的長短，從這一點回看整個孫悟空的賜名儀式，「名字」是一種禮物，卻也是證明悟空「成人」之歷程的開展，然而「名字」的獲得並不代表成人的終結，反倒是一種開始，意謂成人的苦難。從這一點上來看，「名字」作爲禮物的意義就不在於一種正面的饋贈意義，而是一種苦難的開展。[35]

33 明．吳承恩著，陳先行、包於飛校點：《西遊記：李卓吾評本》（上海：上海古籍出版社，二〇〇七年），頁十四。

34 明．吳承恩著，陳先行、包於飛校點：《西遊記：李卓吾評本》（上海：上海古籍出版社，二〇〇七年），頁八十四。

35 高桂惠：〈《西遊記》禮物書寫探析〉，收在康來新主編《海上眞眞——紅樓夢暨明清文學文化論文集》（臺北：里仁書局，二〇一五年十月），頁三八五—四一五。

如果孫悟空獲得賜名意謂著「成人」的苦難正要展開，那麼沙悟淨、豬悟能在小說第八回因觀音菩薩的點化而皈依佛門，則同樣是依賴賜名的方式而予以一種對人之欲望的禁制：

> 菩薩方與他摩頂受戒，指沙為姓，就姓了沙；起個法名，叫做個沙悟淨。當時入了沙門，送菩薩過了河，他洗心滌慮，再不傷生，專等取經人。[36]
>
> 菩薩才與他摩頂受戒，指身為姓，就姓了豬；替他起個法名，就叫做豬悟能。遂此領命歸眞，持齋把素，斷絕了五葷三厭，專候那取經人。[37]

「名字」對豬悟能、沙悟淨而言是令他們拋棄妖怪身分，轉向「成人」的一個重要關鍵，他們都被賜予「法名」，悟淨得名之後要「洗心滌慮，再不傷生」；悟能則需「持齋把素，斷絕了五葷三厭」，他們開始經歷一段「等候」的時間。

《西遊記》中的賜名儀式對孫悟空、豬悟能、沙悟淨而言顯然不只是成人的開端，他們要如何令其行為舉措符應其名字的意義，顯然就是《西遊記》試圖給予他們的考驗。李志宏即曾經根據小說第十七回、第九十四回中悟空如何指稱自己身分的差別而指出：「當孫悟空由『乾坤四海，歷代馳名第一妖』（第十七回）轉變為『舊諱悟空，稱名行者』（第九十四回）時，即見孫悟空已然在鬪戰過程之中褪去世俗死屍之身，由此重獲自由新生。」[38]換言之，「名字」作爲「禮物」，開啓了悟空一行人的自我體悟過程，唯有當他們眞正的領略了這份禮物的含意，才能夠瞭解自己「名字」的意義，終而體會「成人」之艱難。

露絲・本尼迪克特（Ruth Benedict）在《文化模式》中指出，獲得「名字」往往意謂著進入社會的必要關鍵，她以美洲西北海岸的原住民爲例，在原住民克瓦基特爾人的社會群體中存在著貴族階層，此一階層是依賴於其所繼承的頭銜而來，而此一頭銜意謂著一個人將能夠獲得種種特權，包括物質與非物質的，例如有名的房產、湯匙，或者是姓名、神話、歌曲以及種種殊榮：

嬰兒時期，他的家族賜給他一個名字，這個名字僅僅表示了他的出生地。到他

36 明・吳承恩著，陳先行、包於飛校點：《西遊記：李卓吾評本》（上海：上海古籍出版社，二〇〇七年），頁九十八。

37 明・吳承恩著，陳先行、包於飛校點：《西遊記：李卓吾評本》（上海：上海古籍出版社，二〇〇七年），頁一〇〇。

38 李志宏：《「演義」——明代四大奇書敘事研究》（臺北：大安出版社，二〇一一年），頁四四三。

> 該接受某一表示更重要身分的名字時，家裡的老大便交給他一些鋪墊去發售，他一接受這個名字，馬上就到親戚中去發售這些東西。……他備好了費用，便把所有親屬和部落中的長者召集在一起。在眾人面前，當著部落首領和長者的面，父親就給他起一個名字，這個名字標明了他在部落中的地位。[39]

上述研究指出，即便在相對原始的部落生活中，「名字」的贈與和獲得也同樣具有標示個體在社會中的階層身分以及相應的經濟資本的意義存在。《西遊記》中的賜名儀式與悟空日後進入取經隊伍，能夠行走天路往靈山封聖是非常重要的起點。

在取經的架構上，讀者隨著五聖的腳步，我們看到作者有意的對「取經」這一歷史事件予以翻案挪移，其中透過降魔伏妖的主力——孫悟空的上天下地，騰挪變化，悟空不但學習團隊精神的群性（五聖），也在與妖群互動的過程中不斷自我發現、自我理解，[40]這樣一部經典之作，「心猿」的歷程，毋寧是明代與明代中後期不同關注點的微妙變化。

孫悟空的虎皮裙、毫毛、如意金箍棒、火眼金睛，每一項的取得與運用，尤其是「齊天大聖」的僭越旗幟，都一再的暗喻著成長的力量。取經隊伍的成形，也有深厚的師徒友情的內涵，對於這種解讀，都提供有關生命成長的豐富元素，無怪乎歷來這部小說成爲熱門的兒童讀物。

六、貪齋逆道——從吃與被吃帶出眾生的覺知

《西遊記》中種種災難皆因欲望而生，且多數災難之始皆源於為滿足受難主體唐僧最原始的生理欲望——食欲。「食貨」是傳統社會經濟生活的兩大課題，李桂奎即指出《西遊記》中的敘事，許多圍繞著「財貨」展開，而孫悟空的「買賣經」也展現出西天取經精於算計而又包賺不虧之類的基本敘述模式和構架。[41]

民以食為天，取經人以食為天，神怪也以食為天。唐僧師徒作為行腳僧，他們「遇莊化飯，逢處求齋」，每當唐僧因飢餓生起食欲，僧眾為保全唐僧肉身便得歇息化齋，此時唐僧肉身即成為換取食物過程中的反餽物，百姓透過齋僧或得到心靈上的滿足、福報；或具體

39 〔美〕露絲・本尼迪克特（Ruth Benedict）著，王煒等譯：《文化模式》（北京：社會科學文獻出版社，二〇〇九年），頁一二二。

40 張靜二先生即將悟空的取經過程當作一部「人格塑造小說」來瞭解悟空人格發展的過程，而謂其由童年、少年、成年等歷程，「除了從團體生活學習相處之道，從蒙師獲得教誨外，悟空更在西行路上，從體察世情中，增加對自己的瞭解。」詳參：《中外文學》十卷第十一期，頁三十五。

41 李桂奎：〈《西遊記》：神魔敘述中的「食貨」架構〉，見氏著：《元明小說敘事形態與物欲世態》（上海：上海古籍出版社，二〇〇八年），頁二三二—二五一。

換得僧眾替之解決災難，形成互惠的流轉。至於妖精則是將化齋的唐僧視為天上掉下來的禮物，只求遂欲，不願反餽，自當無以建構合「禮」之關係。唐僧取經之路共經九九八十一難，前四難是為唐僧出世之難，其餘七十七難則為其前往靈山取經所遭逢的魔難，可以說，八十一難主要是針對肉身凡胎的唐三藏而來，[42]化齋引來災禍的敘事模式成為取經行的主調。

肉骨凡胎的唐僧在取經路上經常鬧「飢餓」，不斷地要指派孫悟空到老遠的地方去「化齋」，往往就在孫悟空去討食的過程中，妖精們乘虛而來，掠走了唐僧和行李，導致師徒落難。而各路妖魔鬼怪的共同話題就是「吃唐僧肉」，紛紛把「唐僧肉」當做「長生不老」之「食」，為此無端滋事，大動干戈，乃至不惜付出生命的代價。可以說，意象化的「唐僧肉」是九九八十一難的主要誘因。圍繞「吃唐僧肉」，作者敘述了取經人的生存危機，為擺脫生存危機而生死肉搏，尋找外援，智慧脫身。

多瑪斯．牟敦（Thomas Merton）說，佛陀的乞缽「象徵了信仰的終極神學根源，不只是表示乞討的權利，也是向眾生的禮物敞開自己，表現了眾生的相依相待，慈悲是大乘佛教的核心，整個概念在於覺知眾生的相依相待。」[43]西方世界也有托缽僧的傳統，虔誠的托缽僧帶著空缽，它的任務不只是乞討而已，他們是豐饒的流動載具。透過禮物流轉與消耗的辯證角度來看「化齋」，可發現人、神、魔之間的物質性與神聖性，在遂欲與情理、佛理的隱喻，發揮了禮物所象徵的諸多意涵，並在過程中逐步完足心性之修煉，各成其道。

論到吃與被吃，相對於五聖的乞討姿態之神學象徵意義，《西遊記》的妖魔重分享、輕獨占，卻有一種倫理的色彩。妖魔的「不獨食」，客觀上為孫悟空營救唐僧贏得了寶貴時間，從而形成另一種獨特的敘事範式：各種凶神惡煞般的妖魔雖慘無人道，但他們多有孝悌之心，長幼有序，一旦抓住唐僧師徒，他們往往不是獨享長生不老的唐僧肉，而是先命令手下去請他們的長輩前來分享。

如第三十四回敘述平頂山上的金角、銀角大王拿住豬八戒、唐僧、沙僧後，便差兩個小妖去壓龍山壓龍洞，請老母親來吃唐僧肉。孫悟空見有機可乘，中途打死兩個妖精的老母九尾狐狸，變作她的模樣，來欺騙金角、銀角大王。兩位魔頭在假母親面前示孝說：「母親啊，連日兒等少禮，不曾孝順得。今早愚兄弟拿得東土唐僧，不敢擅吃，請母親來獻獻生，好蒸與母親吃了延壽。」而即使在這樣的時刻，當著妖魔的面，孫悟空也還要借題捉弄豬八

42 徐貞姬：《西遊記八十一難研究》（臺北：私立輔仁大學中國文學研究所碩士論文，一九八〇年），頁一—十六。

43 Thomas Merton, *The Asian Journal*, eds.Naomi Burton et al. (New York: New Directions, 1973), pp.341-342.

戒：「我兒，唐僧的肉我倒不吃，聽見有個豬八戒的耳朵甚好，可割將下來整治整治我下酒。」結果惹得豬八戒喊出了「遭瘟的」，從而暴露了身分，引出一場大戰。到了這個份上，唐僧肉還是不能吃。銀角大王對哥哥說：「取披掛來，等我尋他交戰三合。假若他三合勝我不過，唐僧還是我們之食；如三戰我不能勝他，那時再送唐僧與他未遲。」經過多次鬥法，孫悟空都巧妙掙脫，敘述者一筆一筆敘來，製造出故事的一波三折。最後，因爲金角、銀角大王慶功喝酒而粗心大意，悟空才趁機掉包了他們的寶物。

第四十二回敘述紅孩兒捉到唐僧後，首先想到的也是請父親牛魔王來分享「勝利戰果」。紅孩兒面對請來的孫悟空變化的假父親說：「孩兒不才，昨日獲得一人，乃東土大唐和尚。常聽得人講，他是一個十世修行之人，有人吃他一塊肉，壽似蓬瀛不老仙。愚男不敢自食，特請父王同享唐僧之肉，壽延千紀。」這同樣既是妖魔有孝心的表白，也是作者爲緩吃唐僧肉蓄意交待的理由。第四十三回敘述黑河的金魚妖抓到唐僧後，也要請舅爺來蒸吃暖壽，爲孫悟空拯救師父贏得了時間。

由此可見，作者總是通過敘述妖怪的「分享」舉措等來延宕唐僧被害的時間，入情入理地展開了生動有趣的情節，以滿足讀者的審美期待。妖魔的宴席預備與唐僧等人的乞討姿態，或是天庭的諸多宴享比較，具有濃厚的倫理色彩，既有著家庭歡宴的期待感，也是透過吃這件事情，反應聖俗之別的筵席書寫。

七、小結

我們梳理了歷來對於《西遊記》的詮釋與理解，按照各自的視野與角度，產生了許多主題思想，見證了這部小說與時代融合的精神，顯示出一部經典作品充滿了深深淺淺的文化密碼，能召喚人類產生共鳴，進而解碼，並再創造。從明清以來，對《西遊記》的宗教與社會面向的解讀以及考證，幫助我們釐清小說內部的思想亮光；民國以後，從社會、政治的角度，詮釋了這部小說嬉笑怒罵中的隱微之處，對於救贖成聖的路上降妖伏魔，也有「大我」與「小我」的多重面向；近日學界以新的學術視野，從物質文化以及日用飲食等面向，提出更多元的看法，也是我們重新閱讀一部經典小說的時代心路歷程，經典之所以成爲經典，就是禁得起與歷世歷代的人不斷對話，並生出新的火花，照亮無數的心靈。

第四章 《西遊記》人物賞析

古典小說的「人物論」是一個很重要的課題，人物的形象是否鮮明立體，是否帶來審美與價值判斷的豐厚、複雜，多元對話的機制，是小說創作成功與否的關鍵。《西遊記》取經隊伍，既是團體人物的審美，他們與神佛團體和屢屢遭逢的妖魔團體形成非常豐富的辯證關係；在五聖內部，也往往因爲性格與識見的不同，形成既合作又彼此有張力的西天路程。本章主要以《西遊記》取經隊伍進行人物賞析，我們首先從取經的領導者談起：

第一節　唐三藏

唐朝的眞實人物玄奘法師是一位令人景仰的法師，他俗姓陳，俗名褘，父親陳惠生有四男，法師爲第四子，武德五年（六二二），法師在成都受戒，並入京學法問難，由於無法解決學習佛法的問題，法師從長安出發，不顧朝廷禁令私出玉門關，雖然有自然的險阻與盜賊的迫害，仍然以其堅忍的心志西遊，問難學法，從貞觀三年，走了五萬里路，抵達北印度求法齎經，到了貞觀十九年，歷經十六年返回長安。有關法師的記載我們在第二章《西遊記》的成書過程已大致談到。在世德堂百回本《西遊記》之前，文學中的玄奘經歷了各種變造與活化，說是活化，其實指的是更接近一般庶民所能理解的人物特質。

世本《西遊記》中的唐三藏，作為釋迦牟尼佛與唐皇帝所指定向西天取經的受命者、八十一難的受考驗者、「齊天大聖」孫悟空的師父、取經團隊的領導者，在眾多頭銜下，卻有固執、偏聽、諉過、懦弱、壞脾氣等個性上的缺點。不但孫悟空在書中常稱其「不濟」、「膿包」，歷來研究唐三藏的學者也常對他持較多負面觀點，如夏志清、周芬伶、鄭明娳等學者意見。然而，這樣一來，唐三藏似乎成為一位蒼白負面的扁平人物形象，將這個在《西遊記》中所占據的重要地位的角色，以看似扁平的手法來描寫顯然不太合理。

唐三藏形象之所以偏向負面或「偽善者」，或許是由於我們以「聖僧」或「聖人」標準來衡量唐三藏的所作所為，並以明末官場腐敗風氣或作者本身功名失意的角度來檢視唐三藏，使其陷入動輒得咎的境地，並將他定位為一位道貌岸然的腐儒。

然而，唐三藏既為書中角色，便應依照小說情節將他視為一個「肉眼凡胎」的人物來看待。歷來學者張靜二、張錦池、劉蔭柏、姚詠萼、趙天池等也曾以此角度研究唐三藏。唐僧經常落淚，淚眼、遠女色等道德顧慮、不殺生情結以及若干時候有諉過性格，如何在作為一個「人」的脈絡下來思考這些特質？應由具備「人心」之常與「修心」的歷程，將唐僧作為一個有機整體的人物予以理解。我們先由具體的肉身來看：

一、唐僧的身體與神體——元陽、唐僧肉、法船、金蟬脫殼

《西遊記》中，唐僧的身體是一個宗教性的神體，在人間他是被膜拜的聖僧，在神佛集團，他是佛祖的第二弟子——金蟬長老轉世。在宗教場合裡，他的身體是神聖的，觀音賜予的九環錫杖，錦襴袈裟賦予他法力的特徵，穿上它可以「不入沉淪、不墮地獄、不遭惡毒之難、不遭虎狼之災」；紫金缽是大唐聖王贈予的寶物，是人間對他宗教身分的最高加持。六丁六甲、四值功曹，十八位護教伽藍、五方揭諦，也是他宗教性神體的保障。唐僧「金蟬子」的身體與宗教有一印證性的關係，他的神性是先驗的存在，他有神界的家世，不凡的出身。他法相莊嚴：「身上穿一領錦襴異寶佛袈裟，頭戴金頂毘盧帽，九環錫杖手中拿，胸藏一點神妙光，通關文牒緊隨身，包裡袋中纏錦套，行似阿羅降世間，誠如活佛眞容貌。」（第七十八回）

唐三藏在大唐寶殿、水陸大會、異國寶殿上的官方場合，他舉止得宜、禮樂雍容，然而當他陷入妖魔地盤，面對厄難，卻常常處於窘迫的地位，當他一再被擒，身體面臨赤身裸體時，隨著衣物的剝除，唐僧的神聖光環也被摘下來。取經的路上，歷經八十一難，十萬八千里的遙遠路程，崇山峻嶺、通天大河、國度夷邦，唐僧一介凡夫俗僧的身體備受考驗，並一再暴露他膽小懦弱、師心自用的性格缺陷，由這些性格刻劃，體現了唐僧身體同時具備神聖

性與貶抑性。

唐僧在五人取經的隊伍中，他是核心的領導者，但也是被保護的一方，他的身體淪爲工具性的存在，是被覬覦剝奪的對象，各方妖魔視他的身體爲長生不老肉，女妖則視他的身體爲陰陽調和的要件，多次被尋求交媾。最令人印象深刻的三次如下：

首先是第二十三回「四聖試禪心」中，面對菩薩化身老婦及三女招夫婿，欲試取經一行人之禪心，唐三藏反應：「推聾妝啞，瞑目寧心，寂然不笑」、「如癡如蠢，默默無言」、「好便似雷驚的孩子，雨淋的蝦蟆；只是呆呆掙掙，翻白眼兒打仰。」（第二十三回）對於其反應，學者評價負面居多。有學者認爲他是徹頭徹尾的「僞善者」，如夏志清：「在他那矯飾的企圖吃素和遠女色方面，表現甚少的信心，他是個不太好的領導者，但是個僞善者。」[1]也有學者持一體兩面的論點，如周芬伶認爲唐僧有「克己復禮」的一面，雖是消極排拒，但尚能克服欲念，與此相對則是「懦弱無用」的病態反應，使他對於欲念的襲擊，變得過度敏感，手足失措。「他的恐懼來自道德的焦慮感，具有強迫式的義務觀念。」因此有

1 夏志清著，何欣譯：〈西遊記研究〉，《現代文學》第四十五期（一九七一年十二月），頁八十五。

「推聾妝啞」等類似強迫觀念患者的行爲。[2]唐僧自小就在寺中修行，在未開展生命前就被隔絕於俗世之外，受種種戒律約束，被女妖精劫掠後，也是被帶入洞穴中與世間隔離，這種隔離，充分顯示在戒律約束下失去自然流露情感的能動性。

此外，「法性西來逢女國」中，西梁女國女王「願招御弟爲王，我願爲后，與他陰陽配合，生子生孫，永傳帝業」，唐三藏反應則是「三藏聞言，面紅耳赤，羞答答不敢抬頭」、「這長老戰兢兢立站不住，似醉如癡」（第五十四回）姚詠萼注意到唐三藏向孫悟空說道：「教我在此招婚，你們西天拜佛，我就死也不敢如此！」

「我死也不敢如此！」這句話大有文章，大堪玩味，唐三藏心裡存有畏懼，所以才說「我死也『不敢』如此。」假設心裡坦蕩蕩，一定會說：「我死也『不肯』如此」了。[3]

第三次是「色邪淫戲唐三藏」，孫悟空「恐怕師父亂了眞性，忍不住，現了本相。」但對於琵琶洞女妖的誘惑，唐三藏說：「我寧死也不肯如此」、「你千萬救我取經去也！」（第五十五回）

在琵琶洞一劫，唐三藏對於女色，終於脫離如聾如啞的不自然被動狀態，以「不肯」

表達自己的堅定意向，並且認知到其目的是爲了「取經」，顯然對「取經」意義有所思考。之後「奼女求陽」，作者對唐三藏的描寫是「雖是外有所答，其實內無所慾。」「好和尙！……若不是這鐵打的心腸朝佛去，第二個酒色凡夫也取不得經。」已顯示其對女色毫不動念；第九十五回，唐三藏在宮娥彩女環繞下，全不動念，使孫悟空暗自裡咂嘴誇稱道：「好和尙！好和尙！身居錦繡心無礙，足步瓊瑤意不迷。」皆顯示唐三藏在到達靈山前，至少已領悟到作爲重要欲望之一的「色」的虛幻性。

唐僧除了在肉體性的欲望測試中對「元陽」的持守之外，妖魔世界嚮往「唐僧肉」，以便延年益壽，增加修行功力。可見唐僧的肉體也成爲妖魔的「可欲」對象，這和他在取經路上屢屢化緣是對應的，「貪齋逆道」的主題，呈現出身體的「神體」面向與具體的「肉體」面向。

2 周芬伶：《西遊記與鏡花緣的比較研究——兩本神怪小說的心理分析》（臺中：東海大學中文研究所，一九八〇年五月），頁四十四、四十八、四十九。

3 姚詠萼：《笑談西遊記》，〈唐三藏的心魔二重奏〉（臺北：時報文化，一九七八年九月），頁二〇四。

當唐僧的肚子餓了，往往就是危機出現的時刻，唐僧被妖魔抓走，在他們的眼中，不再是一個令人景仰的高僧，而僅僅是令人垂涎的「唐僧肉」，可以被烹調、料理、呑食、共享的材料。遭擒的期間，唐僧遭繩索綑綁六次，綁在椿上兩次，吊過七次，關在鐵籠或石匣內四次。在食用者的眼中，除了增強修行與延壽的傳聞，妖魔也屢屢把他和豬八戒與孫悟空的「肉」拿來比較，並設計不同的調理與飲食場合。

如：紅孩兒把唐僧捉拿到洞裡便「選剝了衣服，四馬攢蹄，捆在後院裡，著小妖，打乾淨水刷洗，要上蒸籠吃」（第四十一回）；有時美食的享用還配上餘興節目，如：在通天河水怪便尋思：「待捉了唐僧，把這和尚剖腹挖心，剝皮剮肉，一壁廂響動樂器，與賢妹共而食之，延壽長生。」（第四十八回）；唐僧肉好像一道頂級料理，生吃卻也沒些趣味「此物比不得那凡夫俗子，拿了可以當飯，此是上邦稀奇之物。」（第七十七回）；所以需要繁複的料理程序：首先「不許嚇了唐僧，唐僧嚇不得，一嚇就肉酸不中吃了。」（第七十六回）；還有對料理的不同討論：「把唐僧拿出來，碎斬碎剁，把些大料煎了，香噴噴的大家一塊兒吃，也得個延壽長生」，還是「蒸了吃的有味」，「煮了吃還省材」，「他是個稀奇之物，還著些鹽醃醃，吃得長久。」（第八十六回）

唐僧的身體核心是「元陽」的純淨，那是一個宗教的身體，這個身體被規範化，是一遍遍反覆遭試探訓練的身體；而肉體的飢寒，卻同時顯現出其「活生生的身體」之脆弱性與現實性，「化齋」所代表的修行意涵，並因而引起取經人內部與外界的種種衝突，都需要定心來處理。「禪定／修行」是「頓／漸」的雙向發展，西遊之行也因唐僧身體的兩種危機，必須以定力面對女妖的誘惑，或是以等待救援面對妖魔吞吃的危險，這兩個面向帶來不同的情節節奏。

「要齋喫」及「喜香甜」，是凡人維持生命所必備，唐僧一路上也堅守不破戒、求飽即可、不留戀美食的原則。在小說最後，唐僧在這方面是有超脫的，當一行人完成取經大業，歸途經陳家莊，受到陳家莊人款待，但「三藏自受了佛祖的仙品、仙餚，又脫了凡胎成佛，全不思凡間之食。」（第九十九回）或可爲唐僧超脫「要齋喫」及「喜香甜」的明證。透過物欲流轉與消耗的辯證角度來看「化齋」，可發現人、神、魔之間的物質性與神聖性，在遂欲與情理、佛理的隱喻，發揮了象徵的諸多意涵，並在過程中逐步完足心性之修煉，各成其道。

如前所述，第四十二回敘述紅孩兒捉到唐僧後，首先想到的是請父親牛魔王來分享，唐僧作爲傳說中偉大的宗教人物，在妖魔的世界裡，他的身體被擴大到食物與分享禮物的價值。

相較於物質性的「凡胎」身體，唐僧的「肉眼」也屢屢引致危機，「覩事物，凝眸」

這一點，確實如鄭明娳「三藏卻時時停頓，做些賞心樂事，而惹來災難」[4]所述，例如第六十四回三藏在木仙菴與樹精相談甚歡，詩興大發吟作不休，惹來懷春女子「句內包含春意之情」；以及第九十二回唐三藏因貪看花燈而引來犀牛精一禍等。路途上的賞心樂事，不單是唐三藏喜歡，孫悟空也喜歡，因此不該說唐三藏的時時吟詠引來災禍，或許以《西遊記》中的文人趣味之處來解釋較爲恰當。另外，若本書最後八大金剛對唐三藏的稱呼「取經的」（第九十八回）、「逃走的」（第九十九回）皆直指唐三藏本質，那麼最末回的「誦經的」想必也是指唐三藏「修建水陸大會，看誦大藏眞經，超脫幽冥孽鬼，普施善慶。將謄錄過經文，傳播天下不提」（第一百回）的未來使命。唐僧從「吟作不休」到專念當「誦經的」（第一百回），未嘗不是一種內在深沉的成長。

談到唐僧的身體，《西遊記》最具象徵性的，是他與八百里流沙河的沙僧項上的骷髏頭的意象，唐僧的九次前身與沙僧九次合體，唐僧師徒依靠這骷髏項鍊用索子結作九宮和觀音菩薩的寶葫蘆成爲法船，順利渡過了連鵝毛都浮不起的流沙河。（第二十二回）小說接近末了，歷經厄難，功成行滿之時，在凌雲渡接引佛祖讓取經人上了「無底的破船」，脫去肉身，此時，金蟬終於脫殼，修成正果。可以說：三藏的身體，既是實實在在的肉體性存在，也是各種象徵意象的總和，金蟬子的豐富意象既代表萬物的短暫，罪孽的滌除，也預示生命蟬蛻新生，超越肉體的生死，捨身求法的明亮永恆的多重載體。

二、唐僧的眼淚——從膿包到「水火既濟」

唐僧自出身即與「水」有極大的關係，江流兒的故事是取經的第一難，在嬰兒時期即遭抛江的水難。唐僧在楊景賢雜劇、朱鼎臣本、汪旭象本《西遊記》裡，「江流兒」故事的加入，即賦予它出自母腹的「凡胎」，出生滿月即被抛江、尋母報仇，都是比較屬於英雄傳奇的情節，雖然未必是唐三藏原有的形象，然而從俗文學的特色來看，想必是當時熟悉的傳奇人物特色。[5]他幼年在金山寺中修行度過，並未如孫悟空一般，會冒險、胡鬧、惡作劇等「猴把戲」，因此一旦被抛到處處險阻的妖魔世界中，便常不知所措，往往需要見過世面，老於世故的悟空相助。

每每遇見妖魔，唐僧就滾鞍下馬，大叫「徒兒救我！」而悟空則說師父「膿包，忒不濟事」，當三藏淚眼婆娑，無法解決困境時，總是激起孫悟空的保護欲。本來悟空對於自己的能力就顯然十分志得意滿，《西遊記》中孫悟空遇到能力比自己高強或平起平坐的對手，通

4 鄭明娳：《西遊記探源》全一冊（下）（臺北：里仁書局，二〇〇三年四月），頁三十四。

5 鄭明娳：《西遊記探源》全一冊（上），頁二一八－二一九。

常都是使盡全力想贏過他：第六回與力足收伏他的小聖二郎神爭鬪，兩人一路上變成麻雀、雀鷹兒、大鶿老、大海鶴、魚兒、魚鷹兒、水蛇、灰鶴、花鴇、土地廟兒等，纏鬥不休；第五十八回，遇見與自己相貌、能力都相當的六耳獼猴便怒發，從花果山，打到南海洛伽山找觀音、靈霄寶殿尋玉帝、森羅殿問地藏王，直到雷音寺釋迦如來處方才眞相大白，這些纏鬥的功夫，顯示孫悟空非常難以駕馭，對於唐僧的懦弱，常常「淚如雨落」、「淚眼雙垂」，悟空也多次責備唐三藏爲「膿包」、「不濟」，但是唐三藏的淚眼有時是孫悟空甘心相隨的原因之一，悟空曾發下豪語：「師父呵！我是有處過日子的，只怕你無我去不得西天！」（第二十七回）姚詠萼即認爲：「唐三藏的淚眼婆娑，贏得孫悟空捨命相從，終於取得佛經。」[6]

水是五行之源（第四十九回引《水災經》），在五聖的排行居於首位的唐僧多被認爲具備五行中的「水」德，是取經的領導者。對於唐三藏的眼淚，張靜二在討論唐僧時，即認爲「在取經團體的成員中，最常發生磨擦的是配『水』的三藏和配『火』的悟空兩人。」[7]並提出應不以「聖僧」、「聖人」等高標準而是以「凡夫」來論唐三藏，將淚眼當成唐三藏身爲一介凡人被抛到妖魔世界中，爲紓緩恐懼的自然流露，[8]是接近人性本質且具有溫度的。

在一關關經歷各種險阻，如成年禮般的考驗後，唐僧以「知其不可爲而爲之」的堅忍，擔當起領導取經團隊的責任，並且在一路上秉持其士大夫的入世精神幫助大衆，這一點是神話英雄般的孫悟空與凡人唐僧的差異。

淚眼這樣的凡人反應，似乎也有其不平凡之處。有學者將唐三藏提出來，與歷史上因君主淚眼而贏得臣子捨命相從的劉備和宋江相互比較，如張錦池：

宋元以來的玄奘藝術形象與劉備、宋江藝術形象相似，他們都是忠厚長者，甚至連好哭的特點都是共同的。……劉備的哭，是出於「上報國家，下安庶黎」。宋江的哭，是由於「忠爲君王恨賊臣，義連兄弟暫安身」。玄奘的哭呢？除憂不得眞經而歸以保皇圖永固，還由於其有鄉愿意識的一面。9

6 姚詠萼：《笑談西遊記》〈唐三藏淚眼婆娑映大聖〉（臺北：時報文化，一九七八年九月），頁一三四。
7 張靜二：《西遊記人物研究》（臺北：臺灣學生書局，一九八四年八月），頁一二二。
8 張靜二：《西遊記人物研究》，頁一三二。
9 張錦池：《漫說西遊》，〈唐僧是帶著僧帽的儒士〉（北京：人民文學出版社，二〇〇五年一月），頁三十一。

劉備的評價從《三國演義》流傳以來，大多都是心懷仁慈的君主，是故能集天下英才而用之。而張錦池獨稱唐三藏的眼淚是鄉愿性的，但也正因爲此，顯示唐三藏與劉備、宋江眼淚有其共通之處，亦即他們都以仁慈及眼淚，換來屬下甘心相隨，如姚詠萼所述：「就憑他這副慈悲懦弱的好人樣相，卻不減他半分能夠將『將』的天才，終於造下了不朽的功業。」10

除了淚眼之外，姚詠萼亦提出唐僧所蘊藏「知人善任」的另一君主性格。孫悟空雖然神通廣大，在保唐僧取經任務中居功厥偉，但他曾被壓在五行山下灌銅汁，給鎮元子連人帶棒籠進袖子，也曾上了青牛金剛琢圈套，使得取經四衆皆不能自拔。

> 然而唐三藏卻死心眼把自己寶貴的生命和神聖的使命交託了他，此即唐三藏覷定了這個心猿的赤膽忠心。……乃魯莊公能知人善任，不以曹沫三敗爲非，唐三藏有焉。綜觀唐三藏所做所爲，實深得老子「無爲而治」的個中三昧，且能貫通而運用之。11

唐三藏的領導性格，「淚眼」、「知人善任」等特點或可作爲媲美古代君主的象徵，但這個性格特質最主要還是反應在取經過程的主導地位上。鄭明娳認爲唐三藏在受命取經時表現很少的信心，如第十二回，唐僧受命時向君王道：「我這一去，定要捐軀努力，直至西天；如不到西天，不得眞經，即死也不敢回國，永墮沉淪地獄。」（第十二回）；向徒弟道：「大抵是受聖王恩寵，不得不盡忠以報國耳。」（第十二回），鄭明娳更指出：「這種勉強的口氣，不穩定的信心，大有逼上梁山之況。」[12]但同樣一段話，也可解釋成爲了度化衆生，必須遠赴靈山求取經典，即使旅途中萬分艱辛還是得堅持前行，這種追求理想的入世精神，唐三藏確實做到了。

對於唐三藏這段歷程，趙天池就認爲：

> 他曾不只一次婉謝沿途的財物奉獻，也曾堅拒烏雞國的王位；縱因肉體的軟弱而耐不得長途，擔不得艱險，每每恐懼妖魔，埋怨饑渴，思念家鄉，卻仍能咬

10 姚詠萼：《笑談西遊記》，〈唐三藏淚眼婆娑映大聖〉（臺北：時報文化，一九七八年九月），頁一二九。

11 姚詠萼：《笑談西遊記》，〈唐三藏淚眼婆娑映大聖〉，頁一三〇。

12 鄭明娳：《西遊記探源》全一冊（下），頁一一一。

> 緊牙關，絕沒講過半句回頭話。[13]

趙天池稱這種性格爲「軟弱中的剛強」。的確，堅拒財物、王位，忍受從未體會過的妖魔恐懼、離鄉背井以及生活條件匱乏，唐三藏作爲一介凡人實屬不易。雖然他並非「絕沒講過半句回頭話」，例如在第八十一回在禪林寺一病，唐三藏曾起「有經無命空勞碌，啓奏當今別遣人」（第八十一回）的退縮念頭，病重消極是人之常情，不當以孫悟空玩笑語「師父，你忒不濟，略有些病兒，就起這個意念。」（第八十一回）作爲引證，否定唐三藏的取經決心。

除此之外，唐三藏在取經途中也表現了積極的一面，如張靜二指出：

> 三藏確曾多次表現勇敢。他鼓勵徒弟爲高家莊除妖、爲陳家莊剷魔、爲祭賽國和尚伸冤、爲比丘國小兒保命、爲鳳仙郡祈雨救民、爲金平府剿滅犀精，並爲天竺國辨明妖邪。這些當然皆非由他出面才獲解決，但畢竟還是經他鼓勵而促成的。[14]

除害、伸冤、保命、救民，頗有儒家地方官的正面形象。雖然實際執行降妖任務的是孫悟空，但唐三藏是幕後的主要推動力量。

因此，唐三藏的「淚眼」或許不只是懦弱的象徵，其中還隱含著他悲憫性格，「這副慈悲懦弱的好人樣相」爲他贏得孫悟空的捨命相隨；並且唐三藏「知人善任」的性格，也與古代賢明君主有呼應之處。唐三藏雖知旅途艱辛，但爲君命、爲度化眾生而堅毅不放棄的取經精神，正符合儒家「知其不可爲而爲之」最崇高的入世精神；而旅途中處處解救百姓的舉動，也符合領導者的期望。唐三藏作爲一介凡人，被派遣到妖魔世界中，雖然顯出淚眼汪汪的懦弱形象，然而在妖魔世界中，唐僧仍能如君主或士大夫一般，保持慈悲心腸、入世追求理想的精神，盡力完成取經任務，作爲一個「人」或「士人」，也是恰如其分的。

《西遊記》中在歷經火焰山三調芭蕉扇之後，五聖進入祭賽國時，小說即形容：

十二時中忘不得，行功百刻全收。五年十萬八千周。休教神水涸，莫縱火光愁。水火調停無損處，五行聯絡如鉤。陰陽和合上雲樓。乘鸞登紫府，跨鶴赴

13 趙天池：《西遊記探微》（臺北：巨流圖書公司，一九八三年十二月），頁七十七。

14 張靜二：《西遊記人物研究》（臺北：臺灣學生書局，一九八四年八月），頁一二九—一三〇。

瀛洲。

這一篇詞，牌名〈臨江仙〉，單道唐三藏師徒四眾水火既濟，本性清涼。借得純陰寶扇，搧息燥火過山。（第六十二回）

面對孫悟空的火性大鬧天宮，踢翻了太上老君的煉丹爐，火苗落入凡間，五百年後取經人遭火焰山之厄，必須要「水火調停」、「五行聯絡」，當「四衆水火既濟，本性清涼」，才能繼續上路取經，所以，如果只有孫悟空的術能燥火，而沒有唐僧如水般的柔弱與信任，取經之路恐怕也是窒礙難行的。

三、師不如徒？——取經團隊中的唐僧

馮文樓將世德堂本《西遊記》的意義結構分爲三個層面，一是表層結構，是自律意志的鍛造，人格價値的尋取；二是基層結構，指現實世界的批判，理想世界的追尋；三是深層結構，針對人性的關照、探訪及整合。[15]就表層和深層結構中，勢必經過多重意志的衝突以及人性的試煉，取經團隊的師徒性格不斷的發展，並調和成長，他們共同經歷衝突，發生爭論，從中認識自己，也認識他人。

世德堂本《西遊記》中以「五聖」來稱呼唐僧、悟空、八戒、沙僧、龍馬師徒（第一百回），五聖的象徵意義關係著全書主旨，明清評論家及以五聖配五行加以評點，如：汪象旭《西遊證道書》首回批語就說：

《西遊記》一書，仙佛同源之書也，何以知之？曰：即以其書知之。彼一百回中，自取經以至正果，首尾皆佛家之事，而其間心猿意馬、木母金公、嬰兒姹女、夾脊雙關等類，又無一非玄門妙諦，豈非仙佛合一乎？[16]

這段「仙佛同源」成為他閱讀《西遊記》很重要的起點，因此，在闡釋師兄弟排行時，他提出五人之間的關係，以及個人特質的特殊寓意：

15 馮文樓：〈取經：一個多重互補的意義結構——關於《西遊記》思想蘊涵的解讀〉，《明清小說研究》一九九二年第一期，頁六十七－八十二。

16 黃太鴻、汪旭象箋評：《西遊記證道書》（上海：上海古籍出版社，一九九〇年），頁一。

自有天地，便有陰陽五行。此陰陽五行，不但諸人離他不得，即仙佛亦離他不得。……若以五項配五行，則心猿主心，行者自應屬火無疑，而傳中屢以木母、金公分指能、淨，則八戒應屬木，沙僧應屬金矣。……土爲萬物之母，三藏既稱師父，居四眾之中，理應屬土。龍馬生於海、起於澗，理應屬水。如是庶五行和合，不致偏枯乎。[17]

「仙佛同源」的主題，將佛門中人與道教的五行相對應。清代劉一明《西遊原旨》不但以五行屬性解釋悟空七十二變，八戒三十六變的意思，還進一步分析三師兄弟「以兵喻五行之用」，[18]針對悟空的金箍棒、八戒的釘鈀、沙僧的寶杖，與三人的關係之緊密不離身。明代張書紳則以爲五人「合而計之，實即一人之四肢五臟全形耳」，是爲受胎成形的一個人，五聖分別象徵人身的不同部分。[19]

這種五行成爲身體小宇宙的說法，民國以後仍然沒有過氣，李安綱也是將身體臟器對應五聖，來斷定《西遊記》寫的就是金丹大道，頗有集舊說之大成的意味。[20]余國藩在他的《西遊記》英譯導論中頗爲認同傳統評點以五行配唐僧師徒的說法，他仍接受清代五聖寓意的探討，表示：

設使讀者所讀的是中文本《西遊記》，相信很少人會略過五行、煉丹語匯與三藏三師徒之間的關係。……雖然在看待五聖的關係時，我們不能孤立任何一種次序，強予論列，但就悟空、悟能以及悟淨三徒而言，其間卻有相當一致的關係存在。21

余國藩以悟空爲金公，八戒爲木母，沙僧爲土母，透過五行的關係，敘述者才能評論五

17 黃太鴻、汪旭象箋評：《西遊記證道書》，頁二。

18 「行者是水中金，乃他家之眞陽，屬命，主剛主動，爲生物之組氣，統七十二候之要津，無物不包，無物不成，全體大用，一以貫之所以變化萬有，神妙不測。八戒爲火中木，乃我家之眞陰，屬性，主柔主靜，爲幻身之把柄，只能變化後天氣質，不能變化先天眞寶，變化不全，所以七十二變之中，僅得三十六變也。」劉一明：《西遊原旨》（上海：上海古籍出版社，一九九〇年），卷一，頁七十四—七十五。

19 張書紳：《新說西遊記・總批》（上海：上海古籍出版社），卷一，頁十一。

20 李安綱：《苦海與極樂：西遊記奧義》（北京：東方出版社，一九九五年），頁十。

21 余國藩著，李奭學編譯：《〈紅樓夢〉、〈西遊記〉與其他》（北京：三聯書店，二〇〇六年），頁二八四—二八五。

聖的經驗和作為。除了道教五行的說法，鄭明娳從佛教角度來詮釋，他認為西行主題是「修心」，唐僧代表人的軀殼，悟空、八戒、沙僧分別比喻佛門慧、定、戒三個觀念，而龍馬則代表意念。22

從明清的傳統評點到近代的學者，在談論五聖關係時，或以五行生剋的道理，或以武器配備的功能、或是將五聖看作個人身體的小宇宙，都一再說明：《西遊記》的團隊是一組必須整體考量的命題，而其中最能突顯衝突的事件，唐三藏三度驅逐悟空應是非常具有代表性的，在取經隊伍中，最常發生磨擦的即是三藏和悟空的師徒關係。唐僧驅逐悟空的理由大多是因為悟空誅殺路途上的盜賊或妖精：

第一次孫悟空棒殺六賊後，唐僧勸告：「這卻是無故傷人的性命，如何做得和尚？出家人『掃地恐傷螻蟻命，愛惜飛蛾紗罩燈』，你怎麼不分皂白，一頓打死？」孫悟空受不了絮叨，使性出走。（第十四回）

第二次屍魔三戲唐三藏，唐三藏三次昧於地上的屍首及豬八戒的讒言，又以「你在這荒郊野外，一連打死三個人」為由，念起緊箍兒咒，寫了一紙貶書，逐退悟空。（第二十七回）

第三次孫悟空打死兩個打劫的賊首，以及包括留宿處楊老兒之子在內的一夥賊子。唐三藏再度念起緊箍兒咒，並以「況又殺死多少人，壞了多少生命，傷了天地多少和氣。屢次勸

你，更無一毫善念，要你何爲！」爲由，三逐悟空。（第五十六回）

這三次一棒打死的盜賊及妖精，所來的目的不是爲了打劫財物，便是要吃唐僧肉，或是將取經一行人剁成肉醬爲賊首報仇，危害到唐僧個人甚或取經團隊的生命。保護唐三藏取經順利及誅殺路途上所出現的歹徒及妖精，實屬一體兩面。因此對於唐三藏屢次勸阻孫悟空棒殺，甚或因此貶退悟空的行爲，歷來學者多持唐三藏固執、冥頑不通的論點，例如周芬伶「好以靜態的標準衡量動態的事物；以主觀的成見裁決客觀的環境」以及「只用善惡二分法對人處事，因此常相信事情表面，或偏聽一面之詞」的說法。23

然而，唐三藏之所以強烈反對傷害人命，除了作爲僧人的慈悲心腸，是否還可以從將唐三藏回歸到一個「人」的本質，從作者交待得頗爲清楚的、唐三藏自身的出身背景來解釋呢？姚詠蕚回顧唐三藏於第九回尋親與復仇的過程，認爲：

22 鄭明娳：《西遊記探源》全二冊（下）（臺北：里仁書局，二〇〇三年四月），頁四十。

23 周芬伶：《西遊記與鏡花緣的比較研究——兩本神怪小說的心理分析》（臺中：東海大學中文研究所，一九八〇年五月），頁四十七—四十八。

唐三藏手持念珠，借了他人之力殺了仇家，開始看到流血剖肚剜了心肝的大場面。所以我們推測「殺人」是唐三藏的一個「情意綜」（complex）大約是可以成立的，換言之，這是三藏不願面對的「心結」。[24]

佛門教條有戒酒、不近女色、不打誑語等條目，但唐三藏從未嚴格要求徒弟禁酒，並且即使豬八戒常起色心，孫悟空好炫耀，唐三藏卻從未以此爲由貶退他們。唯獨傷人性命這一罪名使唐三藏三貶悟空，除了這是佛門戒律之一外，更是出家人慈悲爲懷的核心價值。唐僧作爲一位僧人，不殺生爲佛家第一大戒，但另一方面，唐僧要達成被賦予的取經任務，剷除途中所遇到的妖精阻礙也實屬必然。因此，殺生與不殺生似乎成爲相互矛盾但又必須擇一的選擇題，一路考驗著唐三藏。

但歷來對於唐三藏的研究，極少對唐三藏的這種兩難困境給予諒解，反而讓唐三藏深陷動輒得咎的境地。如果他殺生，便能握有證據般地稱其爲「僞善者」，如果他不殺生，便稱他爲被「奴役」或是「一個永遠的虛幻的犧牲者」。[25]

唐僧與孫悟空間的磨合，最顯著的即是皆以悟空不該殺生而三逐悟空的情節。細看唐僧三逐悟空，便可知唐僧並非表面上不殺生，遇到生命受威脅時卻巴望悟空解圍的「僞善者」，而是對於自己的決定有堅決精神的，這反映在悟空三次回歸，都不是唐僧要他回來的。

第一次悟空出走，是受龍王、南海菩薩所勸而自動回歸，唐僧只在路上等待。第二次悟空被逐後，唐僧爲黃袍老怪所擒，念著悟能、悟淨來解救他，獨不喊悟空。悟空回歸，是因「意馬憶心猿」（第三十回回目），龍馬勸八戒前往花果山，請孫悟空來解唐僧之危的。第三次悟空被逐後，引出六耳獼猴假扮悟空之禍，悟空回歸，是由於菩薩勸唐僧「必得他保護你，纔得到靈山，見佛取經。再休嗔怪。」唐僧才叩頭「謹遵教旨」（第五十八回）。

屢次磨合中，孫悟空在第三次被逐，垂淚尋觀音，觀音教之云：「那個打死，是你的功績；這人身打死，還是你的不仁。」悟空答：「縱是弟子不善，也當將功折罪，不該這般逐我。」（第五十七回）由「不善」、「罪」等字詞可知，悟空已有相當反省。

唐僧三次對悟空逐得堅決，顯示其抉擇過程轉變之不易。然而後來第六十四回中，唐僧得知木仙菴中與之作詩論道的長者及女子皆爲樹精後，曾阻止弟子傷及他們，但被悟空勸道「師父不可惜他。恐日後成了大怪，害人不淺也。」（第六十五回），也就順任弟子們誅

24 姚詠萼：《笑談西遊記》，〈唐三藏的心魔二重奏〉（臺北：時報文化，一九七八年九月），頁一九七。

25 夏志清著，何欣譯：〈西遊記研究〉，《現代文學》第四十五期（一九七一年十二月），頁八十七。

除。相較前段被屍魔三戲仍責罵悟空不該殺生的情景，對是否誅殺妖精一事，顯然與團隊已有相當程度的共識。

除了團體生活中與孫悟空的彼此磨合外，唐三藏對於殺生與不殺生的抉擇，也不單是考慮過佛門戒律或個人生命保障之後的單一、個別選擇，而是隨著對取經意義的深刻把握，有再三思考過後的改變，蘊含重要的精神成長過程。

姚詠萼整理過唐三藏對於殺生與不殺生抉擇的轉變過程：

求經是西行的目的，在西行路上殺妖斬怪，是求經不得已的手段，……咬牙痛下決心不再開戒殺，即表示不再爲自己的目的而不擇手段殺生了，所以毅然驅逐了孫悟空。……收回成命，孫悟空又回到了他的身邊。可見取經的事業是唐三藏的第一要務，這一種「非此即彼」的抉擇，是唐三藏第一道「心魔」。[26]

唐三藏體認到取經事業是第一要務，或許是因爲體認到比起小乘佛門戒律，取經最終目的的大乘佛教度脫衆生更顯重要，其間的差別有如「小我」與「大我」，超越一己意識，才能心懷衆生。

在取經路途上所遇到的妖精，通常是被神仙菩薩所收服，即使棒殺後，也是變回原形，回到原來居住的神佛界去。如第四十三回孫悟空請菩薩收服紅孩兒，後來勸鐵扇公主：「他如今現在菩薩處做善財童子，實受了菩薩正果，不生不滅，不垢不淨，與天地同壽，日月同庚。你倒不謝老孫保命之恩，反怪老孫，是何道理！」（第五十九回）。被收服、棒殺與成正果實爲一體兩面。就如鄭明娳所述：「所有妖魔，也只要放下屠刀，立地成佛。這正是佛教禪宗一切衆生皆有佛性的看法。」[27]

唐三藏對於斬除妖精觀念上的轉變，乃是一種從一己生命經歷及一己之修行成果中超脫，以期完成度脫衆生之最終使命的成長歷程。並同時也領悟到棒殺妖精的另一面，也正是度脫這些妖精。如同張錦池所述：

書中寫玄奘和孫悟空的思想衝突，是隨著歷難次數的增加而日漸減少的；玄奘歷盡八十一難的過程，實際上也就是他日益放棄鄉愿立場的過程。……認識到

26 姚詠萼：《笑談西遊記》，〈唐三藏的心魔二重奏〉（臺北：時報文化，一九七八年九月），頁一九八。

27 鄭明娳：《西遊記探源》全一冊（下）（臺北：里仁書局，二〇〇三年四月），頁二十四。

孫悟空的「鋤惡」正是在積「善緣」。[28]

「鋤惡」與「積善」，實爲一體兩面。正如張錦池所述：

顯現於這一宗教光環下的，卻是作者對塵世治平的執著求索。這只有因社會過於腐敗而開始對清官政治失去憧憬的人，才會有這種將「玉宇澄清萬里埃」的希望寄託於「金猴奮起千鈞棒」，以爲這就是靈山。[29]

在混亂腐敗世局下，對治平求索的期待而言，「鋤惡」比「勸善」或許是更有效的方法。

唐三藏三次貶退悟空時，有一個共同現象特別值得注意，那便是唐三藏的諉過性格。第一次貶逐悟空時，唐三藏道：「若到城市，倘有人一時沖撞了你，你也行兇，執著棍子，亂打傷人，我可做得白客，怎能脫身？」（第十四回）

二度驅逐悟空時，唐三藏也說：「倘到城市之中，人煙湊集之處，你拿了那哭喪棒，一時不知好歹，亂打起人來，撞出大禍，教我怎的脫身？你回去罷！」（第二十七回）

三度逐悟空時，唐三藏將楊老兒的兒子首級埋葬，焚香禱告則說：「他姓孫，我姓

陳，各居異姓。冤有頭，債有主，切莫告我取經僧人。」（五十六回）

由於這種諉過性格，周芬伶將唐僧視爲僞善者：「但凡僞善者不承認自己的惡行，總是諉過於他人。」[30]事實上唐僧除了有將惡行諉過於他人的傾向外，甚至在善行方面也有將諉過自保當成指導原則的傾向。

例如悟空欲在觀音禪院院主面前展示錦襴袈裟時，唐三藏勸他的話是：「『珍奇玩好之物，不可使見貪婪奸僞之人。』……汝是個畏禍的，索之而必應其求，可也；不然，則殞身滅命，皆起於此，事不小矣。」（第十六回）在受白骨夫人以食物相誘時，他拒絕的理由是：「假如我和尚喫了你飯，你丈夫曉得，罵你，卻不罪坐貧僧也。」（第二十七回）以不願被怪罪爲由，拒絕齋飯。

28 張錦池：《漫說西遊》，〈唐僧是帶著僧帽的儒士〉（北京：人民文學出版社，二〇〇五年一月），頁二十五。

29 張錦池：〈宗教光環下的塵俗治平求索——論世本《西遊記》的文化特徵〉，《文學評論》第六期（一九九六年），頁一四一。

30 周芬伶：《西遊記與鏡花緣的比較研究——兩本神怪小說的心理分析》（臺中：東海大學中文研究所，一九八〇年五月），頁四十三。

這種自保式的心理有時是爲了無法正視自己的陰暗面，忠於自我後才能認同他人，因此正視自我，並試著超越自我，也成爲唐僧此旅途中的主要任務之一。

另外，這種不願與任何罪名牽扯關係的性格，以及對方行爲若侵犯到自己原則便斷然與之劃清關係的行爲，或可說明唐三藏並非因爲「聖僧」形象而被受命取經，反而是作爲「你這小乘教法，度不得亡者超昇，只可渾俗和光而已」（第十二回）的代表，在遠赴西天靈山取經路途上受八十一難的考驗，使心性不斷提昇，在到達靈山之時，也同時到達大乘佛教「悟空」境界。「無字眞經」的獲得，或許正代表這一點，至於最後需將「無字眞經」換成「有字眞經」，或許可解釋爲東土大衆並未經歷種種考驗，無法悟得「無字眞經」眞諦，因此帶回「有字眞經」作爲大乘佛教度脫衆生的媒介，將衆生領往「能超亡者昇天，能度難人脫苦，能修無量壽身，能作無來無去」（第十二回）的境界。

此外，《多心經》在《西遊記》中的地位，夏志清認爲「吳承恩選用這一個來源時，曾盡量使他的整部小說成爲對這部心經的哲學的注釋。」[31]而方瑜亦同意此論點。[32]意即主張佛教之「空」爲整部《西遊記》之中心思想，不論是災難的虛幻性，或是最後得到的「無字眞經」，都可作爲此論點的註腳。

而《多心經》之於「多心的和尙」唐三藏的意義，烏巢禪師告訴他：「若遇魔瘴之處，但念此經，自無傷害。」（第十九回）唐三藏雖能記誦，但遇妖魔仍表現懦弱，顯然未瞭解《多心經》眞諦。夏志清認爲：「唐三藏如眞能瞭解多心經的眞諦，他就不需要這些徒弟的伺候，就像瞭解那些災難的虛幻性質。」[33]鄭明娳也曾提及：「全書西行經過的山川城池與背景的單調劃一，亦正強調事實的虛幻。」[34]不過，盜賊要打劫取經團隊財物，以及妖精要吃唐僧肉等事件，在文本脈絡中都是會危害到唐僧生命，使其無法繼續取經任務的實在打擊。因此我們有必要探討所謂「災難的虛幻性質」、「事實的虛幻性」之佛教思想，在《西遊記》中的實際內涵。

在妖精的虛幻性方面，如前面所言，《西遊記》中出現的妖精爲求長生，大多想吃唐僧肉，而一部分的女妖精則是「唐僧乃童身修行，一點元陽未泄，正欲拿他去配合，成太乙金

31 夏志清著，何欣譯：〈西遊記研究〉，《現代文學》第四十五期（一九七一年十二月），頁八十六。

32 方瑜：〈論西遊記——一個智慧的喜劇（上）〉，《中外文學》第六卷第五期（一九七七年十月），頁二十四。「吳承恩將『多心經』的傳授安排在收服物欲的象徵八戒之後，而且在全書關鍵處屢屢將『心經』提出加以討論，頓使整個冒險旅途及妖魔災劫都具有象徵與寫實的雙重層面，更深化了全書內涵的豐饒。」與夏志清上句意同。

33 夏志清著，何欣譯：〈西遊記研究〉，《現代文學》第四十五期（一九七一年十二月），頁八十五。

34 鄭明娳：《西遊記探源》（下）（臺北：里仁書局，二〇〇三年四月），頁二十一。

仙。」（第八十回）想透過吸取唐僧元陽的管道成仙長生。這些行爲或可當成食色等欲望的象徵。而這些妖精最後的結局，不是被悟空棒殺，便是被原來主人收伏，這些災難確實有其「虛幻性」。

另外，「災難的虛幻性質」也反應菩薩與妖精的緊密關係，甚或一體兩面上。鄭明娳「西遊記也說菩薩妖精，只是一念（第十七回）。故觀音可變妖身、三藏曾變老虎（第三十回），與妖王無二；妖王又變三藏，使悟空眞假難分。魔、佛，只是由迷到悟。」[35]

由上可知，妖精本身的虛幻性質，可反應在他們是食、色等欲望的化身，並且一定會被誅除，以及菩薩與妖魔實爲一體兩面此兩點上。理解妖精虛幻性在故事脈絡中的意涵後，如同張靜二所述：「《西遊記》八十一難顯然是爲三藏，而非爲三徒安排的。五聖之中只有三藏一人經歷八十一難。」[36]

《西遊記》第七十九回孫悟空變成假唐僧，滾出一堆心：

> 假僧將那些心，血淋淋的，一個個檢開與衆觀看，卻都是些紅心、白心、黃心、慊貪心、利名心、嫉妒心、計較心、好勝心、望高心、侮慢心、殺害心、狠毒心、恐怖心、謹愼心、邪妄心、無名隱暗之心、種種不善之心，更無一個黑心。（第七十九回）

這一段成爲歷來學者指出唐三藏是位「多心的和尚」、「僞善者」之明證。但若我們仔細考量，這些「不善之心」特別是「利名心」、「好勝心」、「侮慢心」、「殺害心」等等，與其說是指唐三藏，不如說更接近孫悟空的缺點。何況作者在回目中描述唐三藏爲「三藏不忘本」（二十三回）、「性正修持不壞身」（五十五回）、「唐長老不貪富貴」（九十六回），也屢次在行文間提及他「本心善慈」、「慈憫」是個「眞和尚」、「好和尚」等。

小說中曾指出唐三藏昧於六賊之處，是在孫悟空提醒唐三藏《多心經》的眞諦時：

> 你如今爲求經，念念在意；怕妖魔，不肯捨身；要齋喫，動舌；喜香甜，嗅鼻；聞聲音，驚耳；覩事物，凝眸；招來這六賊紛紛，怎生得西天見佛？（第四十三回）

35 鄭明娳：《西遊記探源》全一冊（下），頁二十五。

36 張靜二：《西遊記人物研究》（臺北：臺灣學生書局，一九八四年八月），頁一三一。

確實，這六賊都是唐三藏尚不能拋開的，這一方面也說明了唐三藏是在路途上修行的一介凡人。「爲求經念念在意」的執著，是他繼續這趟修心之旅，乃至取得眞經完成度化東土衆生大業的動力。即使在最後一劫時佛經被水沾破，三藏本十分懊悔，但悟空以「今沾破了，乃是應不全之奧妙也。豈人力所能與耶！」（第九十九）唐僧此時接受有些事確非人力所能及，也就釋懷了，此舉未嘗不是從「爲求經念念在意」上有所提升。《西遊記》中，「虛幻性」對唐三藏的意義是，透過「怕妖魔」及「聞聲音驚耳」，在守護神六丁六甲、四值功曹及衆徒弟的保護下，他對外得以體認到虛幻性，對內則能正視自己的「六賊」缺陷，在最後到達「悟空」境界。

我們對唐僧的詮釋與形象審美，從取經的動態歷程來看，必須以一個「肉眼凡胎」的人性來理解。唐僧的眼淚、柔弱，是一種「水德」的領導風格，他的信任激發悟空的積極；他對於善惡的辯證、對於諉過的批評、對於「多心」的考量、對於女色的考驗，在許多面向來說，唐三藏這個人物形象的內涵，兼具道家的五行觀點，加上佛教由小乘的修爲，直到大乘的智慧成長，在看似扁平的形象上，仍有許多轉化的修行歷程不能不細心體會。

唐僧作爲一個既虔誠又庸懦的精神領袖，在法力神通上不及三個徒弟，在悟道上不及孫悟空，他的領導地位來自於他的神界出身，雖然「師不如徒」的形象，每每使他在魔難中受苦，他的狼狽相「遇妖精就捆，逢魔頭就吊，受諸苦惱」，孫悟空也揶揄他說：「天下也有和尚，似你這樣皮鬆的卻少」，體現了作者有意的嘲諷，後人以聖僧的崇高光環一再對他以高規格的檢視，殊不知，作者創造出來的這一個形象，是在俗世中體現他的莊嚴與滑稽的雙重性，使得唐僧在《西遊記》中成爲豐富而又貼近人性的藝術形象。

第二節　孫悟空

西天取經原本是屬於唐僧的故事，但隨著故事的流傳，孫悟空的重要性逐漸提高，到了百回本《西遊記》甚至取代唐僧成爲主要角色。此一演變標誌了文本向「神魔化」、「世俗化」靠近，原本崇高的宗教光環逐漸磨滅，甚至演變成對聖教經典的「遊戲」。在此同時，孫悟空的頑童形象也逐漸地滋養、茁壯，在吳承恩的生花妙筆下樹立了一個不可抹滅的角色形象。

相對於唐三藏有一個史實的模型，孫悟空則是虛擬的人物形象，他是《西遊記》裡最生動活潑、最機靈調皮的角色，作者藉由孫悟空串起全書的情節，不論是大鬧天宮還是西天取經的路上，我們一而再，再而三地看到作者集中筆墨描寫孫悟空英雄與頑童兼具的形象，這個形象的來源與改造，也是經歷了許多文學藝術的塑造歷程，成爲《西遊記》最豐富的人物，文化中深具代表性的創作。

孫悟空的來源歷來衆說紛紜，有中原「國產猴」說，[37]也有西域說，[38]這些爭議大致都延續自胡適與魯迅對孫悟空原型「外來說」與「本土說」的爭論，對於這個問題，張錦池「階段性影響說」是一個頗爲中肯的說法，取經故事在各階段受到不同文化影響，他說：

就雜劇《西遊記》而言，在此之前，取經故事主要在佛教文化環境中生長，猴行者、孫悟空都是佛教文化孕育出來的文質彬彬、神通廣大、降妖服怪的猴，但此後就不同了，楊景賢爲我們引進了一只流氓成性、犯上作亂、但最終皈依佛法的道教猴。[39]

佛教猴指的就是佛典裡許多的猴形神將，如《六度集經》的（五六）〈獼猴王本生經〉；《雜寶藏經》的本生故事〈善惡獼猴緣〉。道教猴其源頭與民間「淫祀」風俗有關，原始民間宗教的多神崇拜，猴精之類的山精水怪只能稱爲聖，大聖、小聖的猿猴精怪逐漸形成系統性的家族——齊天大聖家族。對於孫悟空原型還包括中國古代猿猴的故事，如魯迅提及唐傳奇《李湯》中的淮水水怪无支祁、唐傳奇《補江總白猿傳》中修煉有成，會攝取美婦的白猿，並演化成宋人話本《陳巡檢梅嶺失妻記》奪人妻女入申陽洞的通天大聖、彌天大聖、齊天大聖三兄弟還有一位叫作「泗州聖母」的小妹，是一個猴精家族，全都烙印著「修煉成仙」的道教色彩。[40]

由此可見，孫悟空的形象塑造，是一個非常複雜的過程，匯合了佛教經典與各種民間傳說，當這些元素成爲文藝創作時，其形象演變就越來越活潑生動：

37 張錦池：〈論孫悟空的血統問題〉（北方論叢，一九八七年）；張錦池，《西遊記考論》，第五章〈論孫悟空形象的演化〉，認爲孫悟空的形象孕育於道教猿猴故事的凝聚，而發展於釋道二教思想的爭雄。頁一〇九—一四七。

38 蔡鐵鷹：〈「大鬧天宮」活水有源——順昌「齊天大聖」之我見〉（學海，二〇〇六年）；蔡鐵鷹認爲猴行者「猴」的身分特徵的來源或原型，有三種可能：一、西北地區古羌人氏族圖騰及祖先傳說與玄奘事蹟附會的可能；二、印度神猴哈奴曼通過第四條中西通道麝香之路，進入《取經詩話》的產地敦煌一代的可能；三、由佛教典籍中猴形神將轉化的可能。〈猴行者與古羌人的氏族圖騰及祖先傳說〉，《寧夏學報（社會科學版）》（一九九〇年第三期），頁六十六。

39 張錦池：《西遊記考論》，頁一七四。

40 張錦池：《西遊記考論》，頁一一七。

一、世德堂本《西遊記》之前的孫悟空形象

在探討《西遊記》人物形象時，許多研究者常常以《西遊記》的成書歷程來觀察形象的演變，41以《大唐三藏取經詩話》、《西遊記雜劇》、百回本《西遊記》為素材，考察孫悟空形象的演變，這使我們理解孫悟空有一個縱深的視角。

㈠大唐三藏取經詩話

南宋《大唐三藏取經詩話》裡的悟空是以「白衣秀士」的形象出現，他曾因偷吃西王母的蟠桃而受到懲罰，從這裡我們看到孫悟空的性格在早期文本就埋下了種子。他自願加入取經團隊的行為隱約有贖罪的意味，詩話中沒有特意突顯這點。白衣秀士在加入取經團隊後便被改喚為「猴行者」，但這並不意味著具有猴的形象特質，而是代表他進入佛門、修行佛道。42

猴行者有不小的本領，能知過去和未來的事，曾「九度見黃河清」，還知道玄奘法師前世兩度取經都因中途遇難而無法完成，並且預知西天取經「百萬程途經三十六國，多有禍難」。除此之外，他還有降妖伏魔的手段。他曾協助唐僧度過長坑、火類坳、女人國的大溪，和白虎精賭鬥、大戰九條馗頭鼉龍，具有見識、智謀和神通。但猴行者的性格並不特別

強烈，充其量只是一個護法的角色，與妖怪賭鬥的過程也僅是一般術士降妖伏魔的描寫，與後來頻頻捉弄妖精的孫悟空仍有很大的差距。

劉毓忱進一步指出，《詩話》在猴行者的形象塑造上有兩個矛盾處。[43]首先是「形」與「神」的不統一，猴行者的「猴」的特徵和習性沒有具體描寫，而且和文質彬彬的書生外型之間的關聯相當薄弱。第二個矛盾是猴行者的個性前後不統一，在大戰白虎精時威風神勇，可是某天，「忽遇一道野火連天，大生煙焰，行去不得」時，便束手無策、驚慌失措地呼「天王」相救。曾在西王母池偷桃被罰的他，取經時復經此地，變得緊張兮兮、膽小怕事。由此看來，在角色塑造上還有瑕疵，而且還未徹底改變孫悟空放蕩不羈的本性。

41 如：張靜二即以這種方式展開說明與討論。張靜二：《西遊記人物研究》（臺北：臺灣學生書局，一九八四年），頁四十九—九十四；張錦池：《西遊記考論》的〈中編〉，頁八十三—二二六。

42 張靜二：《西遊記人物研究》（臺北：臺灣學生書局，一九八四年），頁五十四。

43 劉毓忱：〈孫悟空形象的演化——再評「化身論」〉，收錄於《二十世紀《西遊記》研究》下卷（北京：文化藝術出版社，二〇〇八年），頁四八四。

㈡西遊記雜劇

元代《西遊記雜劇》中的悟空則逐漸突顯他的猴子性格，他本是花果山紫雲洞洞主通天大聖，「喜時攀藤攬葛，怒時攪海翻江」，生活任性自在。通天大聖因在天宮偷仙酒、盜仙丹、攪亂蟠桃盛會而觸怒天庭，被天兵收服，後在觀音的安排下踏上取經贖罪之路。在第九齣他誇口道：

> 一自開天闢地，兩儀便有吾身，曾教三界費精神，四方神道怕，五嶽鬼兵嗔。六合乾坤混擾，七冥北斗難分，八方世界有誰尊，九天難捕我，十萬總魔君。

然而，通天大聖的表現並未如他自己所說的那麼神通廣大。當李天王奉命來鎮壓時，他和衆猴一樣亂成一團，甚至把神通變成逃跑手段，化作一隻焦螟蟲釘在樹上，見情勢稍緩後才躲入洞中，閉門不出。取經的路上，當三藏被豬精擄走，通天大聖恐自己法力不足，在未和妖精搏鬥下便逕往南海求救。在女人國時，他非但無法保護唐僧，自己還被「一箇婆娘按倒」。通天大聖的本領，與猴行者和孫悟空相較起來，可說是差強人意。

特別值得注意的是，《西遊記雜劇》裡的通天大聖妖性未馴，行徑粗鄙不堪。在三藏救出他之後，不但不思回報，反而想吃唐僧的肉。在言語上他經常口出穢言，反映出好色的本性。他去向鐵扇公主借扇子時，便說道：「弟子不淺，娘子不深，我與你大家各出一件，湊成一對妖精。」被鐵扇公主悍然拒絕後，他便怒道：「這賊賤人好無禮。我是紫雲洞主通天大聖。我盜了老子金丹，煉得銅筋鐵骨、火眼金睛、鍮石屁眼、擺錫雞巴；我怕甚剮刀剁下我鳥來？」後來，他在中天竺國遇貧婆論「心」時，說：「我原有心來，屁眼寬阿掉了也。」或許《雜劇》塑造他的粗鄙形象是爲了迎合底層大衆的口味，但在文學意義上不免降低了悟空形象的深度。

雖然雜劇中通天大聖的反抗性格還有很大的「局限性」，他到天宮盜仙丹、仙酒，僅僅是爲了自己的享受，沒有明顯的反抗目的，44但是如果我們不以「英雄」的角度來評論，則可以看到通天大聖所呈現出的是一個在正邪間變動游移、本性令人捉摸不定的角色，自私、狡猾又帶點愚昧的氣息。另外值得注意的一點是，通天大聖變幻多端的本領已開始與「猴」的性格特徵聯繫起來，爲世本《西遊記》營造孫悟空的形象預備了基本條件。

世本《西遊記》在前人的基礎上，對孫悟空的性格進行改造，刪去了《西遊記雜劇》裡好色的一面，淡化了鄙陋的性格，增加更多惡作劇的情節，把粗言穢語的辱罵轉變爲孩童般

44 劉毓忱：〈孫悟空形象的演化——再評「化身論」〉，頁四八六。

嬉鬧的戲言，突顯了孫悟空頑童式的調皮形象。吳聖昔在評論《西遊記》「遊戲筆墨」的運用時指出：

> 它與那些以追求戲謔爲目的的充滿低級趣味的遊戲筆墨有實質的不同。……作品中的遊戲筆墨僅僅是一種藝術手段，通過遊戲筆墨，作者所要追求的乃是對於人類對於社會都有莫大關聯的高超的審美理想。45

在遊戲文本的框架下，作者還提升了遊戲的藝術內涵，主要體現在對孫悟空的角色塑造上。

二、從石猴到鬥戰勝佛——「名」的追求與「力」的展演

㈠石猴、美猴王、孫悟空——從誕生到求師問道

世本《西遊記》首先作者以數字概念的詩、文建構了宇宙生成史，層層疊疊地建構出天地時間的概念，後來寫到了石猴不凡的出世：

那座山正當頂上，有一塊仙石。其石有三丈六尺五寸高，有二丈四尺圍圓。三丈六尺五寸高，按周天三百六十五度；二丈四尺圍圓，按政曆二十四氣。上有九竅八孔，按九宮八卦。四面更無樹木遮陰，左右倒有芝蘭相襯。蓋自開闢以來，每受天真地秀，日精月華，感之既久，遂有靈通之意。內育仙胞，一日迸裂，產一石卵，似圓毬樣大。因見風，化作一個石猴，五官俱備，四肢皆全。便就學爬學走，拜了四方。目運兩道金光，射沖斗府。（第一回）

李希凡認為，孫悟空在誕生之際，作者就已為後來的「鬧天宮」情節埋下伏筆，「目運兩道金光，射沖斗府」，驚動了坐在靈霄寶殿上的玉帝，這段描寫乃是叛逆的序曲。[46]石猴的出世暗暗蘊藏了搗蛋鬼的本色，他生長在社會體系之外，與體制的衝突從小說一開頭便埋下種子。

45 吳聖昔：〈《西遊記》：遊戲筆墨的藝術結晶〉，收錄於《二十世紀《西遊記》研究》下卷（北京：文化藝術出版社，二〇〇八年），頁六四八。

46 李希凡：〈漫談《西遊記》的主題和孫悟空的形象〉，收錄於《二十世紀《西遊記》研究》下卷（北京：文化藝術出版社，二〇〇八年），頁三八七。

關於身處在體制之外的論述，可以看到作者在天地生成之後、石猴出世之前，對人、獸的出現有以下的敘述：

> 天清地爽，陰陽交合。再五千四百歲，正當寅會，生人，生獸，生禽，正謂天地人，三才定位。故曰，人生於寅。（第一回）

此段說明了人、獸、禽的出生是按一定的規則在運行著，但石猴並不在這套規則之內，從稍後石猴到地府勾銷生死簿的情節便可再次印證：

> 那判官不敢怠慢，便到司房裡捧出五六簿文書並十類簿子。逐一查看：贏蟲、毛蟲、羽蟲、昆蟲、鱗介之屬，俱無他名。又看到猴屬之類，原來這猴似人相，不入人名；似贏蟲，不居國界；似走獸，不伏麒麟管；似飛禽，不受鳳凰轄。（第一回）

由此看來，作者刻意塑造悟空爲一個難以界定的、類似動物的存在體。而這點恰恰說明了孫悟空的身分，悟空的形象介於猿猴和人之間，卻不隸屬於其中之一，從小說的發展來看，他想要成爲「人」中間還有許多尙待克服的地方。這個石頭蹦出來的新生命因爲冒險或不經意的「誤入」而發現了新的洞天福地，石猴引領衆猴進入水濂洞：

你看他瞑目蹲身，將身一縱，逕跳入瀑布泉中，忽睜睛擡頭觀看，那裡邊卻無水無波，明明朗朗的一架橋梁。他住了身，定了神，仔細再看，原來是座鐵板橋。橋下之水，沖貫於石竅之間，倒掛流出去，遮閉了橋門。卻又欠身上橋頭，再走再看，卻似有人家住處一般，眞個好所在。（第一回）

孫悟空不僅僅只是一個打破規矩的破壞者而已，更是一個創造者，這似乎預示著日後孫悟空加入取經團隊並將經文傳播給東土衆生，也可看作啓蒙的象徵。

《西遊記》裡孫悟空從生命的開始，及一連串獲致不同名號的變化，都與他的位置與權力關係息息相關，如前面所說的，孫悟空誕生是一隻石猴，他在山中「與狼蟲爲伴、虎豹爲群、獐鹿爲友、獼猿爲親。」（第一回）這種跨物類的友誼，對於名處於一種蒙昧的狀態。他的第一個名號是「美猴王」，是因爲他有膽識第一個進水濂洞，成爲群猴的領袖。然而在稱王的日子，他卻開始思考「今日雖不歸人王法律，不懼禽獸威服，將來年老血衰，暗中有閻王老子管著，一旦身亡，可不枉生世界之中，不得久住天人之內？」（第一回）等到通背猿猴告知唯有佛、仙、神聖不伏閻王所管，猴王遂生訪求之心，爲了尋求安頓生命，美猴王離開了生活數百年的花果山，夏志清指出：「從無生命的石頭，到有人類智慧獸形，到最高的可能的精神造詣」的象徵意義。[47]

從仙石孕育出的仙胎，到石猴誕生，被擁立爲王，爲了不受生死的拘束，來到斜月三星洞，小說第一回末了，聚焦在祖師與猴王的對話：

> 祖師道：「既是逐漸行來的也罷。你姓甚麼？」猴王又道：「我無性。人若罵我，我也不惱；若打我，我也不嗔。只是陪個禮兒就罷了。一生無性。」祖師道：「不是這個性。你父母原來姓甚麼？」猴王道：「我也無父母。」祖師道：「既無父母，想是樹上生的？」猴王道：「我雖不是樹上生，卻是石裡長的。我只記得花果山上有一塊仙石，其年石破，我便生也。」……祖師笑道：「你身軀雖是鄙陋，卻像個食松果的猢猻。……教你姓『猻』倒好。猻字去了獸傍，乃是個子系。子者，兒男也；系者。嬰細也，正合嬰兒之本論。教你姓『孫』罷。」猴王聽說，滿心歡喜，朝上叩頭道：「好！好！好！今日方知姓也。萬望師父慈悲，既然有姓，再乞賜個名字，卻好呼喚。」祖師道：「我門中有十二個字，分派起名，到你乃第十輩之小徒矣。……排到你，正當『悟』

字。與你起個法名叫做『孫悟空』，好麼？」猴王笑道：「好！好！好！自今就叫做孫悟空也。」正是：

鴻濛初闢原無姓，打破頑空須悟空。

須菩提祖師爲悟空命名，透過問答，在他無父無母沒有倫常的狀態下，按照族類、外型與輩分，勾勒一個世俗體系的名號——「孫悟空」，就像之後孫悟空向師父求躲避三災之法時，以「我雖少腮，卻比人多這個嗉袋，亦可准折過也。」來回覆師父的詰難。既是「准折過」，就不再是獸類，師父後來還是傳授給他七十二變，此時，悟空的認知已經跨進人的範疇了。這個階段的悟空，已經透過名號取得神通變化的力量，超越花果山猴王的膽識了，在「名」與「力」的結合上更進一步。

(二)弼馬溫、齊天大聖——悟空大鬧天宮對秩序的挑戰

《西遊記》故事中最爲人津津樂道的便是孫悟空頑童形象，讀者喜愛他屢屢向權威挑

47 夏志清：〈西遊記研究〉，《現代文學》（一九七一年四十五期），頁七十七—一二〇。

戰、口出大逆不道之言。王德威先生指出：

相對於條理規矩，搗蛋鬼永遠扮演「圈外人」（the other）的角色；也只有附著一特定體系上，才得「借」題發揮，伺機穿梭挑撥，使我們意識自我的矛盾或做作。不同於許多已趨僵化的原型人物，搗蛋鬼串演我們不能或不敢實現的角色，暫時抒發我們久被壓抑的慾望與恐懼。[48]

人們或多或少藉由孫悟空的言行，抒發了壓抑在心中種種的欲望。例如他一筆勾消閻王的生死簿，反映出人們對死亡的畏懼，以期能超脫死亡的想法。孫悟空上天下海、變化無窮的本事，顯示人們意欲超越肉身限制所衍生出的奇想。而他毫無忌諱地說出「皇帝輪流做，明年到我家」的張狂性格，展現了人們渴望突顯自我價值的願望。孫悟空高超的法術，在與小聖二郎神鬥法的情節，兩人展現了精彩的變形手段，一連串的變形令人目眩神迷，原本生死交關的肅殺氣氛頓時變得輕鬆詼諧，節奏緊湊而妙趣橫生，一組組的變形畫面拼湊出五彩繽紛、生機盎然的大自然圖景，孟瑤曾讚揚《西遊記》為「一幅五光十色的畫卷，在我們面前不斷地延伸，也不斷吸引我們的喜愛。」[49]最後孫悟空一個打滾逃脫，變成了土地廟，連二郎神都忍俊不住：

那大聖趁著機會，滾下山崖，伏在那裡又變，變一座土地廟兒：大張著口，似個廟門；牙齒變做門扇；舌頭變做菩薩；眼睛變做窗櫺；只有尾巴不好收拾，豎在後面，變做一根旗竿。眞君趕到崖下，不見打倒的鴇鳥，只有一間小廟。急睜鳳眼，仔細看之，見旗竿立在後面，笑道：「是這猢猻了，他今又在那裡哄我。我也曾見廟宇，更不曾見一個旗竿豎在後面的。斷是這畜生弄諠。他若哄我進去，他便一口咬住。我怎肯進去？等我掣拳先搗窗櫺，後踢門扇。」大聖聽得，心驚道：「好狠，好狠！門扇是我牙齒，窗櫺是我眼睛，若打了牙，搗了眼，卻怎麼是好？」撲的一個虎跳，又冒在空中不見。（第六回）

作者豐富的想像力將悟空的變形與「猴」的特性做如此緊密的結合，讓悟空的猴子的形象躍然紙上。吳聖昔先生將此段與朱鼎臣本《唐三藏西遊釋厄傳》和楊致和本《西遊記傳》

48 王德威：〈論「搗蛋鬼」——兼探兩種神話裡論的交鋒〉，收錄於王德威著：《從劉鶚到王禎和：中國現代寫實小說散論》（臺北：時報文化出版社，一九九〇年），頁二五九。

49 孟瑤：《中國古典小說資料彙編》上卷（臺北：天一出版社，一九八二年），頁四十七。

對比，[50]後兩者同樣寫到鬥法，卻顯得平淡一般，原因是《西遊記》多了土地廟的寥寥數筆，卻有畫龍點睛之效，使全篇熠熠生輝。朱本和楊本因缺少了搗蛋鬼的光彩而相形見絀，可見其對文本的藝術性擁有舉足輕重的影響。

小說裡不管是生死鏖戰的關頭、激烈搏鬥的場合，作者往往以遊戲之筆穿插其間，不放棄任何一個讓孫悟空淘氣的性格發揮作用的場合。在與如來佛的鬥法中，孫悟空一個觔斗翻到天外，在擎天的紅柱上又題詞、又灑尿，沒想到他還是沒翻出如來佛的掌心，被如來翻掌壓在五行山下，原本緊張的賭鬥卻結束在戲謔的氛圍中。而此段情節也展示了禮法之外的「他者」被馴服的過程，如來的鎮壓，和往後觀音給唐僧的金箍兒，都是對這股破壞體制力量的管束禁制，收束放縱的「心猿」，一步步將他引入體系之內。

《西遊記》建構了一個完整的神仙譜系，孫悟空附著在這嚴密的體制上，藉由搗亂胡鬧試圖鬆動神聖意義的框架，誠如劉瓊云所言：「在嘻笑中重新鋪排、構造典出多方的宗教論述，置經典義理於小說虛構的新語境，而衍生新的意義」，[51]經典的權威性被打破，作者將各宗教的神仙與義理擺在一起，用一個看似荒誕不羈的孫悟空，突顯了人們信仰的神佛世界的不足與困窘，小說家解構經典，因為經典已成為最龐大的障妄，而孫悟空正是作者意圖藉由戲謔和玩笑，去揭示種種事物的本來面目。

從斜月三星洞回到水簾洞，悟空剿滅混世魔王，取回王位，為猴群冠姓，奪了一口大刀，開始日夜操練。爲了保護猴群，使「神通」奪走傲來國的兵器，入東洋海底取得自己的兵器和盔甲，並至冥府強銷死籍。後來驚動天庭，太白金星提議招安孫悟空「與他籍名在籙，拘束此間」（第三回），封爲「弼馬溫」，這是孫悟空第一次面對「天庭」這個龐大的體制，試圖以一個虛名來拘束他，「弼馬溫」是他日後取經途中最不喜歡妖精提及的名號。後來經揭露這一頭銜是「不入流」的官，悟空發現自己不過是位卑受拘的弼馬溫，玉帝沒有適才適任，遂抗議「玉帝輕賢」，於是下界重回花果山，自號「齊天大聖」，表明了其自認能力、權位與天齊高的想法。

回到花果山的孫悟空以強大的本領擊退奉旨收伏他的哪吒，要求玉帝陞他做「齊天大聖」，玉帝採納太白金星的「姑息」政策，[52]授予此官銜之後，在其府內設置安靜司和寧神

50 吳聖昔：〈《西遊記》：遊戲筆墨的藝術結晶〉，收錄於《二十世紀《西遊記》研究》下卷（北京：文化藝術出版社，二〇〇八年），頁六四一。

51 劉瓊云：〈聖教與戲言——論世本《西遊記》中意義的遊戲〉，《中國文哲研究集刊》（第三十六期，二〇一〇年），頁一。

52 薩孟武：《西遊記與中國古代政治》（臺北：三民書局，二〇〇三年三月再版），頁四十二—五十三。

司，李卓吾評點說：「齊天大聖府內，設安靜、寧神兩司，即有深意。若能安靜、寧神，便是齊天大聖；若不能安靜寧神，還是個猴王。」（第四回）可見悟空雖然有能力，卻仍然無實名。

由於「齊天大聖」的頭銜有名無實，孫悟空在天界無事牽縈，自由自在，與眾神交朋結義，行蹤不定。許旌陽眞人恐其「閑中生事」，請奏玉帝給他一件事，玉帝便授予他管蟠桃園的差事。李卓吾評此事說：「著他管蟠桃園，分明使貓管魚，和尙守婦人。」（第五回）可見玉帝對猴王的處置每每失當，終於演變成更爲劇烈的「大鬧天宮」，更是一場「力」的極致展演。

第五回孫悟空鬧蟠桃宴展演了對中心的禮法體系的破壞。特別值得注意的是「筵席」背景的設定，「筵席的召開不僅是一種參與者之間情感交流的場合，更是一種突顯參與者身分的場合。……宴會作爲一種群體活動，實際上蘊含了區分我群和他群的意義，這也顯示出參與者和非參與者雙方在身分、階層上的差異性，形成一種社會區辨功能。」[53]被排除在參與者外的孫悟空得知後相當不滿，假冒赤腳大仙赴宴，用瞌睡蟲迷昏眾人，把瓊漿玉液、八珍百味吃個精光，還乘著酒意誤闖兜率宮，將太上老君辛苦練成的丹丸「如吃炒豆」似的吃個精光。偷吃珍稀之物而渾不自覺是孫悟空的特色之一，他的行爲乃是源於難以捉摸的本能衝動，是體內獸性的自然流露，和人們集體的潛在欲望遙相契應，這也是爲什麼孫悟空「不經意」的搗蛋行爲如此迷人。

㈢鬥戰勝佛——老孫的名頭

孫悟空在地界、龍宮、冥府無往不利，全是因爲他的「力」（體力、法力）勝人一籌，但是他「官封弼馬心何足，名注齊天意未寧」（第四回回目），滿天諸神不是悟空的對手，直到一個更大的力量——如來佛祖將他鎮壓在五行山下，經過五百年的時間，當觀世音菩薩指引一條修正果的正路，他完全沒有猶豫的說：「願去！願去！」（第八回）作者將五行山的鎮壓說是「定心猿」，這是「以力制力」，是針對他形軀的「定」，但更進一步行爲的限制，則是「緊箍兒」及咒語。

悟空一路降妖伏魔，大多非常主動，這與他爭強好勝的性格有關，更與他一身本事卻未能在天界掙得一個名實相符的地位有關，因此他只要逮到機會，莫不想顯顯「老孫的名頭」。在收伏八戒之後，對引路的高才說：「以後但有妖精，多作成我幾個，還有謝你處哩！」（第十九回）；駝羅莊主人請悟空捉妖，悟空當即朝上唱個喏道：「承照顧了！」八

53 高桂惠：〈《西遊記》禮物書寫探析〉，頁三九九。

戒道：「你看他惹禍！聽見說捉拿妖怪，就是他外公也不這般親熱。」（第六十七回）這是悟空對自己本事的自信。

在解難的過程，悟空尤其注意「顯名」的策略，如唐僧被黃袍怪抓去，孫悟空從逍遙的花果山趕出來搭救，就是豬八戒以激將法激起他好名的心（第三十一回）；在平頂山先差八戒巡山，有意讓他被捉，「等老孫再去救他不遲，卻好顯我本事出名。」（第三十二回）；在老魔的肚子裡，三怪說：「『好看千里客，萬里去傳名』，你出來我與你賭鬥，才是好漢，怎麼在人肚裡做勾當！非小輩而何？」孫悟空想道：「是，是，是！我若如今扯斷他腸，搗破他肝，弄殺這怪，有何難哉？但眞是壞了我的名頭。」（第七十六回）

有不少妖怪光是聽到孫悟空的名號，就起了忌憚之心，不敢先吃唐僧肉。但悟空有時也會爲名所苦。當他被老魔使法壓在山下，便哭道：「這正是樹大招風風撼樹，人爲名高名喪人。」（第三十二回）被困在陰陽二氣瓶時，忍不住掉下淚來，說：「想是我昔日名兒，故有今日之難。」（第七十五回）三藏對弟子取經的看法，曾說：「世間事，爲名利最重……我弟子奉旨全忠，也只是爲名。」（第四十八回）這是一個師父對人去不掉的執著所持的評論。然而，這一路悟空對名的想像，在某種程度上來說，充滿了江湖味，所以妖魔才會激他是不是好漢，這與三藏的理解是很不同的。

世本《西遊記》第九十八回回目「猿熟馬馴方脫殼，功成行滿見眞如」，正說出悟空在取經路上改變了原本暴躁、狂放不羈的心性，到達靈山見到如來佛，佛祖封他爲「鬥戰勝佛」：

> 孫悟空，因汝大鬧天宮，吾以甚深法力，壓在五行山下。幸天災滿足，歸于釋放；且喜汝隱惡揚善，在途中煉魔降怪有功，全終全始。加陞大職正果，汝爲鬥戰勝佛。（第九十八回）

封聖後悟空要求三藏鬆掉緊箍兒，唐僧回答：「當初只爲你難管，故以此法制之；今已成佛，自然去矣。豈有還在你頭上之理？你試摸摸看。」（第一百回），悟空摸了果然不見。由此可見，身心的禁錮，因著西行取經的表現，坐實了成佛的結果，如來的肯認，使得他的名號不再是個空銜。張靜二說：「悟空受封爲鬥戰勝佛，與其說是因他已『鬥戰勝』過妖魔，不如說他已『鬥戰勝』自己的蒙昧，……他不但走過一段險巇的天路歷程，同時也有過一段艱辛的心路歷程。」[54]

54 張靜二：《西遊記人物研究》，頁八十七。

此外，李志宏也曾經根據小說第十七回、第九十四回中悟空如何指稱自己身分的差別而指出：

當孫悟空由「乾坤四海，歷代馳名第一妖」（第十七回）轉變為「舊諱悟空，稱名行者」（第九十四回）時，即見孫悟空已然在鬪戰過程之中褪去世俗死屍之身，由此重獲自由新生。55

換言之，名號的更迭開啓了悟空的自我體悟過程，唯有當他眞正的領略了這點，才能夠瞭解自己的「名字」，終而體會「成人」的意義，重新轉化生命。

三、西行取經的賭鬥——「耍子」與「買賣」的遊戲旅程

正如前面所說的，孫悟空被敕封為「鬥戰勝佛」，這是取經行程最終的關鍵所在。悟空的高超能力受讀者喜愛，他降魔除妖的本領、足智多謀的頭腦和反覆無常的性格捉住了讀者的注意力。《西遊記》展現了各種智慧、法力與武器的競賽，孫悟空的七十二變和豬八戒的三十六變是最精彩絢麗的部分。「好戰」是孫悟空頑皮個性的一部分，戰鬥成為他生命力的

原動力，當他們在流沙河與悟淨戰經二十回不分勝負，那悟空見八戒與人交戰，耐不住觀戰的角色，拿起如意金箍棒就加入戰局，反而讓悟淨有機可逃，八戒埋怨他來攪局：

行者笑道：「兄弟，實不瞞你説，自從降了黃風怪，下山來，這箇把月，不曾耍棒。我見你和他戰得甜美，我就忍不住腳癢，故就跳江下來耍耍的。哪知那怪不識耍，就走了。」（第二十二回）

「耍棒」與「戰得甜美」是悟空面對戰鬥的態度，這種情緒無疑是愉悅舒暢的，他似乎天生就是爲戰鬥而生。相較於豬八戒常常找藉口逃避戰鬥，悟空從不厭戰或逃遁，充分表現了戰鬥者的自信，這也是他最後被敕封爲「鬥戰勝佛」的緣由，這個名號不僅説明了悟空在取經隊伍的角色，也突顯《西遊記》的競賽文化。

在取經的路上我們並沒有看到孫悟空明顯的「贖罪」意識，而是看到在「取經」這神聖

55 李志宏：《「演義」——明代四大奇書敘事研究》（臺北：大安出版社，二〇一一年），頁四四三。

意義框架下被默許的搗蛋遊戲，每當遇到問題時，孫悟空總是當作「買賣」、「耍子」，依舊用偷拐搶騙、惡搞促狹的老方法來解決困難，取經的路途變成了遊戲的旅程，讀者看到的不是宗教性崇高的光輝，而是神話裡充滿趣味的遊戲成分。

有時候甚至連神仙也參與搗蛋，如第十七回〈孫行者大鬧黑風山　觀世音收伏熊羆怪〉，黑熊精盜走佛衣，打算在生日的時候呼朋引伴舉行「佛衣大會」，孫悟空在半路打死了蒼狼精變成的道人，見他拿著一個玻璃盤盛著兩粒仙丹，盤底寫著「凌虛子製」，便心生一計，居然和觀音菩薩一同商量如何搗蛋：

> 菩薩，你要依我時，可就變做這個道人，我把這丹吃了一粒，變上一粒，略大些兒。菩薩，你就捧了這個盤兒、兩粒仙丹，去與那妖上壽，把這丸大些的讓與那妖。待那妖一口吞之，老孫便於中取事：他若不肯獻出佛衣，老孫將他肚腸就也織將一件出來。（第十七回）

而莊嚴的菩薩竟答應加入促狹的行列，恍惚變成了凌虛子，樂得悟空拍手大笑：「妙啊，妙啊！還是妖精菩薩，還是菩薩妖精？」菩薩的回答頗耐人尋味：「悟空，菩薩、妖精，總是一念；若論本來，皆屬無有。」神佛以諸般面貌示人，其中之一便是參與像這樣的遊戲，而孫悟空恰好是此一面貌的體現，藉由他貫穿虛與實反覆辯證的取經歷程，如劉瓊云所言，反轉了眞、妄的關係，構成了一個「不」指向眞理的遊戲之作。[56]

孫悟空的大名除了令妖怪聞風喪膽，他蠻橫的氣燄也讓沿途神明敬而遠之，他見到土地神時，常恫嚇他們「伸出孤拐來，給老孫打一打消消氣」，第七十二回更把土地公懼怕的情狀寫得活靈活現：

> 即捻一個訣，念一個咒，拘得個土地老兒在廟裡似推磨的一般亂轉。土地婆兒道：「老兒，你轉怎的？好道是羊兒風發了。」土地道：「你不知，你不知。有一個齊天大聖來了，我不曾接他，他那裡拘我哩。」婆兒道：「你去見他便了，卻如何在這裡打轉？」土地道：「若去見他，他那棍子好不重，他管你好歹就打哩。」（第七十二回）

56 劉瓊云：〈聖教與戲言——論世本《西遊記》中意義的遊戲〉，《中國文哲研究集刊》（第三十六期，二〇一〇年），頁三十五。

除此之外，他對四值功曹、六丁六甲、四海龍王等也毫不客氣，這些神祇見了他常得笑臉賠罪、鞠躬哈腰，就怕惹惱這喜怒無常的小霸王。何錫章針對孫悟空這種「無賴」性格闡述道：

「賴」並沒損害孫悟空英雄形象一根毫毛，相反地，更可讓讀者認識到孫悟空的機智、用不同手段對付不同人的鬥爭的策略。同時，更讓人覺得孫悟空形象的可親。頑皮的童心與機智的手段結合得天衣無縫，使孫悟空成爲一個有勇有謀而又天眞可愛的人物。57

除了充滿頑童式的「耍子」，《西遊記》在充分凸現神怪人欲的過程中，還別具匠心地讓他們的各種經濟訴求參與敘事，並使包含著豐富的世俗經濟寓意的「食貨」成爲故事的構架。李桂奎指出，在歷次降妖除魔過程中，孫悟空的「買賣經」也引發了很多話題，小說據此推出了精於算計而又包賺不虧之類的基本敘述模式和構架。58在《西遊記》中，孫悟空一路降妖除魔，精於算計，不做無謂的付出和犧牲。他每次一聽到有妖魔的風聲，便總是來一句口頭禪：「買賣來了」，以最小的代價贏得最大的勝利，以最小的投入換取最大的利益，這應當就是孫悟空精打細算的「買賣經」。

《西遊記》寫唐僧師徒所經過的許多國度都帶有濃郁的商業氣息。如第五十四回寫西梁國：「那裡人都是長裙短襖，粉面油頭，不分老少，盡是婦女，正在兩街上做買做賣。」「又見那市井上房屋齊整，鋪面軒昂，一般有賣鹽賣米、酒肆茶房，鼓角樓臺通貨殖，旗亭候館掛簾櫳。」

第六十二回寫祭賽國的商業活動也非常熱絡：「下馬過橋，進門觀看，只見六街三市，貨殖通財，又見衣冠隆盛，人物豪華。」可見，商人已經是一種活動自由的大衆化角色。面對社會各角落裡普遍存在的熙熙攘攘的商業經營，即使是取經人，也不免大有感觸。《西遊記》第四十八回敘唐僧一行在通天河邊，見人踏冰往返。陳老員外介紹說：「河那邊乃西梁女國，這起人都是做買賣的。我這邊百錢之物，到那邊可值萬錢；那邊百錢之物，到這邊亦可值萬錢。利重本輕，所以人不顧生死而去。常年家有五七人一船，漂洋而過。見如今河道冰凍，故捨命而步行也。」耳聞目睹了通天河上那些熙熙攘攘的行商之人爲

57 何錫章：《吳承恩話西遊・英雄與「無賴」》（臺北：雲龍，一九九九年），頁一六四。
58 李桂奎：〈《西遊記》：神魔敘述中的「食貨」架構〉，見氏著：《元明小說敘事形態與物欲世態》（上海：上海古籍出版社，二〇〇八年），頁二三一－二五一。

了錢財不顧生命、捨命渡河到西梁女國做買賣的情景，唐僧感嘆道：「世間事惟利最重。似他爲利的，舍死忘生，我弟子奉旨全忠，也只是爲名，與他能差幾何！」連聖僧都將無比神聖的取經事業當做沽名釣譽的工具和手段，將無比崇高的普渡衆生之舉等同於謀取私利的經商活動，那來往於商業社會的孫悟空更是經常流露出「買賣」意識。

第三十七回寫烏雞國的國王託夢於唐僧，希望他們除妖救人，唐僧膽戰心驚地告訴悟空，悟空不但不緊張，而且還爽快地說：「不消說了，他來託夢與你，分明是照顧老孫一場生意。必然是個妖怪在那裡篡位謀國。等我與他辨個眞假。想那妖魔，棍到處，立業成功。」悟空接手除妖，如同接下一樁買賣。

第三十八回寫孫悟空用利益來誘哄八戒，調動他的積極性：

> 行者又叫一聲，呆子道：「睡了罷，莫頑！明日要走路哩！」行者道：「不是頑，有一樁買賣，我和你做去。」八戒道：「甚麼買賣？」行者道：「你可曾聽得那太子說麼？」八戒道：「我不曾見面，不曾聽見說甚麼。」行者道：「那太子告誦我說，那妖精有件寶貝，萬夫不當之勇。我們明日進朝，不免與他爭敵；倘那怪執了寶貝，降倒我們，卻不反成不美，我想著打人不過，不如先下手。我和你去偷他的來，卻不是好？」八戒在悟空的鼓動下去井下尋

找寶貝，結果沒有得到好處，明知上當，便嘟嘟囔囔地抱怨道：「怎的起！怎的起！好好睡覺的人，被這猢猻花言巧語，哄我教做甚麼買賣，如今卻幹這等事，教我馱死人！馱著他，醃臢臭水淋將下來，汙了衣服，沒人與我漿洗。上面有幾個補丁，天陰發潮，如何穿麼？」

顯然，八戒也在拿孫悟空的「買賣」話語發牢騷。

第四十六回寫孫悟空一聽說虎力大仙等三位妖道要與他賭砍頭等法術時：

行者正變作蟭蟟蟲，往來報事，忽聽此言，即收了毫毛，現出本相，哈哈大笑道：「造化，造化，買賣上門了。」八戒道：「這三件都是喪性命的事，怎麼說買賣上門？」行者道：「你還不知我的本事。」八戒道：「哥哥，你只像這等變化騰那也夠了，怎麼還有這等本事？」行者道：

「我啊：

砍下頭來能說話，剁了臂膊打得人。

斬去腿腳會走路，剖腹還平妙絕倫。

就似人家包匾食，一捻一個就囫圇。

油鍋洗澡更容易，只當溫湯滌垢塵。」八戒、沙僧聞言，呵呵大笑。（第四十六回）

孫悟空對身體的嘻笑，引起旁人嚇出冷汗，但在賭鬥身體的神通時，除了唐僧，三個師兄弟卻似一場遊戲般的呵呵大笑，這種肢解行爲，在他們看來，彷佛一場有趣的「買賣上門」。

對於降妖伏魔這任務，取經人如果對應於現實生活中的「四民」角色，唐僧基本上屬於「士」，豬八戒則大致對應於「農」，而孫悟空卻是在隨時隨地用普通人之間的經濟交易，來表述自己的降妖除魔行爲，而且「買賣」等也成爲他的口頭禪。悟空這種樂觀的大無畏的英雄式經營，有「商人」機變式的傾向，他的這種「買賣經」使得小說關於取經故事的敘述得以不斷地按照穩賺不賠、先輸後贏等模式而形成圓轉運動，這是我們閱讀《西遊記》在宗教立場之外又一個世俗娛樂的視野。

孫悟空的性格雖然就讀者欣賞的角度來看，顯得「可親」且「天眞可愛」，但是無疑也是個難以駕馭的力量，孫悟空挑戰權威的本性一直沒有消失，每當他得意洋洋地述說起鬧天宮的當年勇時，就顯示孫悟空對這一段「履歷」的沾沾自喜，可見他依舊無法完全融入社會體系，遵照種種繁文縟節，以至於最後不得不順依他的本性，封他「鬪戰勝佛」。

這個封號既指涉了他的心路歷程，也說明了孫悟空一直是一個游移於英雄和無賴之間的角色，就像搗蛋鬼游移於灰色地帶一樣，無法將他定於光譜的一端，唯有從孫悟空性格的這種游移特點與變動性來看，我們才能眞正認識孫悟空的魅力，他擁有令人目眩神迷的變幻功夫、滑稽突梯的妙言妙語、詭計多端的促狹手段、任性率眞的性格特質，是一個兼具娛樂趣味、哲學思辨以及藝術價值的典型形象。

四、孫行者的神通——悟空相貌形體的變與不變

《西遊記》中悟空的形象特徵是非常鮮明的，他常常需要對人解釋自己不是什麼惡神，但是這些形象的描寫，一方面符合猴子的機智、急躁等性格，也和雷公的烈性頗爲接近。孫悟空的形象從大鬧天宮闖出名聲後，不變的是妖魔憑其相貌形體來指認他的身分；但是另一方面，他卻又常常在降妖的過程大顯神通，善於變化。如：

> 三怪把行者扳翻倒，四馬攢蹄綑住。揭起衣裳看時，足足是個弼馬溫。原來行者有七十二般變化，若是變飛禽、走獸、花木、器皿、昆蟲之類，卻就連身子滾去了；但變人物，卻只是頭臉變了，身子變不過來。果然一身黃毛，兩塊紅

股，一條尾巴。老妖看著道：「是孫行者的身子，小鑽風的臉皮。是他了。」

（第七十五回）

悟空笑了一聲，露出雷公嘴，獅駝洞的三怪瞧見，扳倒他後，揭開衣裳，老魔確認是弼馬溫。即使取經多年，那名號，那長相，私自下凡的菩薩座騎、大鵬仍記得——毛臉雷公嘴、紅屁股、一條尾巴。

而車遲國的和尚轉述江湖對悟空的傳聞：

磕額金睛晃亮，圓頭毛臉無腮。呲牙尖嘴性情乖。貌比雷公古怪。慣使金箍鐵棒，曾將天闕攻開。如今皈正保僧來。專救人間災害。（第四十四回）

可見孫悟空長得醜但名聲響亮。此外，他的身材矮小，混世魔王曾嘲笑孫悟空：「你身不滿四尺。」（第二回）；比丘國守城老軍見到悟空就跪地磕頭叫他「雷公爺爺」。（第七十八回）

取經的歷程孫悟空仗著變形的好本領，有時化作不起眼的蟲子，深入群妖內部打探情報，有時更大剌剌地直接變作妖怪、大搖大擺地走進正門。《西遊記》最大的娛樂性是展現在孫悟空變身的把戲上，他的毫毛「八萬四千毛羽，根根能變，應物隨心」，七十二變化，在每一厄難中都發揮了極大的功能。悟空每次變身和妖怪鬥智都充滿了頑心，毫毛經常成為本尊的分身，他把自己的身體也成為遊戲本身來玩耍。

《西遊記》悟空降妖伏魔的緊要關頭，常常拔下一撮毫毛，變成若干分身來幫忙，分身法是屢屢出現的情節。第一次使用這個法術，是孫悟空在斜月三星洞遭須菩提祖師攆回花果山，混世魔王霸占水簾洞，那時悟空尚未擁有武器，混世魔王為了顯示君子風度，赤手空拳同孫悟空打鬥可惜沒贏，氣急敗壞之下，拿著刀就來砍孫悟空，悟空扯一把猴毛，變了許多小猴子，抱頭的抱頭，抱腿的抱腿，然後他奪過刀，一刀把魔王劈成兩半。（第二回）之後，孫悟空就不斷使用這個法術幾乎沒有失手過。

以平頂山蓮花洞的這一難為例，回目「大聖騰挪騙寶貝」可說是毫毛與小妖之間騰挪變化的經典片段。這個故事寫了三回，從第三十三回遇見金角大王銀角大王的小妖精細鬼，悟空在臍下拔根毫毛，吹口仙氣，變做一個銅錢，要小妖拿去買合同書，作為交換葫蘆的執照。

第三十四回先打死兩個小妖，毫毛變成巴山虎，自身變成倚海龍，到壓龍山壓龍洞去請妖魔母親共享唐僧肉，後又打死這隻九尾狐狸變的母親，又拔了兩根毫毛變做抬轎的小女妖，自己變做魔頭母親接受妖魔拜揖，結果被豬八戒認出還沒有變成功的猴屁股。被捉拿後又用毫毛變假身，眞身變小妖，八戒又揭穿它變不掉的紅屁股，毫毛又變幌金繩、變半截假身、變假葫蘆。

到了第三十五回老魔洞裡有三百多名小妖，一齊擁上，把行者圍在核心：

好大聖，公然無懼，使一條棒，左衝右撞，後抵前遮。那小妖都有手段，越打越上，一似綿絮纏身，摟腰扯腿，莫肯退後。大聖慌了，即使個身外身法，將左脅下毫毛拔了一把，嚼碎噴去，喝聲叫：「變！」一根根都變做行者。你看他長的使棒，短的掄拳，再小的沒處下手，抱著孤拐啃觔，把那小妖都打得星落雲散，齊聲喊道：「大王呵，事不諧矣，難矣乎哉！滿地盈山，皆是孫行者了。」被這身外法把群妖打退，止撇得老魔圍困中間，趕得東奔西走，出路無門。……那火不是天上火，不是爐中火，也不是山頭火，也不是灶底火，乃是五行中自然取出的一點靈光火。……大聖見此惡火，卻也心驚膽顫，道聲：「不好了，我本身可處，毫毛不濟，一落這火中，豈不眞如燎毛之易？」將身一抖，遂將毫毛收上身來。只將一根變作假身子，避火逃災。他的眞身，捻著避火訣，縱觔斗，跳將起去，脫離了大火之中，徑奔他蓮花洞裡，想著要救師父。（第三十五回）

這個故事寫的雖然是降伏妖魔的厄難，但是在層層互動中，簡直就是一部「毫毛變身秀」，尤其毫毛怕火燎，這一特性作者也將它作爲情節的要素。

似這般奇譎的變化，在滅法國面對要殺一萬個和尚，而今只缺四個湊完整數的國王，悟空使了個「大分身普會神法」，將右上臂毫毛都拔下來變成瞌睡蟲，給皇宮所有人一個瞌睡蟲，人人睡穩；將左上臂毫毛都拔下來變做小行者，金箍棒變做千百口剃刀，一夜之間宮中大小都沒了頭髮，因而解圍。（第八十四回）

隱霧山的豹精擁有許多小妖，悟空便使分身法，把毫毛嚼在口中，噴出去叫聲變，打得一兩百個小妖敗走歸洞，豹精南山大王也滾風生霧，得命逃回。（第八十六回）「鬥戰勝佛」的戰鬥裡絕對少不了他收放自如的毫毛「法相」。

但是，孫悟空身上的毫毛是有限的，變的猴子也有限，在金兜山與青牛精打鬥時，拔下一把猴毛，變了三五十個小猴，把妖纏住，結果這些毫毛小猴通通被金剛琢收爲本相，套入洞中，來不及收回毫毛，有時也是孫悟空的大損失。（第五十一回）

孫悟空身上有八萬四千毫毛，根根能變，應物隨心。觀音爲何還要多給他三根救命毫毛呢？小說的解釋是：行者委託衆神請來觀音，收了小白龍後，觀音就準備離開，但衣袖被孫悟空扯住了：「我不去了，我不去了！西方路這等崎嶇，保這個凡僧，幾時得到？似這等多磨多折，老孫的性命也難全，如何成得什麼功果！我不去了，我不去了！」觀音回應他：

「你當年未成人道，且肯盡心修悟；你今日脫了天災，怎麼倒生懶惰？我門中以寂滅成真，須是要信心正果。假若到了那傷身苦磨之處，我許你叫天天應，叫地地靈。十分再到那難脫之際，我也親來救你。你過來，我再贈你一般本事。」於是，觀音將楊柳葉兒摘下三個，放在孫悟空的腦後，喝聲：「變！」即變做三根救命的毫毛，教他：「若到那無濟無主的時節，可以隨機應變，救得你急苦之災。」（第十五回）

孫悟空在取經路上，曾救急過，如：在獅駝嶺，由於孫悟空驕傲自滿，不小心被大鵬鳥裝進了陰陽二氣瓶。這瓶裡有火龍，吐火燒他的孤拐（腳踝），都被烤軟了。孫悟空頓時慌了，心想，難道我老孫要死在這裡？他想起了觀音送的三根毫毛，一摸，其他毛都被烤軟了，這三根毛居然十分硬挺，於是，孫悟空忍痛拔下三根毛，一根變成金剛鑽，一根變成竹片，一根變成棉繩，終於把瓶底鑽了一個洞，變成蒼蠅跑了出來。觀音贈送的毫毛，帶著神佛預應的救援，不像其他腋下、臍旁、嘴邊的毫毛，可以變小妖、變分身，這三根毫毛在腦後，是緊急之用，所以這三根毛與他自身的毫毛還是有一點區別，就是禁得起火烤，可以應付危機的法器寶物。

歷來對五聖在取經過程中的戰鬥，多強調悟空的如意金箍棒、八戒的九齒釘耙、沙僧的降妖杖，多是來歷不凡、威力強大、又能搭配使用者的武藝，發揮功能。法力的高強與不凡的駕馭能力，都是他們的術能表現，但是在情節曲折的細節書寫中，往往只有悟空有毫毛的變化，這一點都不是「力」的展現，而是「智」的趣味。

「毫毛」之「毫」在於它是細微的，是嬰兒狀態的、尚未褪去的毛，在厄難中不斷以分身法相與妖魔賭鬥；而如意金箍棒本是東海天河底的鎮底神針，大禹治水時定江海深淺的一個定子，也是一把人性的尺，取經路上，孫悟空一棒棒打死妖精，其實也是一棒棒打死自己妖精型態的生命。《西遊記》寫孫悟空使棒，有各種歷史的原因，杜貴晨指出如意金箍棒有「天一」之象，爲學道「一心」的象徵，《西遊記》是一部寫取經成佛的小說，到頭來「五蘊皆空」，所以全書最後不再提到如意金箍棒，其實歸於「空」了。[59]

《西遊記》中悟空是西行取經的團體中能力和智慧最爲優異者，但卻是唐僧的徒弟，尤其觀音交付唐僧的緊箍兒成爲制服悟空的法寶，也具象化了唐僧和悟空之間的階級／人倫關係，因而形成了故事情節的戲劇張力：即悟空的智能受制於唐僧而無法施展，造成取經的困頓阻阨，同時這也是悟空於取經途中必須修行的功課。世德堂本的《西遊記》在悟空與唐僧之間填補了一個歷來文本皆未碰觸到的面向，即在無父無母的悟空身上，連結「一日爲師，

59 杜貴晨：〈說「如意金箍棒」〉，收入氏著：《數理批評與小說考論》（濟南：齊魯書社，二〇〇六年），頁一六五—一七三。

終身為父」的人倫關係，讓悟空有了感情歸屬和責任，在文本中演繹了三段唐僧因誤解逐悟空的事件，讓悟空對唐僧的情感和責任得到至性至情的發揮，這樣的悟空形象也更具人性色彩。

緊箍兒是觀音所賜，一直透過唐僧限制著悟空。

悟空與觀音的關係，自雜劇開始，觀音逐漸成為取經事件的穿針引線的人物，在《西遊記》的文本中，觀音則進而成為取經的指導者和守護者，所以對取經意義理解最深與能力最強的悟空，與觀音形成密切的關係。悟空在遭受唐僧錯待時，觀音往往扮演了母親的角色聆聽與協助，最具代表的情節是《西遊記》第五十七回「真行者落伽山訴苦」中，因打死草寇被師父趕逐的悟空，選擇不回花果山，而是到落伽山對著菩薩「訴苦」，放聲大哭，要求菩薩鬆緊箍兒，菩薩一邊安撫一邊教誨，並預告唐僧的災難。在小說中透過悟空與菩薩的親密互動，將菩薩的形象具體人格化了，生動的將宗教信仰中救苦救難的觀音以慈母的形象顯現出來。

小說末了，五聖修成正果，悟空在靈山封聖「鬥戰勝佛」以後，不忘提醒師父趕緊念鬆箍咒兒，師父要他摸摸自己的頭，看看緊箍兒還在不在，「行者舉手去摸一摸，果然無了」（第一百回）。

悟空形體相貌，各種配備，充滿了符號的意象，在變與不變之中，都是義理哲思。過流沙河時，與流沙河妖怪沙僧爭鬥不過，向晚，悟空駕雲去化齋，須臾即回，之後八戒對觔斗雲的討論：

八戒道：「哥哥又來扯謊了，五七千里路，你怎麼這等去來得快？」行者道：「你那裡曉得，老孫的觔斗雲，一縱有十萬八千里。像這五七千路，只消把頭點上兩點，把腰躬上一躬，就是個往回，有何難哉？」八戒道：「哥呵，既是這般容易，你把師父背著，只消點點頭，躬躬腰，跳過去罷了，何必苦苦的與這怪廝戰？」行者道：「你不會駕雲？你把師父馱過去不是？」八戒道：「師父的凡胎肉骨，重似泰山，我這駕雲的，怎稱得起？須是你的觔斗方可。」行者道：「我的觔斗，好道也是駕雲，只是去的有遠近些兒。你是馱不動，我卻如何馱得動？自古道：『遣泰山輕如芥子，攜凡夫難脫紅塵。』像這潑魔毒怪，使攝法，弄風頭，卻是扯扯拉拉，就地而行，不能帶得空中而去。像那樣法兒，老孫也會使會弄。還有那隱身法、縮地法，老孫件件皆知。但只是師父要窮歷異邦，不能勾超脫苦海，所以寸步難行也。我和你只做得個擁護，保得他身在命在，替不得這些苦惱，也取不得經來；就是有能先去見了佛，那佛也不肯把經善與你我。正叫做『若將容易得，便作等閑看』。」那獃子聞言，喏喏聽受。（第二十二回）

「點點頭，躬躬腰」，或是拔一撮毫毛吹氣，多麼可愛的動作，這也是我們熟悉的悟空身影，他的神通很多，觔斗雲、隱身法、縮地法等等，但是他一直很清楚，光靠神通，踩著「雲路」去取經，是無法達到目的，「做得個擁護者」的自我定位，早在取經隊伍成形時，悟空即明白，所有的神通，都只是腳踏實地一步步幫助師父度過厄難，才是「正路」，這條路也是一個「心路」歷程。

第三節　豬八戒、沙悟淨、龍馬

一、半路上出家的和尚——豬八戒

《西遊記》第十九回豬八戒介紹自己以相爲姓，俗名「剛鬣」（也就是豪豬），經過觀音菩薩勸善，拜唐僧爲師，發願隨從西天取經。唐僧說：「既從我善果，要做徒弟，我與你起個法名，早晚好呼喚。」他回答：「我是菩薩已與摩頂受戒，起了法名，叫做豬悟能也。」

豬八戒被通天河和平頂山上的妖精稱爲「半路上出家的和尚」，第十九回八戒剛參加取經團隊時，就特意叮囑他的老丈人：「你好生看待我妻子，只怕我取不成經時，好來還俗，照舊與你做女婿過活。」當悟空不讓他胡說時，他又道：「不是胡說，只恐一時間有些差池，卻不是和尚誤了做，老婆誤了娶，兩下都耽擱了？」取經途中只要遇見困難，八戒就口口聲聲要回高老莊做回鍋女婿。

八戒的武器是九齒釘耙，由此可見其角色早就打上了世俗社會「農」這一階層人物精神氣質的烙印。在《西遊記》中，豬八戒雖然最先是以一個妖精的身分出場的，然而這妖精卻與衆不同，他是高老莊高老的上門女婿，高老對他的評價是：「一進門時，倒也勤謹：耕地耙地，不用牛具；收割田禾，不用刀杖。昏去明來，其實也好。只是一件，有些會變嘴臉。」而豬八戒也對孫悟空變的假高翠蓮說：「我得到了你家，雖是吃了些茶飯，卻也不曾白吃你的。我也替你家掃地通溝，搬磚運瓦築土打墻，耕田耙地，種麥插秧，創家立業。」（第十八回）這樣，作者就把豬八戒寫得頗像個能吃能幹的農夫了。連他用的九齒釘耙那件兵器，也非常像件用來平整土地、施肥倒糞的農具。既然有「農夫」角色扮演的性質，就免不了經常追求塡飽肚子。

從豬八戒的體格和勞動能力來看，也難怪他要「貪吃」。小說關於豬八戒的貪婪主要在食欲上著墨最多：基於他對自己「食量」的充分估計，他離開高老莊時，不僅向丈人討要了一套青錦衣服，而且還讓他們給準備了掛腳糧；在辭別女兒國時，豬八戒獨自要了三升御米，也是防備後來饑荒。（第五十四回）豬八戒貪財，似乎也是爲了私下裡補充點營養。在烏雞國，悟空欺騙他說井下有寶物，他才愉快地下井，馱皇帝屍體。就是後來落難時，他被變化了的孫悟空詐出的點滴「私房錢」，也許只是爲了他過量的「食欲」所做的準備，第三十八回寫八戒與悟空講條件的一席話就道出了這一點。

八戒基本上是一個經過一天辛苦旅行後，只求一頓飽餐作爲補償的貪吃者。這樣通天河這段情節中，儘管主人爲女兒和外甥即將遭受獻於妖怪祭品的厄運而惶惶不安，八戒卻滿不在乎地痛痛快快享用那「一頓麵粉，五升米，一兩擔蔬菜」的飯。（第四十七回）食物無疑是小說中一個突出的主題：不但取經者總是感到飢餓——通常是唐僧餓，悟空找食，接著引起一場新的危機，而八戒不只是飢餓的問題，他通常是要吃得痛快，生理機能的需要之外，還有心理飢渴的享樂意識。

除了吃以外，八戒好色，這與他的原罪是息息相關的。本書論及《西遊記》主題時已提及他在天庭當天蓬元帥，於蟠桃會上酒醉迷情戲弄嫦娥，被重罰打二千鎚，貶下天界，投胎成豬的事。在取經的路上，只要看到美貌的女子，不管是凡人或是鬼神幻化，總是令他「淫心紊亂，色膽縱横」，如第二十三回「四聖試禪心」，八戒連丈母娘都要了；在西梁國，看見女王十分貌美就：

忍不住口嘴流涎，心頭撞鹿；一時間骨軟筋麻，好便是雪獅子向火，不覺得都化去也。（第五十四回）

在盤絲洞與女妖戲耍，跌得「身軟腳麻，頭昏眼花，爬也爬不動。」（第七十二回）在天竺國，看到月宮太陰星君身邊的仙妹是月裡嫦娥，八戒就動了淫心，忍不住跳在空中，抱住霓裳仙子說：「姐姐我與你是舊相識，我和你耍子兒去也。」（第九十五回）

八戒與悟空在取經隊伍中形成對比的關係，小說中屢屢以五行生剋和性別差異的金公／木母來比擬二者。八戒自從參加取經隊伍之後，西行路上往往要「水宿風餐，披霜冒露」，經常席不暇暖，食難求飽，路多險峻，擔子沉重，既不能滿足財、色、名、食、睡等欲求，也不像在高家莊那麼閒懶自在，因此，八戒戀家的念頭不滅，剛離家沒多久，就對悟空抱怨：

哥呵，你可知道你走路輕省，那裡管別人累墜？自過了流沙河，這一向爬山過嶺，身挑著重擔，老大難挨也。……似這般許多行李，難為老豬一個逐日家擔著走，偏你跟師父做徒弟，拿我做長工。（第二十三回）

在烏雞國唐僧夜裡夢見鬼王驚醒，連聲呼叫徒弟，八戒被吵醒，惱怒道：

甚麼「土地！土地！」當時我做好漢，專一吃人度日，受用腥羶，其實快活，偏你出家，教我們保護你跑路。原說只做和尚，如今拿做奴才，日間挑包袱、牽馬，夜間提尿瓶、務腳！這早晚不睡，又叫徒弟作甚？（第三十七回）

八戒對自己角色的自我認知，不是「長工」，就是「奴才」，但其實也因爲這個「獃子」的形象，更顯得眞實而有人情味。

儘管八戒有許多缺點，在取經的路上他一路搭配悟空降妖伏魔，立下不少功勞，第二十回師徒行經黃風嶺，跑出一隻斑斕猛虎，把唐僧唬得跌下白馬，八戒當仁不讓，一鈀築得那畜九個窟窿鮮血直流；第四十九回大戰通天河金魚精，與悟空裡應外合立下功勞；最令讀者熟悉的是第六十七回，在七絕山稀柿衕，以他天生神力，化身大野豬，拱開八百里爛柿堆，立下一場臭功，大大展現「開路神」的形象。

取經隊伍是藉由觀音奔走組構的團體，因師徒的關係，近似一個家族，唐僧爲師亦爲父，悟空等則爲師兄弟，彼此的分工與性格，造成時而和睦，時而不睦的循環，他們之間的矛盾始終存在，取經不僅是每個成員自己的修行試煉，亦是彼此之間關係的試煉，有共修的意味，這也輝映了他們罪謫的出身背景。到了西天雷音寺，如來封八戒爲「淨壇使者」，他便嚷起來：「他們都成佛，如何把我做個淨壇使者？」儘管已經功德圓滿，修成正果了，八戒仍在自己的地位這一問題打轉，如來最後的定奪，針對其欲求給予現實面的解釋，這與孫悟空的理想層次，恰成爲一組鮮明的組合。

二、以和為尚——沙悟淨

前面我們談到唐僧的身體時，提到他與沙僧曾九次合體，沙僧的項上骷髏頭，在凌雲渡化成法船渡取經中過河，沙僧在《西遊記》中首次與取經人相遇，是一個十足的惡魔：「青不青，黑不黑，晦氣色臉；長不長，短不短，赤腳筋軀。」（第八回）尤其引人注意的是他胸前的骷髏項鍊。關於這個項鍊的來歷，沙僧曾對觀音菩薩解釋道：「我在此間吃人無數，向來有幾次取經人來，都被我吃了。凡吃的人頭，抛落流沙，竟沉水底。這個水，鵝毛也不能浮。惟有九個取經人的骷髏，浮在水面，再不能沉。我以爲異物，將索兒穿在一處，閒時拿來頑耍。」（第八回）沙僧的骷髏項鍊其實有更深一層的含義。在佛教密宗中，金剛、明王、護法神等神佛造像大都有骷髏裝飾品，有的頭戴骷髏冠，有的身戴骷髏瓔珞。佩戴人骨、骷髏一方面象徵世事無常，另一方面則象徵戰勝惡魔和死亡；也有認爲是道教的服食採補。[60]正因如此，唐僧師徒才能依靠這骷髏項鍊用索子結作九宮和觀音菩薩的寶葫蘆成爲法

60 張錦池：《西遊記考論》（哈爾濱：黑龍江出版社，一九九七年二月），頁二〇四。

船，順利渡過了連鵝毛都浮不起的流沙河。這串骷髏項鍊在完成任務之後，也解化作九股陰風，寂然不見了。（第二十二回）

唐僧的九次前身與沙僧九次合體，在《三藏法師傳》與《取經詩話》都殘留了這個痕跡，[61]沙僧的身體帶著「法體」與「道體」的意象，不沉與不死的身體，成爲「法船」的擺渡意象。沙僧在取經歷程的早期性格已趨於定型，他加入取經隊伍的原因我們已經在討論《西遊記》主題時提及。他以沉默與忍讓成爲取經隊伍無聲的紐結，多次化解「散伙」的危機。

在漫長的取經路上，大夥兒有時閒聊，三藏思鄉、八戒抱怨時，沙僧總要他們忍耐。如：第四十三回，「八戒回頭道：『哥呵，若照依這般魔障凶高，就走上一千年也不得成功。』沙僧道：『二哥，你和我一般，拙口鈍腮，不要惹大哥熱擦。且只捱肩磨擔，終須有日成功也。』」

第八十回，行者道：「師父，你常以思鄉爲念，全不似個出家人。放心且走，莫要多憂。古人云：『欲求生富貴，須下死工夫。』」三藏道：「徒弟雖然說得有理，但不知西天路還在那裡哩。」八戒道：「師父，我佛如來捨不得那三藏經，知我們要取去，想是搬了；不然，如何只管不到？」沙僧道：「莫胡談，只管跟著大哥走。只把工夫捱他，終須有個到之之日。」

像這樣溫順的勸慰，眞是「地道的苦行僧，有十足的龍馬精神」，[62]沙僧雖然寡言少語，在緊急的時刻，卻總能凝聚團隊。相對於豬八戒有時「攛掇師父唸《緊箍兒咒》」當「耍子」，搞得悟空痛苦，彼此之間有些不睦，沙僧對悟空與八戒之間的糾葛不太介入，有時充當和事佬。如第四十回過號山，紅孩兒兩次變紅雲想捉拿唐僧，悟空一下子將唐僧推下馬，說妖怪來了，一下子又扶唐僧上馬，說是路過妖怪，氣得唐僧要唸《緊箍兒咒》，沙僧卻苦勸師父爲悟空解圍。

三藏不聽悟空警告，屢次放走紅孩兒變化的人，最後三藏被風捲走，悟空心灰意冷，不急著去救師父，反而準備散伙了，八戒也附和，沙僧苦勸：

師兄，你都說的是那裡話？我等因爲前生有罪，感蒙觀世音菩薩勸化，與我們摩頂受戒，改換法名，皈依佛果，情願保護唐僧上西方拜佛求經，將功折罪。今日到此，一旦俱休，說出這等各尋頭路的話來，可不違了菩薩的善果，壞了

61 張錦池：《西遊記考論》，頁二〇三—二〇六
62 張靜二：《西遊記人物研究》，頁一八五。

自己的德行，惹人恥笑，說我們有始無終也？（第四十回）

悟空被沙僧感動，但卻苦於師父不聽人勸說，所以問八戒怎麼辦？八戒最後也顧全大局，勸悟空「還信沙弟之言，去尋那妖怪救師父去」。三個師兄弟之間討論的氣氛，可以看見沙僧起了關鍵的作用，他的言語當中情理兼顧，剛柔並濟。

《西遊記》的回目中常常稱悟空為心猿，是「金公」，豬八戒則為「木母」，在取經團隊裡，沙僧就是那個調節的人，象徵著五行中的土，人體之中的脾就是屬土的。在西梁女國三藏和八戒喝了子母河的水懷了胎，悟空到解陽山如意眞仙那兒取落胎泉，回目「禪主吞餐懷鬼孕，黃婆運水解邪胎」（第五十三回），沙僧屬土就是那個黃婆，悟空和沙僧向老婆婆借桶子和繩索去取落胎泉，沙僧就非常細心地要求帶兩條索子，「恐一時井深要用」，像這樣的小地方，他都可以預留空間，讓事情更為寬裕可行，可見沙僧是個極細心，能體貼照顧他人的同伴。

沙僧雖然話不多，卻一直是任勞任怨的人，當悟空與八戒去降妖時，他常常留守，看似無用的沙僧，卻是唐僧最貼身的照顧者，這樣的細心、耐心恰恰是悟空和八戒所不具備的，如果說孫悟空是主外的，是動中之動，八戒是動中之靜；那麼唐僧則是靜中之動，沙僧是靜中之靜，絕對是一個主內的人，是一個不可或缺的穩定力量。

小說寫反派，寫英雄相對色彩鮮明，容易著墨；寫道德，寫淡泊，則難以下筆，張錦池先生認為，世本《西遊記》兩次寫唐僧逐走孫悟空，表面上是在寫唐僧、悟空、八戒，實際上是作者神來之筆，其真正用意，是騰出筆來集中寫豬八戒，寫沙和尚為主。63尤其沙僧回護寶象國公主百花羞背著妖精丈夫寫求援信的事情，充滿俠義精神（第二十九回）；「真假悟空」事件，唐僧「道昧放心猿」，沙僧去花果山討回行李，打死變成自己模樣的猴精，並去南海告觀音菩薩，後隨菩薩命令與悟空同去水簾洞辨真假：

原來行者觔斗雲快，沙和尚仙雲覺遲，行者就要先行。沙僧扯住道：「大哥不必這等藏頭露尾，先去安根。待小弟與你一同走。」大聖本是良心，沙僧卻有疑意。眞個二人同駕雲而去。……沙僧在傍，不敢下手。見他們戰此一場，誠然難認眞假。欲待拔刀相助，又恐傷了眞的。忍耐良久，且縱身跳下山崖，使降妖寶杖，打近水簾洞外，驚散群妖，掀翻石凳，把飲酒食肉的器皿盡情打碎。尋他的青氈包袱，四下裡全然不見。……即便縱雲，趕到九霄雲裡，掄著

63 張錦池：《西遊記考論》，頁二二二—二二三。

寶杖，又不好下手。大聖道：「沙僧，你既助不得力，且回復師父，說我等這般這般，等老孫與此妖打上南海落伽山菩薩前辨個眞假。」道罷，那行者也如此說。沙僧見兩個相貌、聲音，更無一毫差別，皂白難分，只得依言，撥轉雲頭，回復唐僧不題。（第五十八回）

這一段落既寫出沙僧面對眞假悟空疑義時的仔細，以及再回水簾洞一心完成趁空找回行李的任務，是一個非常忠心而又負責任的行動者。

在《西遊記雜劇》中沙和尚的主要職守是「侍鑾輿」、「擎傘牽馬」，《西遊記》中降妖伏魔時，通常悟空爲主力，專門挑戰大魔王，八戒任副手對付小妖，而沙僧在取經團隊的職守，與當初他在天庭是玉帝的侍臣比較接近，是保護唐僧，照顧行進的安危。沙和尚本是玉帝侍臣捲簾大將，因打破了玻璃盞，被貶謫人間，後來隨唐僧取經，他一路上「保護唐僧，登山牽馬有功」，修得正果「金身羅漢」，全稱應是八寶金身羅漢菩薩，沙僧最後能夠成爲菩薩，其實在西天路上就已經證明了他的價値，沙僧「忠心」這個古典德目的人物形象，提供讀者對於《西遊記》中又一個道德審美的典範。

三、潛靈養性、任重道遠——龍馬

行走天路一個很現實的問題是：如何行進？對於取經四衆中，悟空、八戒、沙僧都有駕雲的神通，不論是觔斗雲、仙雲，他們的行動都是比較輕省的，在他們看來，唐僧「凡胎肉骨，重似泰山」，像流沙河這種天然險阻，駕雲是背不動的，因此，唐僧至少須有一個座騎，或是渡河的船隻，單就交通工具的實際問題，就可以看見《西遊記》的想像力所在。

《西遊記》之前，慧立所撰《大唐大慈寺三藏法師傳》，三藏所騎乘的是一胡老翁贈他的一匹赤老瘦馬，這匹馬往返伊吾已經十五次了，知道這條道路。到了《西遊記雜劇》，馬已經是龍君化成的白馬。龍君本是南海沙劫駝老龍第三子，因行雨差池，依法當斬，幸得觀音求情，化爲龍馬預備爲唐僧所用，等功成罪贖，得以重回南海爲龍。

直到世本《西遊記》，唐太宗欽賜唐僧白馬一匹，作爲「遠行腳力」，但是這一匹凡馬面對險境不聽使喚，無法背負重任，所以在小說第十五回「鷹愁澗意馬收韁」，到蛇盤山鷹愁澗三藏白馬就被孽龍吃了，悟空遂對著孽龍叫罵索馬，雙方發生激烈的戰鬥：

> 龍舒利爪，猴舉金箍。那個鬚垂白玉線，這個眼幌赤金燈。那個鬚下明珠噴彩霧，這個手中鐵棒舞狂風。那個是迷爺娘的業子，這個是欺天將的妖精。他兩

個都因有難遭磨折，今要成功各顯能。（第十五回）

作者用一段韻文以對比的手法讓讀者看到孽龍的造型，後來悟空面對「忒不濟」的膿包師父苦無座騎又不肯悟空離開，經土地山神建議去請觀音菩薩，揭諦爲他尋找救援，觀音菩薩在落伽山對揭諦說：「這廝本是西海敖閏之子，他爲縱火燒了殿上明珠，他父告他忤逆，天庭上犯了死罪。是我親見玉帝，討他下來，教他與唐僧做個腳力。他怎麼反吃了唐僧的馬？這等說，等我去來。」（第十五回）

從落伽山到了鷹愁澗面對悟空的抱怨，觀音解釋說：「那條龍，是我親奏玉帝，討他在此，專爲求經人做個腳力。你想那東土來的凡馬，怎歷得這萬水千山？怎到得那靈山佛地？須是得這個龍馬，方才去得。」（第十五回）

兩次透過觀音的描述，遂將龍馬的罪謫事件與將來救贖都大抵勾勒。龍馬歸順後，觀音爲他舉行了入門儀式：「菩薩上前，把那小龍的項下明珠摘了，將楊柳枝蘸出甘露，往他身上拂了一拂，吹口仙氣，喝聲叫：『變！』那龍即變做他原來的馬匹毛片。又將言語吩咐道：『你須用心還了業障，功成後超越凡龍，還你個金身正果。』那小龍口啣著橫骨，心心領諾。菩薩教悟空領他去見三藏。」（第十五回）

在第十五回細心的讀者可以發現「意馬收韁」，孽龍是肚子餓了才吃掉三藏的白馬，之後回到澗底「潛靈養性」不僅是龍馬正式加入取經隊伍，也是悟空取得菩薩淨瓶三個楊柳葉作爲腦後的三根救命毫毛，可以繼續向前的動力，龍馬對於三藏是基本配備，三根救命毫毛對於悟空具關鍵意義，都關乎「信心正果」。

我們從小說第十五回的敘述，大致瞭解了龍馬的來龍去脈，此後，在西行的路上，他是一個比沙僧更爲沉默的、更腳踏實地的取經衆。在八十一難中他曾積極參與的是朱紫國拯救國王，在替國王治病時，需半盞馬尿合藥，龍馬以自己的尿液不可輕拋卻，將自己身上的穢物當作聖物，後來悟空以榮譽感及共同合作的說法，說服他發揮團隊精神，龍馬終於肯犧牲自己的修行與靈性，以「拯救疲癃」。（第六十九回，相關論述詳「點讀」一章）

另一回作者騰出筆寫龍馬是在寶象國，悟空被逐回花果山，三藏在寶象國被黃袍怪變成老虎關在籠子裡，龍馬等到二更天，萬籟無聲時，顯化成龍，到殿上變成宮女，爲妖怪斟酒、唱小曲、跳舞，後現了本相與妖怪大戰八九回合，被妖魔打傷後腿，躲到御水河半個時辰，才咬著牙忍痛回到馬槽，作者慨嘆：「意馬心猿都失散，金公木母盡凋零。黃婆損傷通分別，道義消疎怎得成！」（第三十回）

此時悟空被趕回花果山，悟淨被妖魔擒走，龍馬在八戒回到館驛時，竟然開口說話，告知一切過程，八戒打算散伙，龍馬咬住他的直裰，止不住滴淚不肯散伙，勸他去找悟空來解圍，終於成就了「意馬憶心猿」的主力演出。龍馬雖然在取經西行路上比較少參與降妖伏魔的任務，但是歷來文評家討論全書結構時，針對「心猿意馬」的象徵旨意多有討論，64龍馬對於唐僧的眞情以及取經使命的執著，實在是不可少的另一沉默又穩定的力量。

《西遊記》中孫悟空無父無母，他對於唐僧的師徒之情非常深厚，在受了紅孩兒三昧眞火昏厥之後，被八戒、沙僧救醒，叫了一聲「師父」，八戒說：「哥呵，你生爲師父，死也還在口裡。」（第四十一回）這種情感亦師亦父。

相較於悟空的無父無母，龍馬忤逆父親獲罪，在取經途中，對於唐僧的照顧，帶有贖罪意味。如來佛在靈山封聖時說：「……每日家虧你馱負聖僧來西，又虧你馱負聖經去東，亦有功者，加陞汝職正果，爲八部天龍。」封聖之後，揭諦遂引龍馬到化龍池入池中，退了毛皮，換了頭角，渾身長起金鱗，腮頷下生出銀鬚，一身瑞氣，四爪祥雲，飛出化龍池，盤繞在山門裡，擎天華表柱上。（第一百回）

世本《西遊記》第一百回末了說：「旃檀佛、鬥戰佛、淨壇使者、金身羅漢，俱正果了本位。天龍馬亦自歸眞。」可見馱負聖僧與聖經，是龍馬「歸眞」的重要功勞，他與「正果本位」的其他四衆是不同的調性，他沒有降妖伏魔的激昂士氣，只有任重道遠的馱負耐力；沒有成爲人的野心，只要保有龍的靈性。張靜二以取經「西行進行曲」的節奏來比喻「心猿」是高音部分，「意馬」是低音部分，二者的搭配，才能完美奏出這取經進行曲的樂章。65的確，率性、感性的猴子加上穩健、理性的馬，才能完成取經大業，悟空、八戒、沙僧是可以時而雲路，時而正路的來去天路之間，而眞正一步步腳踏實地，馱負師父走完天路歷程的，非龍馬莫屬，而他原來卻是在雲端飛翔的「天龍」，取經路上，不走雲路只走正路，負重的龍馬，是形體的失去，肉身的考驗，意志的專注力，深具宗教精神的意涵。

64 《西遊記》中「心猿」、「意馬」這兩個意象在回目與詩賦中屢屢形成一組命題，清代文評家陳元之、汪象旭即認爲「心猿意馬」關係全書意旨、結構；但同爲清代文評家的劉一明、陳仕斌則反對此說，張靜二從道家術語與佛教經典典故在全書出現的例子，指出：「……『心』和『意』這兩句經常構成對句或成語。……這些詞語絕非都因撰者遣用的習慣而造成。其中或許偶然、任意或作爲裝飾用的；但大抵說來，多是切合情節需要而作爲描述用的。」詳參：張靜二，《西遊記人物研究》，頁二一三—二一三。

65 張靜二將取經隊伍分成「心猿」爲首的唐僧師徒和以「意馬」爲主的龍馬、行李兩部分，並用西行進行曲分析其節奏的高低，說明「心猿意馬」成爲《西遊記》全書結構的意義。詳參：張靜二，《西遊記人物研究》，頁二二五。

第五章 《西遊記》點讀

《西遊記》是一部積累型的小說，承繼了在其之前文本所匯聚的書寫特質，以龐大的百回容納豐富的內容和更爲完整的敘述結構。唐僧爲如來弟子，因無心聽佛法的過犯，將西行取經設定爲八十一難，讓唐僧歷經磨難，方得以復歸成聖，並由悟空求生命之道開始，召爲天官進而大鬧天宮，復爲如來制服，與唐僧同往西方，形成雙重的試煉，並突顯了上界與人間合力完成贖罪與歸返的任務。

浦安迪論〈奇書體的結構諸型〉，以「地理縱橫法」來解釋《三國演義》的結構，[1]《西遊記》亦有一種地理結構法的型態，加上五行生剋的象徵性顏色和方位的定位方式，使得這部小說的結撰方式富有多重意象。從結構方式來看，《西遊記》是一部道路原型的小說，道路原型作爲許多文化原型的模式，通常成爲一種自覺的儀式，命運之路成爲救贖之路，通過發展的內在之路，由「方向」和「迷失方向」伴生象徵意涵，這一原型模式指向人類追求神聖目標、永恆存在的生命主題。[2]

作爲推動取經敘事的主要動力是「災厄」，因此，八十一難的結構，大致上發生在行進路上的「魔境」，《西遊記》採用的是一種以贊文構境的「觀察性敘述視角」加「全知性敘述視角」的上天下地組接式鏡頭；前往西天的路上五聖不斷尋路、問路、選擇道路；在選擇道路上，他們經常碰到抉擇的困境，由這些天路、心路與世路的描繪與展演，使我們在「路」的動態進程中，看見《西遊記》唐僧師徒「參與性敘述視角」加上靈山神佛集團的「全知性敘述視角」，造成一種主觀的感受與臨場戰鬥、降伏妖魔之後的覺悟，反覆地進行，小說既有一種零散、片面性的撲朔迷離的感覺，又有邏輯辯證的理性框架，所以當我們在閱讀《西遊記》時，雖然大致上五聖取經的意志堅定，然路上仍不免充滿飢餓、疲憊以及不確定性，幾乎每一難的起因，心理上是「動心起念」所生妖魔，但實質上是發生在師徒的日常需要，妖魔總繞著「化齋」的問題引生，當中人性的細節書寫，以及神性的宗教情懷一直成爲西行的節奏主旋律。

《西遊記》採綴段式結構，就像大年夜放煙火，一朵一朵的火光，極炫目美麗；正如鄭明娳引李辰冬所說的「香腸式」結構，日本荒井健稱爲「彈簧狀或螺旋狀的構造」爲例，雖然根據經山歷水的旅行過程，仍能把情節編排得迴還有致。[3]《西遊記》採「八十一難」的結撰方式，這種結構究竟是不斷重複，還是在重疊中又顯出不同的意趣？對於相對獨立的

1 浦安迪論〈奇書體的結構諸型〉，《中國敘事學》（北京：北京大學出版社，一九九八年），頁八十一－八十七。

2 〔德〕埃利希・諾伊曼著，李以洪譯：《大母神——原型分析》（北京：東方出版社，一九九八年），頁八－九。

3 鄭明娳：《西遊記探源》全一冊（下）（臺北：里仁書局，二〇〇三年四月），頁九十七。

四十一個小故事，遇難、爭鬥、解除的方式雖有不同，然而一些形式與內容相仿的對話卻貫穿於其中，重複敘事重在同中有異，這並非機械式的複製，而是表現一種層層遞進的深化作用，使讀者可以從多層次、多角度來審美。

李豐楙從道教傳統將《西遊記》視爲一種「謫凡」神話的敘述，並定義這是一部「奇傳體」小說，他認爲「宗教小說的義理結構與敘述結構合而爲一，其基本模式可以歸納如下：犯罪被謫（出身）→歷劫除罪（修行）→罪盡重返（返回本身）」。[4]這種觀點提供讀者一種閱讀文本的方向，可以從事件的表層結構進到更深的宏觀序列裡，理解深層敘事中的義理結構。

《西遊記》的結構大致分爲三部分：第一部分——齊天大聖的小傳（第一回到第七回）、第二部分——取經的因緣和取經人（第八回到第十二回）、第三部分——八十一難的經歷（第十三回到第十二回）。本章根據上述的特點，除了孫悟空與唐僧的「出身」以及取經緣由另立一節，之後將「八十一難」大致分成四個部分，帶領讀者一起閱讀「修行」的歷程，這樣的處理，乃是基於在宗教意識觀念裡，既閱讀出身修行、末劫、罪罰，並注意解罪、救贖；側重取經五衆謫凡、歷劫、回歸的英雄歷程、周濟世人的天路歷程，也著意觀察《西遊記》八十一難的取經五衆、妖魔世界、上層天界之間錯綜複雜的關係。

《西遊記》基本上比較不具備有機性的連結，所謂的八十一難其實是從唐僧降生人間開始算起的，有時同一件事情，分成好幾難，例如：流沙河收伏沙僧，分成兩難；火焰山借扇收妖，分成三難。因此在處理時，以事件為主，不以難的數目作依據，將每一個事件分開來點讀。本章每一節的各部分將選取若干議題來賞析，所謂的「點讀」，包括浦安迪所謂的節點（mode path），[5]我們會從降妖的若干細節，進入人物與環境的對應之中；並試圖勾勒散在小說中許許多多的亮點（或是重點），以及因為不斷累積增衍的過程產生拼貼、照應或是轉折點，藉著這些點點滴滴，期待讀者可以更貼近這部經典小說生動活潑、豐富多元的內涵。因為百回文本實在太龐大，限於篇幅，本章每一節擷取若干議題，有一些是《西遊記》接受史上的經典觀點，有些則是近日研究的新視角（如物質文化、身體文明等視角），期望在知識的積累上也有一番新點子，提供當代讀者參考。

4 李豐楙：〈出身與修行：明代小說謫凡敘述模式的形成及其宗教意識——以《水滸傳》、《西遊記》為主〉，《明道文藝》九三年一月，頁一〇三。

5 浦安迪將文本中的物質當作敘事動力。敘事結構上所起的作用，用故事細節阻斷連環，其稱之「節點」（mode path）。像《金瓶梅》中的貓狗、鞋子、作衣服等。〔美〕浦安迪著，沈亨壽譯：〈《金瓶梅》：修身養性的反面文章〉，《明代小說四大奇書》（北京：生活·讀書·新知三聯書店，二〇〇六年），頁八十—八十六。

第一節　第一～十二回：兩位取經主角的登場，取經的政教緣由（一～四難）

世德堂本的《西遊記》中法師取經同時肩負了如來佛祖和唐代天子的使命的。在歷史事件中體現取經的主體人物是玄奘法師，到了世德堂本的《西遊記》本也一樣，所謂「八十一難」是唐僧所遭逢的，但是小說卻以孫悟空率先登場來界定這個故事的基調，使得這部小說脫離了原本唐僧為主的聖傳系統，往明清神魔小說靠攏。

一、楔子——心猿的出場（第一～七回）

《西遊記》第一回從時空敘述開始，首先引出東勝神洲，傲來國，花果山石猴。具西域色彩的猴行者，與具中原色彩的唐三藏，在世本等百回定本後，前七回以悟空先登場，這一小部分的悟空出世、學藝、受鎮壓，他從花果山得到猴群的支持，有了我群的概念，在生活安定之後，接著思考生命的本質意義，出發去追求答案，在「斜月三星洞」跟從須菩提祖師，在那裡獲得名字，學了七十二變，之後掛起了「齊天大聖」的旗幟。石猴在第二回遇見第一位師父須菩提祖師，欲學長生之道，祖師從榻上醒來，第一句話便衝著悟空說：「難！難！難！道最玄，莫把金丹做等閒。」悟空打破祖師的「盤中之謎」，學了一身功夫，同時洞悉永生的奧祕，整部小說充滿了「機智應變」的應對諧趣。

《西遊記》開場不久，即由萬物之靈的孫悟空「大鬧三界」，向閻王勾生死簿，對玉帝高唱「皇帝輪流做，明年到我家」，與太上老君抗衡入八卦爐，與如來比試身陷五行山，在各個空間裡，我們看到神佛世界和諧的關係及彼此奧援的「實況」。比如：如來佛在與悟空鬥法前，面對氣燄囂張的孫悟空指控玉皇大帝「久占」帝位，如來說：「他自幼修持，苦歷過一千七百五十劫，每劫該十二萬九千六百年。你算，他該多少年數，方能享受此無極大道？你那個初世爲人的畜生，如何出此大言！」（第七回）而鎮壓了悟空之後，回到靈山，向「三千諸佛，五百羅漢，八金剛，四菩薩」報告整個過程，並說：「玉帝大開金闕瑤宮，請我坐了首席，立『安天大會』謝我，卻方辭駕而回。」而「大衆聽言喜悅，極口稱揚。謝罷，各分班而退，各執乃事，共樂天眞」（第八回）。神佛集團彼此相通、欣賞、各執其司，可見一斑。

大鬧天宮，是悟空具備了戰鬥與抗爭的本事，這也是他日後與妖魔打鬥時不斷地誇耀自己的「光榮」事蹟。作者在第七回結束時的詩中說明：「若得英雄重展掙，他年奉佛上西方。」

這樣的出場，大大調整了「五聖取經」的重點與角色，孫悟空在取經路上分量的變化，及吃重演出，除了突顯了故事來源的異域色彩，也加重了文學脫離經學哲思另闢想像視野的純文學園地。五聖形象的內涵向來是以《西遊記》的研究者津津樂道的，而對唐僧的精神及價值取向與對孫悟空的精神及價值取向又是其中的核心觀念。

孫悟空的形象，他憑著滿腔疾惡如仇的胸懷，一雙善識妖魔的火眼金睛，一杆千變萬化、威力無窮的如意金箍棒，更是取經事業重要的執行者。世本《西遊記》以「心猿」為開場，一反過去以唐僧爲開場的設計。誠如明代謝肇淛所言，一部西遊故事，乃爲「求放心」的演歷，悟空有時譏諷唐僧「不濟的和尙，膿包的道士」，在基調上，成爲一部「喜劇性的宗教寓言」。6

二、取經的發起——我佛造經傳極樂　觀音奉旨上長安（第八回）

《西遊記》的母題是「唐僧取經」，其基本的情節構架是唐僧師徒在取經途中歷經磨難，終於不辱使命的苦難歷程。在《西遊記》第八回「我佛造經傳極樂」中，對整個取經事件的楔子，作者即透過如來的眼中看到一個世界的大概景況及救贖之路：

如來講罷，對眾言曰：「我觀四大部洲，眾生善惡，各方不一：東勝神州，敬天敬地，心爽氣平；北俱盧州，雖好殺生，祇因糊口，性拙情疏，無多作踐；我西牛賀洲，不貪不殺，養氣潛靈，雖無上真，人人固壽；但那南贍部洲，貪淫樂禍，多殺多爭，正所謂口舌凶場，是非惡海。我今有三藏真經，可以勸人為善。」諸菩薩聞言，合掌問曰：「如來有那三藏真經？」如來曰：「我有《法》一藏，談天；《論》一藏，說地；《經》一藏，度鬼。三藏共計二十五部，該一萬五千一百四十四卷，乃是修真之經，正善之門。我待要送上東土，叵耐那眾生愚蠢，毀謗真言，不識我法門之要旨，怠慢了瑜迦之正宗。怎麼得一個有法力的，去東土尋一個善信，教他苦歷千山，遠經萬水，到我處求取真經，永傳東土，勸化眾生，卻是個山大的福緣，海深的善度。誰肯去走一遭來？」

《西遊記》是以如來佛在極樂世界「造經」之後，對世界有個整體評估和計畫為小說

6 余國藩著，李奭學譯：〈宗教與中國文學——論西遊記的「玄道」〉，《中外文學》第十五卷第六期（一九八六年十一月），頁二十五—二十六。

「楔子」，這一個結合靈山視域與世界關係的意旨，就涵蓋了無限廣闊的世界，在「西遊世界」的系統中，關於世界的主宰，作者爲我們展示的是一個多元系統。天上（玉皇大帝），三十三天（太上老君），西天（如來大佛），屬於超陽間；地上、人間（皇帝），屬於陽間；地下、地府（十代閻王）屬於陰間；水裡、龍宮（四大龍王）屬於超陰間。

如來不願「送經」，而必欲尋一「善信」來「取經」，指出了兩個重要的關鍵點：其一是「善信」是唐僧精神的核心，也是取經路上重要的基礎；其二爲「送經」本是舉手之勞，但這種高高在上的神賜無法激發人類的感恩與崇拜，所以「苦歷千山，遠經萬水」乃得識「法門之要旨」，苦難潛藏著生命的堅韌和精神的強大。由唐僧的這一線索引發的取經態度，是「人」具備某種被呼召的特質來參與神聖的使命。

三、唐僧個人災厄——陳光蕊赴任逢災　江流僧復讎報本（第九回一～四難）

這一回在八十一難當中包含了有關唐僧出身的四個災厄——金蟬遭貶、洪江水賊之難、滿月拋江、尋親報仇。小說融合了唐僧前身在天庭遭貶的經過，以及出世前父親陳光蕊考中狀元，赴任逢災、母親被劫、唐僧獲救，法明和尙收留等事件，是屬於他個人的災厄，也比較強調倫理孝道，具有民間故事的特點，但也引發敘事風格與詼諧的百回本有明顯落差的疑慮。

陳光蕊江流兒故事最早僅見於明刊本中朱鼎臣本第四卷，共有八則，朱本的編者沒有任何說明。汪旭象《西遊證道書》第九回也有這一個故事，並多了法明和尚救江流兒的情節，加入嬰兒被拋江、溫嬌寫刺血書、汗衫，以及後來與江流兒認親證物吻合。《西遊證道書》第九回汪氏總評說：

> ……童時見俗本竟刪去此回，杳不知唐僧家世履歷，渾疑與花果山頂石卵相同。而九十九回歷難簿子上，劈頭卻又載遭貶、出胎、拋江、報冤四難。令閱者茫然不解其故。殊恨作者之疏謬。後得大略堂釋厄傳古本讀之，備載陳光蕊赴官遇難始末，然後暢然無憾。[7]

自從汪本把陳光蕊故事補入第九回，以後的刻本都承襲他的做法。至於世德堂本《西遊

7 鄭明娳：《西遊記探源》全一冊（上）（臺北：里仁書局，二〇〇三年），頁一二八。

記》的形式本來就算具有相當的完整性，究竟是否應補入江流故事，學者杜德橋認爲「無論就結構及戲劇性來講，與整部小說風格並不諧洽。組成前十二回的各節故事中，只有此陳光蕊故事對整個故事情節的推展沒有貢獻。」[8]

黃肅秋則認爲世本應該有陳光蕊江流故事，他把九回以後有關陳光蕊和玄奘出身的問題綜合輯錄出來，尤其是抛繡毬等事件，至九十三、九十四回從三藏、悟空的口中說出，並不是作者的追敘，而是書中人物的舊事重提，與前文呼應，並且《西遊記》曾名《西遊釋厄傳》，故事的重點在釋厄，世本的八十一難若沒有前四難，只有從第五難才開始，顯然不合理。[9]就《西遊記》採納民間傳說，以及集大成的性質，陳光蕊江流兒故事在民間流傳久遠，應該也是容易被吸收的情節，鄭明娳就認爲，完整的百回本西遊記含有江流故事，並包含汪本所缺的「金蟬遭貶、引送投胎」的情節。[10]

四、政教的目的——天上人間取經緣由的會合（第十～十二回）

第十回開頭以「漁樵對吟」開場，就像話本〈崔待詔生死冤家〉的開場一般，相當有詩意。但是這場詩意的對話卻被夜叉聽見，引發一系列的危機，到後來唐太宗遊地府，修建水陸大會，引出江流兒和尚受菩薩袈裟錫杖，唐太宗並賜名三藏，授予紫金缽盂。《西遊記》

將不同的故事予以接榫縫合，成爲小說的有機結構。

在世本《西遊記》中地上的皇帝是取經的發起人，目的乃爲「保江山永固」，[11]天上的發起人是南海普陀山觀世音菩薩領了如來佛旨，在長安訪查取經的善人，可見，中心支點既在「中土」也在「西方」。

比照小說一百回，貞觀二十七年唐太宗覽驗牒文，迎嘉賓、擺設慶功宴，五聖由出遊到回歸，再確定「此岸性」的終極意義，在這一條面向他者與回歸自我的路上，含攝著「遊的精神」與「遊的實質」的變化。《西遊記》，以眞眞假假的五聖越出本土的囿限，「遊」，是一種遭遇，一種眼光與陌生現實的遭遇，經由空間的轉移，不斷有地理形態的變化，而且

8 同上註，頁一四〇—一四五。

9 同上註。

10 同上註，頁一四五。

11 張錦池在〈宗教光環下的塵俗治平求索——論世本《西遊記》的文化特徵〉一文指出玄奘求法取經，由《慈恩寺三藏法師傳》到《取經詩話》到世本《西遊記》是走過「抗旨」→「奉旨」→「請旨」的蛻變過程，因此，世本《西遊記》已將「玄奘求法天竺的哲學的宗教目的論演化爲唐僧朝聖靈山的民俗宗教目的論」。參見《文學評論》，一九九六年第六期，頁一三二—一三三。

有人文環境、心靈體驗的反差，因此，作爲「魔境」的主要圖像歷程帶著更多「心」的感受，這種抽象的空間比作爲「國度山水」的主要圖像，具象空間的「物」的鋪陳，是更爲重要的意象，所以「心」的歷程的動態變化仍是《西遊記》鋪演的主軸。

厄難	回數	點讀
1金蟬遭貶	九	唐僧個人災厄，根據張錦池的考論「陳光蕊江流和尚」故事在朱鼎臣本、楊致和本都比孫悟空「大鬧天宮」突出，篇幅更多，作者一心想要突出唐僧形象；而世德堂本，共一百回，「大鬧天宮」，占七回，「取經緣起」只占五回，「西天取經」，占八十八回。孫悟空名字在回目裡出現四十六次，唐僧的名字在回目裡只有二十一次。可見作者在作品中特別突出孫悟空形象。12
2殺身之禍	九	
3滿月拋江	九	
4尋親報冤	九	

第二節　第十三～二十六回：五聖聚合，同行天路（五～十九難）

在小說二十二回以前最重要的是取經隊伍的成形，十五回蛇盤山鷹愁澗孽龍化白馬；十八、十九回福陵山雲棧洞降伏八戒；二十二回流沙河收沙僧。蔡鐵鷹在尋找原生故事時於《大慈恩寺三藏法師傳》讀到唐僧回程時「僧行七人」，玄奘《大唐西域記》說「時唯七僧」，《大唐三藏取經詩話》第三節提到阻路的深沙神，都是典型的西域題材。[13]唐僧出發時有沒有隨行？取經隊伍何時成形？他們各自扮演什麼角色？這些是西遊故事成書時第一個要處理的問題。

12 張錦池：《西遊記考論》（哈爾濱：黑龍江教育出版社，一九九七年二月），頁三八四－三八五。

13 蔡鐵鷹：《西遊記的誕生》（北京：中華書局，二〇〇七年十月），頁二十－二十一、二十五。

一、取經隊伍的成形

《西遊記》第十三回唐僧於貞觀十三年九月十二日從長安啓程，當時三十一歲，開始西行的路上在雙叉嶺遇見虎蛇，歷經驚嚇的三個災難，接著才在劉伯欽保護下，越過兩界山，眞正離開大唐疆界，進入韃靼地界。在第十四回「心猿歸正六賊無踪」唐僧收第一個徒兒悟空，這回連接了悟空被鎭壓五百年的事，以及自己縫製虎皮裙穿上，隨即發生悟空殺戮六賊而受懲，師徒的對話具有禪宗式的機鋒，唐僧強調「戒殺」的字面含義，悟空卻直指「一劍揮盡六賊」，正是同情心的表現，這個載道的事件，除了深具禪機，整體西行路上伏妖降魔，在唐僧與悟空之間，一直存在著「勸善」與「懲惡」的路線之爭。張錦池認爲：唐僧一心秉善爲僧，想沿途勸善，因而他常常以爲悟空打死的是人，便一次次地唸緊箍兒；而悟空一方面要保護唐僧，一方面要蕩妖滅怪，「專治人間災害」，在五莊觀就曾對當地的土地神誇耀說：「老孫是蓋天下有名的賊頭」，充滿江湖節俠的氣息。[14]

學者指出：吳承恩對神佛與妖魔的微妙關係的描寫，對孫悟空降妖伏怪過程的處理，除了達到詼諧幽默的藝術效果外，乃是有意的反映「當時世態」，[15]江湖氣的孫悟空對善惡的公義觀自有一套原則，然而所謂「心猿歸正」，指的是觀音菩薩讓唐僧以緊箍兒控制悟空，使得「勸善」與「懲惡」的辯證在西天的路上不斷上演，雖然日後悟空煉魔降怪有功，作者仍稱他是「釋門之異端」。

世本《西遊記》在取經隊伍的成形，處理了悟空的「歸正」情節之後，接著展演唐僧白馬遭孽龍吃了，幸南海菩薩告知取經事宜，將孽龍化成白馬成爲唐僧新的座騎，繼十四回的「心猿歸正」，十五回完成「意馬收韁」，菩薩並贈送悟空三根救命毫毛，「心猿意馬」這一組命題至此成形，感性的猴子加上理性的馬才能走上取經大業這一主題。

相較於悟空對於花果山再三的遭貶回家，第十九回八戒被悟空降伏時：

那怪一聞此言，丟了釘鈀，唱個大喏道：「那取經人在那裡？累煩你引見引見。」行者道：「你要見他怎的？」那怪道：「我本是觀世音菩薩勸善，受了他的戒行，這裡持齋把素，教我跟隨那取經人往西天拜佛求經，將功折罪，還得正果。教我等他這幾年，不聞消息。今日既是你與他做了徒弟，何不早說取

14 張錦池：《西遊記考論》，頁四四七—四四八。

15 陳澉：〈論《西遊記》中神佛與妖魔的對立〉，《求是學刊》一九八〇年二期，頁六十—六十一。

經之事，只倚兇強，上門打我？」行者道：「你莫詭詐欺心軟我，欲爲脫身之計。果然是要保護唐僧，略無虛假，你可朝天發誓，我才帶你去見我師父。」那怪撲的跪下，望空似搗碓的一般，只管磕頭道：「阿彌陀佛，南無佛，我若不是眞心實意，還教我犯了天條，劈屍萬段。」行者見他賭咒發願，道：「既然如此，你點把火來燒了你這住處，我方帶你去。」那怪眞個搬些蘆葦荊棘，點著一把火，將那雲棧洞燒得像個破瓦窰。對行者道：「我今已無罣礙了，你卻引我去罷。」

八戒雖然將雲棧洞的家一把燒毀，但其後唐僧遭妖魔擄走，情況危急時，想要散伙的反而是他，每次遇到困難，就嚷著叫沙和尚回流沙河，照舊吃人度日，他回高老莊，回爐做女婿。對比於悟空的英雄氣概與戰鬥精神，八戒財貨之心與色欲的塵俗眷戀，是悟空口中的「獃子」，他們兩人的對話與合作關係，成爲整部作品最精彩的語言機鋒之處。

二十二回深沙河的妖精曾九次吃了取經人，在五聖當中他與唐僧最爲接近，他在世本《西遊記》之前的故事中排行唐僧第二個弟子，世本《西遊記》將八戒成爲二師兄，將沙僧調到排行第三。取經路上，孫悟空是開路先鋒，豬八戒是唐僧的前衛、悟空的主要助手，沙僧則是後衛，一路「保護唐僧，登山牽馬」，並默默地作爲取經團隊的調和者。例如在小說八十一回，孫悟空中了地湧夫人分身計，回來不見了唐僧，將一腔怒火發到豬八戒與沙僧身上：

行者曉得中了他計，連忙轉身來看師父，那有個師父。只見那獃子和沙僧口裡嗚哩嗚哪說甚麼。行者怒氣塡胸，也不管好歹，撈起棍來一片打，連聲叫道：「打死你們，打死你們。」那獃子慌得走也沒路。沙僧卻是個靈山大將，見得事多，就軟款溫柔，近前跪下道：「兄長，我知道了，想你要打殺我兩個，也不去救師父，徑自回家去哩。」行者道：「我打殺你兩個，我自去救他。」沙僧笑道：「兄長說那裡話？無我兩個，眞是『單絲不線，孤掌難鳴』。兄呵，這行囊、馬匹，誰與看顧？寧學管鮑分金，休仿孫龐鬥智。自古道：『打虎還得親兄弟，上陣須教父子兵。』望兄長且饒打，待天明和你同心戮力，尋師去也。」行者雖是神通廣大，卻也明理識時。見沙僧苦苦哀告，便就回心道：「八戒、沙僧，你都起來。明日找尋師父。卻要用力。」

沙僧平時沉默寡言、沉穩篤定，這一席話將各自職責說得合情合理，讓悟空心悅誠服，也使讀者再次看到五聖彼此的關係如何的緊密，尤其是作者一再點染「三衆」的合作之必要。《西遊記》中孫悟空是唯一吸收日精月華，石頭蹦出的自然人，但其他四聖則爲天族遭貶的謫仙，各自帶著罪疚意識，「一面把『正果金身』作爲取經人矢志西行求法的自身奮鬥目標，一面又將世俗性的將功折罪替代了宗教性的道德自我完善。」[16]

《西遊證道書》的第八回，汪旭象曾指出取經隊伍的形成，是這個故事的「大綱領」：

> 澹漪子曰：凡做一部大文字，心有提綱挈領之處，然後線索在手，絲絲不亂。如此書拜佛取經，以唐僧爲主。而唐僧所恃者，三徒一馬，此三徒一馬者，固非長安所隨，唐王所賜者也。若必待登程之後，逐一零星湊合，便是《水滸傳》中之李逵、武松、魯智深矣。此書作者之妙，妙在此一回內，盡數埋伏，一沙二豬三馬四猿，先後次第灼然不紊。及至唐僧出了長安城，過了兩界山，一路收拾將來，便有順流破竹之勢，毫不費力。此書之一大綱領也，作文要訣，總不出此，豈獨小說然。[17]

由現有的成書資料顯示，取經五衆的出場序與世本《西遊記》不同，在經過作者改訂之後，豬八戒與孫悟空卻成爲取經隊伍最吃重的角色，排行在悟空之後，沙僧成爲三師弟，這是定調故事很關鍵的一部分。

二、取經人的食色關卡——試禪心、偷人參果

取經隊伍成形之後，二十三回「四聖試禪心」，二十四～二十六回「五莊觀偷人參

果」都是發生在神仙的世界。前此，第八回觀音奉旨尋找取經人，化身疥癩僧到長安時，吩咐前來參見的衆神：「汝等切不可走漏一毫消息。我奉佛旨，特來此處尋訪取經人，借你廟宇，權住幾日，待訪眞僧即回。」神仙不願顯明眞身提供五聖幫忙的原因，或是化身成人，試煉五聖，一方面是屬於天機不可洩漏；一方面也是「奉法」行事。

悟空於第二十三回，踏進黎山老母等神仙所點畫的莊院前，「情知定是仙佛點化，他卻不敢洩漏天機」，第二十一回五莊觀護法伽藍等神仙點化仙莊，幫助悟空與八戒，事後八戒提及「哥哥，他既奉法旨暗保師父，所以不能現身明顯，故此點化仙莊，你莫怪他。」第二十三回至第二十六回，神仙化身成人或暗中保護的情節，突顯取經人的食色關卡，神仙對於取經人的行動，往往爲了反映五衆「修心」與「修身」的多重主題。

16 張錦池在〈宗教光環下的塵俗治平求索——論世本《西遊記》的文化特徵〉一文指出玄奘求法取經，由《慈恩寺三藏法師傳》到《取經詩話》到世本《西遊記》是走過「抗旨」→「奉旨」→「請旨」的蛻變過程，因此，世本《西遊記》已將「玄奘求法天竺的哲學的宗教目的論演化爲唐僧朝聖靈山的民俗宗教目的論」，《文學評論》，一九九六年第六期，頁一三二—一三六。

17 劉蔭柏編：《西遊記研究資料》（上海：上海古籍出版社，一九九〇年八月），頁五九九。

厄難	回數	點讀
5遭遇猛獸 6陷落坑坎 7嶺上遇虎	十三	開始西行的路上在雙叉嶺遇見虎蛇，歷經驚嚇的三個災難，接著才在劉伯欽保護下，越過兩界山，眞正離開大唐疆界，進入韃靼地界。
8心猿歸正	十四	悟空加入取經隊伍，觀音菩薩讓唐僧以緊箍兒控制悟空。
9蛇盤山意馬收韁	十五	孽龍化白馬，加入取經隊伍，觀音菩薩贈送悟空三根救命毫毛。
10觀音院遇火劫	十六	觀音菩薩賜給唐僧的九環錫杖，錦襴袈裟賦予他法力的特徵，穿上它可以「不入沉淪、不墮地獄、不遭惡毒之難、不遭虎狼之災」，卻因悟空炫耀而遭竊盜。
11黑風山怪竊袈裟	十七	菩薩依悟空計謀變成妖精凌虛子，並告訴悟空「菩薩、妖精，總是一念，若論本來，皆屬無有。」悟空變成仙丹，二人合力降妖，爲黑熊怪戴上禁箍兒，成爲落伽山守山大神。
12福陵山收伏八戒	十八 十九	八戒加入取經隊伍，觀音菩薩已先賜予法名豬悟能。
13、14黃風嶺風魔阻路	二十、廿一	靈吉菩薩以「定風丹」、「飛龍寶杖」協助捉拿偷吃靈山琉璃盞清油的黃毛貂鼠。
15大戰流沙河 16收伏悟淨	廿二	沙悟淨加入取經隊伍，沙僧的骷髏項鍊是吃了九個取經人的骷髏，唐僧九次前身與他合體，這項鍊助取經人渡河，不沉與不死的身體，成爲「法船」的擺渡意象。

<table>
<tr><th>厄難</th><th>回數</th><th>點讀</th></tr>
<tr><td>17四聖試禪心</td><td>廿三</td><td>取經人的食色關卡</td></tr>
<tr><td>18五莊觀偷吃人參果</td><td>廿四、廿五</td><td rowspan="2">取經人的食色關卡</td></tr>
<tr><td>19醫活人參樹</td><td>廿六</td></tr>
</table>

第三節　第二十七~四十二回：辨識妖魔，童心戲寶（二十~三十一難）

誠如第十四回開頭一首詩所說：

佛即心兮心即佛，心佛從來皆要物。若知無物又無心，便是眞如法身佛。法身佛，沒模樣，一顆圓光涵萬象。無體之體即眞體，無相之相即實相。非色非空非不空，不來不向不回向。無異無同無有異，難捨難取難聽望。內外靈光到處同，一佛國在一沙中。一粒沙含大千界，一個身心萬法同。知之須會無心決，不染不滯爲淨業。善惡千端無所爲，便是南無釋迦葉。

這是貫穿整部作品的核心思想之一，其心佛一體到「一佛國在一沙中」，以至「一個身心萬法同」，結合「魔由心生」、「佛在心中」，可見整部作品的一大形象是多位一體的形象，其中的千魔百怪，不過是人們虛妄之念、邪惡之思的化身罷了。孫悟空的形象矛盾帶出了《西遊記》的「神魔問題」：悟空從大鬧天宮，對於神佛世界的反抗，和日後作爲取經人，對於西天路上的妖魔戰鬥，他所面臨的神祇、妖魔與自身的關係，多根據他所理解的敵、我、友的關係去認識和處理，使得取經人不斷的經歷陌生感與危機感的窘困與奇趣。

一、重要的妖精要打三次？——三復情節的運用

小說第二十七回到四十二回的災難中有幾個十分有趣的點：首先，是「三打白骨精」的故事。「屍魔」白骨夫人三次幻化人形，「三戲唐僧」，悟空「三打白骨精」，小說中的「三復」情節，可以看出這個事件的重要性，以及結構的藝術特點。就如五十九回到六十一回的「三調芭蕉扇」，正如大家熟知的：「重要的妖精要打三次」，這是古典小說特有的審美意趣，也是《西遊記》膾炙人口的故事。

「戲」是有些妖魔捉拿唐僧的手法，如第四十回「嬰兒戲化禪心亂」，這裡的「戲」指的是紅孩兒變作七歲頑童，赤條條的沒穿衣服，以麻繩綑了手腳，將自己吊在松樹梢頭，同樣的，白骨精也是「戲」唐僧的。

「三打白骨精」故事的重點在於妖精想「吃」唐僧肉；手法是屍魔「戲」的變化多端；核心是悟空「打」的戰鬥精神。一戲時，屍魔變化成「一月容花貌的女兒，說不盡的那眉清目秀，齒白唇紅。」火眼金睛的悟空一眼即識破其化相，肉眼凡胎的唐僧與八戒無法辨

識妖魔，悟空便告訴他們，當年在花果山水簾洞，若想吃人肉，便是這等「或變金銀，或變莊臺，或變醉人，或變女色。有那等痴心的，愛上我，我就迷他到洞裡，盡意隨心。」當然，金銀莊臺對唐僧是起不了作用，但是在前此「四聖試禪心」中已經看出他與八戒等人仍有曖昧不明的心，面對女色，悟空的火眼金睛是見如不見的，而唐僧守「元陽」的核心是潛藏極大的危機所在。

白骨精的屍遁法本領使得孫悟空無法一次打殺，接著變化成滿臉都是荷包摺的八十歲老婆婆，二戲二打八戒二進讒言，行者二次被師父趕逐，八戒笑他要分行李不肯走，他沒有苦苦哀求留下來，而是要唐僧褪去頭上的金箍，唐僧沒有鬆箍兒咒，他只好留下，師徒性格隨著情節生動的發展開來。

接下來五聖即將離開白虎嶺，妖精不能眼睜睜的看唐僧進入別人的地界，「若是被別處妖魔撈了去，好道就笑破他人口，使碎自家心，我還下去戲他一戲。」所以三戲唐僧妖魔變化成口誦南無經的老公公，三戲容易，三打難，可見妖精世界自有其生存邏輯。第三次悟空看出妖精的狡猾，調來山神土地幫忙，「大聖棍起處，打倒妖魔，才斷絕了靈光」。故事層層遞進，通過三段式的結構，將妖精心理、取經人的個性與矛盾細膩的交織在情節當中。悟空雖然成功的除魔，卻換來一頓緊箍兒咒，「把頭都勒成亞腰葫蘆」的痛苦，並遭師父以貶書辭退，以及不接受拜別的傷心絕情，一點都沒有勝利的快樂，作者的藝術匠心，深具生命哲理與感發力量。

二、辨識妖魔——火眼金睛／肉眼凡胎的見與不見

取經過程中「辨識妖魔」往往是十分具關鍵性的，《西遊記》中女／陰／雌性妖精，對於唐僧很多時候造成了相當大的威脅，女人與小孩、老人原本是「弱勢團體」，作者描寫妖精變身為柔弱形象，等待幫助的「表象」，蒙蔽了慈悲為懷的唐僧與凡心不斷的八戒之肉眼凡胎的辨識能力，同情心與色欲正是這些形象所帶來的危機。

經過二次「緊箍咒」的管教，悟空仍然無法不以他眼睛所見的真相棒打妖魔（所以回目稱「三打白骨精」），最後遭唐僧「恨逐美猴王」，並發下若再與悟空見面，自己會墮入阿鼻地獄的毒咒。悟空回到了花果山，眼前出現的是「花草俱無，煙霞盡絕，峰岩倒塌，林樹焦枯」（第二十八回），獵妖從原來的四萬七千口，燒殺了一大半，其餘的流亡了一半，剩下的又被獵人搶走一半，只剩下六千上下。這次悟空確實重整了花果山，小說也融合了「二郎神搜山」的故事，但是最後仍不得不隨八戒去救唐僧。後來三十四回唐僧再次遭黃袍怪擄走，豬八戒又來請他搭救師父，乃至於接下來真假孫悟空的問題，雖然得到解決，花果山終究成為廢墟，小說不再提及了。

小說一再出現悟空的火眼金睛與旁人辨識能力的差異，如：第三十一回唐僧被黃袍怪的「黑眼定身法」變成老虎，在孫悟空被驅離取經團隊，八戒偷懶睡覺之時，沙僧、龍馬極力奮戰，無奈，衆人不敵妖魔，仍舊到花果山討救兵，等悟空救了百花羞公主回國，對變成老虎，大家都無法看出，只有他能辨識關在鐵籠的師父，說：「師父呵，你是好和尚，怎麼弄出這般惡模樣來也？你怪我行兇作惡，趕我回去，你要一心向善，怎麼一旦弄出這等嘴臉？」（第三十一回），這是回應他在第二十七回因白骨精被唐僧趕逐的事。

但是，隨即在第三十九回烏雞國的青毛獅怪變身成唐僧，悟空和衆人都無法辨別眞假唐僧：

行者心中不快，又見那八戒在傍冷笑，行者大怒道：「你這夯貨怎的？如今有兩個師父，你有得叫，有得應，有得伏侍哩，你這般歡喜得緊！」八戒笑道：「哥呵，說我獃，你比我又獃哩。師父既不認得，何勞費力？你且忍些頭疼，叫我師父念念那話兒，我與沙僧各攙一個聽著。若不會念的，必是妖怪，有何難也？」行者道：「兄弟，虧你也。正是，那話兒只有三人記得。原是我佛如來心苗上所發，傳與觀世音菩薩，菩薩又傳與我師父，便再沒人知道。也罷，師父，念念。」眞個那唐僧就念起來。那魔王怎麼知得，口裡胡哼亂哼。八戒

道：「這哼的卻是妖怪了。」他放了手，舉鈀就築。那魔王縱身跳起，踏著雲頭便走。（第三十九回）

在這裡雖然火眼金睛使不上力，因為「妖魔變作我師父，氣體相同，實難辨認」，最後還是八戒想到讓師父念「緊箍兒」，悟空忍痛，以「緊箍兒」來辨認眞正的師父，師兄弟才合力捉妖。有趣的是，這次是八戒聽出亂哼的是妖怪，舉鈀就築。小說作者能把一個「辨識」眞假的問題寫得意趣橫生，不只是火眼金睛能夠辨識，當氣體相同，無法辨識眞假時，平常被稱作獃子的八戒反而想出可以整悟空，又可以有效指認眞師父的方法，就是悟空最不願使用的「那話兒」，看似只知好吃懶睡的八戒，在收妖的緊要關頭，有時一點也不傻。

三、寶物的興味——索寶、偷寶、盜寶、奪寶

小說的幽默，不只在師徒之間的張力與互動，悟空與神佛之間也是有一些過往的經驗的啓動，各自對過去交手經驗的回顧與個性，都令人發噱。如：拯救已經死亡三年的烏雞國王，需用「九轉還魂丹」，悟空熟門熟巷的半夜進了南天門，直接跑到三十三天離恨天兜率宮，尋找正與仙童執芭蕉扇在煉丹的太上老君：

他見行者來時，即吩咐看丹的童兒：「各要仔細，偷丹的賊又來也。」行者作禮笑道：「老官兒，這等沒搭撒，防備我怎的？我如今不幹那樣事了。」老君道：「你那猴子，五百年前大鬧天宮，把我靈丹偷吃無數，著小聖二郎捉拿上界，送在我丹爐煉了四十九日，炭也不知費了多少。你如今幸得脫身，皈依佛果，保唐僧往西天取經。前者在平頂山上降魔，弄刁難，不與我寶貝，今日又來做甚？」行者道：「前日事，老孫更沒稽遲，將你那五件寶貝當時交還，你反疑心怪我？」老君道：「你不走路，潛入吾宮怎的？」行者道：「自別後，西遇一方，名烏雞國。那國王被一妖精假裝道士，呼風喚雨，陰害了國王，……老孫……與弟八戒夜入園中，打破花園，尋著埋藏之所，乃是一眼八角琉璃井內。撈上他的屍首，容顏不改。到寺中見了我師，他發慈悲，著老孫醫救，不許去赴陰司裡求索靈魂，只教在陽世間救治。我想著無處回生，特來參謁。萬望道祖垂憐，把九轉還魂丹借得一千丸兒，與我老孫，搭救他也。」老君道：「這猴子胡說，甚麼一千丸二千丸，當飯吃哩？是那裡土塊挼的，這等容易？咄！快去！沒有！」行者笑道：「百十丸兒也罷。」老君道：「也沒有。」行者道：「十來丸也罷。」老君怒道：「這潑猴卻也纏帳，沒有沒有，出去出去。」行者笑道：「眞個沒有，我問別處去求罷。」老君喝道：「去去去！」這大聖拽轉步，往前就走。老君忽的尋思道：「這猴子憊懶哩，說去就去，只怕溜進來就偷。」即命仙童叫回來道：「你這猴子，手腳不穩，我把這還魂丹送你一丸罷。」行者道：「老官兒，既然曉得老孫的手段，快把金丹拿出來，與我四六分分，還是你的造化哩；不然，就送你個皮笊籬——一撈個罄盡。」那老祖取過葫蘆來，倒吊過底子，傾出一粒金丹，遞與行者道：「止有此了，拿去，拿去。送你這一粒，醫活那皇帝，只算你的功果罷。」行者接了道：「且休忙，等我嘗嘗看，只怕是假的，莫被他哄了。」撲的往口裡一丟。慌得那老祖上前扯住，一把揪著頂瓜皮，揝著拳頭，罵道：「這潑猴若要咽下去，就直打殺了。」行者笑道：「嘴臉，小家子樣。那個吃你的哩？能值幾個錢？虛多實少的。在這裡不是？」原來那猴子頦下有嗉袋兒，他把那金丹噙在嗉袋裡，被老祖捻著道：「去罷，去罷，再休來此纏繞。」這大聖才謝了老祖，出離了兜率天宮。（第三十九回）

太上老君與悟空對於仙丹的態度，一個謹慎，一個嘲弄他的謹慎，悟空過去大鬧天宮時偷吃靈丹像吃炒豆一般，使得老祖深具戒心防備，而悟空一到就討價還價，還江湖味的提議四六分。太上老君本趕走悟空，又怕他來偷，給了一粒，又被捉弄試吃，並且嫌棄老祖小氣，「虛多實少」，原來悟空利用猴子生理特徵，把仙丹藏在嗉囊中捉弄老君。這一對老小的淘氣對話，爲緊張的戰鬥帶來活潑的氣氛。作者藉此事件再一次提及之前的平頂山金、銀角大王的寶物，帶出《西遊記》有趣的寶物事件。

在烏雞國之前，小說第三十二回到三十五回平頂山的故事，金角大王與銀角大王原是幫太上老君看爐的童子，竊取盛丹的紫金紅葫蘆、盛水的羊脂玉淨瓶，他們在平頂山蓮花洞使用寶物害人，只要叫喚對方，對方若回答，將因其應話的氣被吸入瓶中，再貼上「太上老君急急如律令敕」的帖子，一時三刻變化爲膿水。悟空在戰鬥的過程，一時失察被吸入葫蘆中，後趁機變化溜出，再次趁機騙走葫蘆，吸入銀角大王；並竊盜淨瓶，將金角大王吸入。最終太上老君出面，回收了被竊盜的寶物，放出受困的金、銀角，帶回天庭。

平頂山的魔頭畫影圖形，爲了要吃唐僧肉，一座又一座的大山壓悟空，就是要消滅悟空，而悟空卻談笑自若地挑著兩座大山來趕師父，使魔頭嚇得渾身是汗，最後驅動山神、土地以一座泰山壓頂，悟空幸得揭諦救助，才能脫困。

悟空接下來和小妖交易，以毫毛變化大紫金紅葫蘆裝天，與精細鬼、伶俐蟲交換眞寶葫蘆和玉淨瓶。「葫蘆裝天」是彌天大謊，天庭的哪吒太子幫忙，以一張皂雕旗遮住南天門，隔斷日月星辰的光芒，成功騙取眞寶。不常出現的小妖，竟然有名號「精細鬼」、「伶俐蟲」，在悟空面臨鎮壓的記憶與被捉拿湊對的危機時，來一段有趣的小孩般的買賣，使得取經路上的遭妖惹魔，平添曲折的樂趣。

第三十四回魔王把葫蘆口朝地，底朝天，叫「者行孫」，悟空答應一聲，便被吸進葫蘆中，對於和魔王交戰，悟空仍以遊戲的調性，和魔王把玩自己的名字：孫行者、者行孫、行者孫，趣味橫生。平頂山這幾回，前面寫悟空「擔山」的體力與法力，接下來騙取寶物則展演他的智力，降魔過程既充滿童趣，也帶領讀者馳騁想像力。

《西遊記》的寶物有許多類型，太上老君的八卦爐是法器，紫金紅葫蘆、羊脂玉淨瓶則為日用品，這些困敵、擒拿的容器類寶物，大大展現悟空困逃的經驗與脫困的智慧。九轉還魂丹與陳光蕊藉龍王的定顏珠保全屍身，得以起死回生，都是醫藥飲食類的寶物，與第三十一回黃袍怪的舍利子玲瓏內丹，被變成公主的孫悟空趁機奪取一口吸在肚裡，都是與生命修煉相關的東西，有些是外顯式的增強能耐，有些則是從內部療傷修復，延年益壽，起死回生。作者藉由寶物的書寫，為情節提供許多人物之間的瑰麗想像，寶物與法力相輔相成，所有權與使用者的鬆散或緊密關係，形成神魔的無窮變化。

厄難	回數	點讀
20屍魔三戲唐僧，恨逐美猴王	廿七	白虎嶺三打白骨精，屍魔三次變化成人，女人、小孩、老人柔弱形象，同情心與色欲正是這些形象所帶來的危機。展演小說的三復情節。
21黑松林逢魔	廿八	悟空被逐回花果山，重整家園，融合了「二郎神搜山」的故事。後隨八戒去碗子山波月洞鬥黃袍怪救唐僧，唐僧被妖精變成老虎，再次強調辨識妖魔的能力。作者騰出筆寫沙僧報恩公主的義氣；龍馬半夜現出原形與妖怪大戰而受傷。
22寶象國捎書	廿九	
23三藏金鑾殿變虎	卅、卅一	
24平頂山遇魔	卅二	太上老君與悟空對於仙丹的態度，這一對老小的淘氣對話，爲緊張的戰鬥帶來活潑的氣氛。金角大王與銀角大王以及悟空與小妖精細鬼、伶俐蟲交換葫蘆和玉淨瓶有趣的買賣，使得取經路上的遭妖惹魔，平添曲折的樂趣。此難饒富寶物的興味。
25蓮花洞逢災	卅三～卅五	
26烏雞國救主	卅七～卅九	悟空騙八戒買賣上門，下井駝國王屍首；悟空至南天門找太上老君索「九轉還魂丹」；文殊菩薩座騎青毛獅子變成三藏，二人氣體相像難以辨識，八戒想到讓師父唸「緊箍咒」來指認眞正的師父，小說作者把一個「辨識」眞假的問題寫得意趣橫生。

厄難	回數	點讀
27聖嬰之亂	四十	「戲」是有些妖魔捉拿唐僧的手法，「嬰兒戲化禪心亂」指的是紅孩兒變作七歲頑童，赤條條的沒穿衣服，以麻繩綑了手腳，將自己吊在松樹梢頭，這與白骨精「戲」唐僧是相近的手法。三昧眞火燒出悟空與八戒、沙僧的兄弟之情，以及他對唐僧的師徒之情；悟空變牛魔王戲紅孩兒；觀音以金箍兒收了紅孩兒。
28號山逢怪		
29風攝聖僧		
30心猿遭害	四一	
31觀音收妖	四二	

第四節　第四十三～五十五回：佛道賭鬥，謹守元陽（三十二～四十四難）

一、車遲國佛道賭鬥

賭鬥是《西遊記》非常著意描寫的藝術精華，而其中，第四十四回車遲國的賭鬥又是一場令人稱道的遊戲。孫悟空向有滑稽幽默、玩世不恭的態度，他藐視玉帝、作弄神仙、揶揄國王、戲謔妖魔。這一回裡虎力大仙和他的兩位師弟是三個法力高超又具有領袖才能的道人，他們在車遲國內凝聚信眾崇拜，充滿政治野心。雖然其修煉得道的肉身本體是獸而非人類，但本質上確實脫去了大半的妖魔氣，因為一次成功的求雨解決乾旱，虎力大仙成功地謀得車遲國國師的職位，在博得君王的信任和百姓的敬畏後，廣興觀宇、培植親信，崇道抑佛，囚禁別的教派人士，取經團隊來到之前，他們生活得異常威風，不只求雨，也「摶砂鍊汞，打坐存神，點水為油，點石成金」；還有「對天地晝夜看經懺悔，祈君王萬年不老」，除了扮道士欺壓和尚，相較於吃人的妖魔，基本上也不是什麼壞人。

車遲國王誤信妖道虎力、鹿力、羊力三妖的話，以為金丹聖水可以治其宿疾，孫悟空就灑了一泡尿當聖水，而後又變作三清之相誘國王滿懷歡喜地喝下了尿液，取經團隊將妖仙崇拜景仰的三清聖相丟入「五穀輪迴之所」（茅廁），尤其是豬八戒一段粗俗褻瀆神聖的順口溜，都是帶著羞辱性的戲謔。

第四十六回與三妖鬥法，先賭砍頭，次賭剖腹挖心再下油鍋。悟空有砍不完的頭，三妖被戲弄，一一喪命。這個故事諷喻意味濃厚，西天路上安排了極端敬道滅僧的車遲國，這一場賭鬥，悟空成功的調動風婆、雲童、霧子、雷公、電母等道教系統的神祇，並勒令北海龍王派小冷龍來保持油鍋水溫，左右逢源的悟空反轉了佛道的處境。

佛教主修來世解脫的理論和道教主修今世長生的理論本就是起點不同的競爭，車遲國的故事是非傳統和非典型的，它沒有遵循著取經路上大多數故事的慣例，這個故事裡未曾出現妖魔想吃唐僧肉的念頭，也少了武力爲主的兵刃往來，或者爲元陽的交配而用盡心思的女妖，呈現出來的是一場兩種宗教之間賭博式的競賽——在遊戲感強烈的《西遊記》裡，這是一個前所未有的宏大主題。

歷來學者指出，車遲國的賭鬥是這藉佛道鬥法的描述來諷喻明代君王好道之風，但是李豐楙以潛/隱兩種聲音來閱讀《西遊記》的厄難，他認爲在釋厄的過程作者雖然用了諧謔、荒唐的語言，卻蘊含諷喻的微義。在西行途中一再出現的阻擾，表層聲音可以增加文學藝術的趣味，抑或借此有較深一層的影射，一般都承認世本所寫的車遲國寵信虎力等大仙，因而敬道滅僧，這樣的道士形象，被認爲即影射明世宗，因其崇道而寵信陶仲文、邵元節等事蹟，但全書影射的非僅嘉靖皇帝一人，終究鬥法對象乃群精群魔，既著墨於洞府的仙景，也反覆點明其出身、來歷的不凡，正因採取許多的戲謔筆法，就暗示其中必有所隱蔽，也就是還存在多樣的諷喻，嘲弄的對象在《西遊記》中廣泛及於當時的政治、社會，雖然妖精與妖魔混淆使用，唯根據明王朝形成的社會階層，就可指向兩大重點：豪戶與王府。[18]

二、試煉元陽——唐僧的身體作為道的載體

西行取經八十一難各有其意義，衆妖奪取唐僧的目的，多半是爲了吃唐僧肉以延壽長生。從性別來看，女妖捉唐僧卻有兩種選擇——吃唐僧肉或陰陽交合。比起吃唐僧肉，與唐僧陰陽交合得到的利益更大，可以成仙。《西遊記》的女妖求陽的行爲往往被認爲是唐僧成佛的阻礙，[19]或是將女妖的美豔視爲唐僧內在心魔與蠢蠢欲動的原始欲望。[20]第五十三回西梁女國的遭遇，唐僧與八戒的身體感受，描寫了許多女性生產與墮胎的習俗，並誇飾女性國度裡對風月之事的飢渴。唐僧與八戒喝了子母河的水懷了孕，需要聚仙庵如意眞仙的落胎泉才能解去邪胎，懷胎的兩人被悟空、沙僧取笑：

三藏聞言，大驚失色道：「徒弟呵，似此怎了？」八戒扭腰撒胯的哼道：「爺爺呀，要生孩子，我們卻是男身，那裡開得產門？如何脫得出來？」行者笑道：「古人云：『瓜熟自落。』若到那個時節，一定從脅下裂個窟窿，鑽出來也。」八戒見說，戰兢兢，忍不得疼痛道：「罷了，罷了，死了，死了。」沙僧笑道：「二哥莫扭，莫扭，只怕錯了養兒腸，弄做個胎前病。」那獃子越發慌了，眼中噙淚，扯著行者道：「哥哥，你問這婆婆，看那裡有手輕的穩婆，預先尋下幾個。這半會一陣陣的動蕩得緊，想是摧陣疼，快了，快了。」沙僧又笑道：「二哥既知摧陣疼，不要扭動，只恐擠破漿包耳。」（第五十三回）

取經人對女性懷孕生子的想像令人發噱，在眾多「化齋」的厄難當中，這一回是因為口

18 李豐楙：〈魔、精把關：《西遊記》的過關敘述及其諷喻〉，《政大中文學報》第三十一期，頁一一六—一一七。
19 李安綱：《苦海與極樂——西遊記奧義》（北京：東方出版社，一九九五年），頁一六三。
20 黃培青：〈樹妖一定得死？論《西遊記》之〈荊棘嶺悟能努力木仙庵三藏談詩〉〉，《國文學報》第三十七期（國立師範大學國文系，二〇〇五年六月），頁一三七—一六〇。

渴，飢與渴都是肉身難以忍受的基本欲望，但也關涉更深層的「情意識」，五聖中也只有八戒、唐僧遭遇喝水懷胎的窘境，可見西行路上這兩個人是「懷著鬼胎」，仍然存有欲念，所以當他們喝了如意眞仙的水後，小說回末詩說：「洗淨口孽身乾淨，銷化凡胎體自然」。

唐僧的元陽是一場關係著是否繼續西行的關鍵，到了西梁女國被當「人種」的取經人，藉悟空「假親脫網」的計謀，眼看著就要脫逃了，卻又被毒敵山琵琶洞的蠍子精攝走。悟空、八戒等人最關切的是師父是否受引誘，所幸隔了一夜，唐僧謹守元陽，他們遂極力營救，觀音來告知女妖來歷，昴日星官變成六七尺高的公雞將蠍子精嚇死，八戒又將它搗爛，回末詩說：「割斷塵緣離色相，推乾金海悟禪心」。

根據魚籃觀音告知悟空等人蠍子精的來歷：「他前者本在雷音寺聽佛談經，如來見了，不合用手推了他一把，他就轉過鈎子，把如來左手中拇指上札了一下，如來也疼難禁，即著金剛拿他，他卻在這裡。」（第五十五回）這個口語化的「不合」兩個字透露了如來也有情緒，或粗心的時候，令人莞爾。蠍子精奪取唐僧的目的只是欲與唐僧「耍風月兒去來」（五十四回），並說：「我這裡雖不是西梁女國的宮殿，不比富貴奢華，其實卻也清閒自在，正好念佛看經，我與你做個道伴兒」、「做會兒夫妻」（第五十五回）可見女妖也有聽經修行的慧根。

就如第八十二、八十三回的老鼠精「奼女求陽」是因「唐僧乃童身修行，正欲拿他去配合，成太乙眞仙」。這些女妖的動機除了滿足情欲、傳衍子嗣，也有修仙的渴望。根據哪吒的說明：老鼠精曾在靈山偷吃了如來的香花寶燭，改名半截觀音，下界後又改名地湧夫人，曾被托塔李天王收為義女，也是一位在靈山親近如來的靈物。第九十五回在天竺國變成假公主的玉兔精，也是要招唐僧為偶，採取元陽眞氣，以成太乙上仙。

他們的欲望在道教修煉術中，受到金丹之道的影響。小說挪用了部分道教的語言、概念，將兩種修煉形式中的陰陽雙修，[21]在師徒二人設計降妖的情節中，以有趣的方式透過老鼠精之口說出：

行者把師父頭上一掐，那長老就知。行者飛在桃樹枝兒上，搖身一變，變作個紅桃兒，其實紅得可愛。長老對妖精道：「娘子，你這苑內花香，枝頭果熟。苑內花香蜂競採，枝頭果熟鳥爭啣。怎麼這桃樹上果子青紅不一，何也？」妖

21 嚴善炤指出：「在道教世界中，內丹逐漸形成各種不同的流派，按照修煉的形式，大體上可以分為陰陽雙修與清修兩大類型，其區別之處就是是否需要年輕美貌的女子配合修煉。」嚴善炤《古代房中術的形成與發展——中國固有「精神」史》（臺北：臺灣學生書局，二〇〇七年），頁二十八—二十九。

精笑道：「天無陰陽，日月不明；地無陰陽，草木不生；人無陰陽，不分男女。這桃樹上果子，向陽處，有日色相烘者先熟，故紅；背陰處無日者還生，故青：此陰陽之道理也。」三藏道：「謝娘子指教，其實貧僧不知。」即向前伸手摘了個紅桃。妖精也去摘了一個青桃。三藏躬身將紅桃捧與妖怪道：「娘子，你愛色，請吃這個紅桃，拿青的來我吃。」妖精眞個換了，且暗喜道：「好和尚呵，果是個眞人，一日夫妻未做，卻就有這般恩愛也。」那妖精喜喜歡歡的把唐僧親敬。這唐僧把青桃拿過來就吃。那妖精喜相陪，把紅桃兒張口便咬。啓朱唇，露銀牙，未曾下口，原來孫行者十分性急，轂轆一個跟頭，翻入他咽喉之下，逕到肚腹之中。（第八十二回）

從一些角度來看，女妖並非全然只知陰陽交合，他們其實是有更深一層的陰陽類應、萬物化成的概念作爲支撐。然而，在佛教的修行中，與道教「陰陽配合」的概念是有扞格之處，唐僧遭女妖捉拿時說：

（唐僧）心中暗祝道：「護法諸天、五方揭諦、四值功曹：弟子陳玄奘，自離東土，蒙觀世音菩薩差遣列位眾神暗中保護，拜雷音，見佛求經，今在途中，被妖精拿住，強逼成親，將這一杯酒遞與我吃。此酒果是素酒，弟子勉強吃了，還得見佛成功；若是葷酒，破了弟子之戒，永墮輪迴苦。」（八十二回）

對於佛教修行者而言，肉欲是世俗枷鎖，人的身體即道的載體，承載了修行的關鍵性意義，唐僧的祝禱對破戒有非常深的焦慮。荷蘭漢學家高羅佩指出，歷史上的玄奘於西元六四〇年到過那爛陀寺，一百年後那爛陀寺成爲印度的學術中心，唐僧並沒有看到金剛乘房中祕術的一派。[22]《西遊記》中唐僧與女妖對「陰陽配合」的態度與理解，多少反映了儒釋道三教不同的看法，小說賦予女妖鮮明的形象，女妖的失敗，多少反映了唐僧所代表的佛教修行立場在整部小說中的正統位置。

22〔荷〕高羅佩（R. H van Gulik）：《中國古代房內考——中國古代的性與社會》（臺北：桂冠圖書股份有限公司，一九九一年），頁三七三—三七四。

<table>
<tr><th>厄難</th><th>回數</th><th>點讀</th></tr>
<tr><td>32黑河鼉龍</td><td>四三</td><td>涇河龍王第九子鼉龍，魏徵夢斬錯行風雨的涇河龍故事之延伸。</td></tr>
<tr><td>33車遲度關</td><td>四四</td><td rowspan="3">車遲國的賭鬥是一場令人稱道的遊戲：孫悟空藐視玉帝、作弄神仙、揶揄國王、戲謔妖魔。車遲國王誤信妖道虎力、鹿力、羊力三妖，孫悟空以一泡尿當聖水，又變作三清之相誘國王喝下尿液，取經團隊將三清聖相丟入「五穀輪迴之所」，八戒一段粗俗褻瀆神聖的順口溜，都是帶著羞辱性的戲謔。
悟空與三妖鬥法，賭砍頭、剖腹挖心、油鍋，調動了許多神仙，反轉了佛道的處境。學界閱讀此難，認爲是藉佛道鬥法的描述進行諷喻。</td></tr>
<tr><td>34猴王顯法</td><td>四五</td></tr>
<tr><td>35滅諸外道</td><td>四六</td></tr>
<tr><td>36夜阻通天水</td><td>四七</td><td rowspan="3">通天河靈感大王是南海魚籃觀音蓮花池的金魚，吃童男童女，悟空、八戒變化陳關保、一秤金代替祭賽；大聖請來不及梳妝的觀音收妖；並答應通天河老黿至西天時問佛祖何時脫本殼得人身，埋下取經回程取經人忘了這一承諾，被老黿淬下水，導致經藏不全的最後一個厄難。</td></tr>
<tr><td>37僧履層冰</td><td>四八</td></tr>
<tr><td>38災沉水宅</td><td>四九</td></tr>
<tr><td>39金兜山遇魔</td><td>五十</td><td rowspan="3">太上老君的座騎青牛化作獨角兕大王，以點鋼鎗、金鋼琢套走許多兵器，這幾回妖魔與天神鬥寶是主題，甚至是悟空的毫毛也被收了。映照之前孫悟空大鬧天宮時太上老君的煉丹爐記憶，守爐童子吃了仙丹打瞌睡走失了青牛七日。</td></tr>
<tr><td>40眾天神煉魔無功</td><td>五一</td></tr>
<tr><td>41老君伏魔</td><td>五二</td></tr>
</table>

厄難	回數	點讀
42吃水懷胎	五三	西梁女國的遭遇，唐僧的元陽是一場關係著是否繼續西行的關鍵，被當「人種」的唐僧，所幸能謹守元陽。
43西梁女王留婚	五四	
44琵琶洞色邪淫戲	五五	三藏的身體成爲道的載體，女妖欲與三藏要風月、做個道伴兒，觀音告知女妖來歷，昴日星官變成六七尺高的公雞將蠍子精嚇死。唐僧與女妖對「陰陽配合」的態度與理解，反映了儒釋道三教不同的看法。

第五節　第五十六～六十七回：內在之旅，滅火除穢（四十五～五十五難）

一、諦聽自己——悟空的二心與怒火

第五十八回〈二心攪亂大乾坤，一體難修眞寂滅〉，在唐僧所遇八十一難中，這一難實際上是因爲悟空產生的，悟空因爲打死草寇，被唐僧趕走，求道之心生了空隙，悟空的不仁、不忍之心生了心魔，眞假悟空對決自天庭打到地府，甚至複製了一隊五聖人馬欲上西天取經。神佛照妖鏡、緊箍兒咒也難辨眞假，卻在陰司地藏王菩薩案下一個獸名「諦聽」，聽出了眞假：「這六耳獼猴，善聆音，能察理，知前後，萬物皆明。……不入十類之種，不達兩間之名。……此猴若立一處，能知千里外之事；凡人說話，亦能知之。故此善聆音，能察理，知前後，萬物皆明。與眞悟空同像同音者，六耳獼猴也。」（五十八回）生來善於聆音的六耳，他所聽見的即是悟空的「心聲」，如同形體與影子的關係，所以這一場心與影子的纏鬥，在天界光明之處畢竟無法分辨，唯有到了冥界陰暗之處，才看出那「幽微潛藏」的心魔，此心魔「神通與孫大聖無二」，幽冥之神無法擒拿，唯有依靠佛法無邊的如來收妖。

「二心」之後，緊接著仍然是悟空的心火所引發的厄難，當初悟空一怒而大鬧天宮，蹬倒老君丹爐，落下餘火，成爲下界彌天漫地一片「紅熱」的火焰山，其怒氣又大又持久，直燒了五百年，這個「火」的象徵性具有非常關鍵的意義。與火焰山相關的人、事都充滿了火氣味兒。

早在第四十回至四十二回，悟空即遇上紅孩兒，彼時曾與他認親：

那紅孩兒怪出得門來，高叫道：「是甚麼人在我這裡吆喝！」行者近前笑道：「我賢姪莫弄虛頭。你今早在山路傍高吊在松樹梢頭，是那般一個瘦怯怯的黃病孩兒，哄了我師父。我倒好意馱著你，你就弄風兒把我師父攝將來。你如今又弄這個樣子，我豈不認得你？趁早送出我師父，不要白了面皮，失了親情，恐你令尊知道，怪我老孫以長欺幼，不象模樣。」那怪聞言，心中大怒，咄的一聲喝道：「那潑猴頭！我與你有甚親情？你在這裡滿口胡柴，綽甚聲經兒？那個是你賢姪？」行者道：「哥哥，是你也不曉得。當年我與你令尊做弟兄時，你還不知在那裡哩。」那怪道：「這猴子一發胡說！你是那裡人，我是那裡人，怎麼得與我父親做弟兄？」行者道：「你是不知。我乃五百年前大鬧天宮的齊天大聖孫悟空是也。我當初未鬧天宮時，遍遊海角天涯，四大部洲，無方不到，那時節專慕豪傑。你令尊叫做牛魔王，稱爲平天大聖，與我老孫結爲七弟兄，讓他做了大哥；還有個蛟魔王，稱爲覆海大聖，做了二哥；又有個大鵬魔王，稱爲混天大聖，做了三哥；又有個獅㺜王，稱爲移山大聖，做了四哥；又有個獼猴王，稱爲通風大聖，做了五哥；又有個狨王，稱爲驅神大聖，做了六哥；惟有老孫身小，稱爲齊天大聖，排行第七。我老弟兄們那時節耍子時，還不曾生你哩。」（第四十一回）

《西遊記》的妖魔群體主要有幾個線索：一是牛魔王、羅刹女、如意眞仙、紅孩兒等家族親戚關係；一是與天上神仙有關的人物，如與太上老君有關的金角、銀角、獨角兕大王等。火焰山的火乃是悟空的「心火」，牛魔王號稱大力王，孫悟空在四十回也被稱大力王，他們結拜兄弟，全書中只有他們同樣會七十二變，悟空曾經說：「牛王本是心猿變，今番正好會源流」（六十一回），所以，四十一回悟空鬥紅孩兒，應是心火的展演，六百里鑽頭號山的山神土地告訴悟空，紅孩兒的「三昧眞火」是在火焰山修行了三百年才煉成的。

悟空與紅孩兒棒鎗對戰二十回合未分勝負，力量、兵器旗鼓相當。聖嬰大王紅孩兒手持火尖鎗，口吐「三昧眞火」，悟空氣盛，對戰火重的紅孩兒，雖有避火訣，卻是不怕火，只怕煙，險遭殺身之禍，幸賴八戒爲他按摩，才順過氣來，叫了一聲「師父」，沙僧點出他對師父的情感說：「哥呵，你生爲師父，死也還在口裡。」從沙僧的話，可以看出悟空對師父的情感超越了責任的層次，已是一種下意識的生死與共。

四十一回的「怒火」寓意，不只在取經人與妖魔之間，紅孩兒變菩薩騙八戒入火雲洞，悟空變牛魔王準備和紅孩兒一起共享唐僧肉，最後悟空往普陀山，菩薩一聽妖精變成她的模樣，心中大怒，將手中寶珠淨瓶往海裡一摜，唬得行者毛骨悚然，說菩薩「火性不退」。

收妖的過程菩薩以紅孩兒的玩興爲意，要悟空打鬥時「許敗不許勝」，誘他入圈套，學悟空坐上蓮臺，模仿菩薩盤手盤腳坐上，被天罡刀倒鬚鉤鉤住，之後剃頭受戒成爲善財童子，並以五個金箍兒套著脖子、手、腳，和悟空的緊箍兒一樣，是「見肉生根，越抹越痛」的身體心性的大改造，後禁不起悟空嘲笑，拿鎗亂刺，被菩薩丟了鎗，合掌當胸留了一個「觀音扭」，紅孩兒手腳的束縛比悟空更爲徹底，這時方知菩薩「法力深微，沒奈何，才納頭下拜」。

「好戰」是孫悟空性格的特質，也是他生命的原動力，「嬰兒戲化禪心亂」這個寫了三回，取經人遭了五難的紅孩兒故事，從變成七歲兒童的妖魔寫起，談的是一個童心被馴化宰制的艱苦歷程。如來送給觀音三個「箍兒」，一個緊箍兒套在孫悟空的頭上；一個禁箍兒套在黑熊怪的頭上（第十七回），成爲守山大神；最後一個金箍兒被觀音變作五個箍兒套在紅孩兒的頭、手、腳上，這三個被收伏者，雖然歸順了上界，還是被套上束縛身體的法器。悟空和紅孩兒都保有頑童的形象，觀音宰制他們用的都是箍兒，作爲壓制無法規範的行爲強制性約束的工具。箍兒象徵著導善的理性力量，它既被用來馴服悟空與紅孩兒的魔性／非理性，也促使他們導向善性。

三調芭蕉扇的重點是消火的扇子，能消此火的乃「太陰之精葉」、「混沌開闢以來，天地產生的一個靈寶」的芭蕉扇。第六十一回藉八戒口說：「用芭蕉，爲水意，焰火消除成既濟」，可見心火的徹底除滅是非常不易。

三調芭蕉扇是《西遊記》中寫得極爲絢麗的一個故事，不僅悟空與牛魔王兩人七十二變的賭鬥變化，堪與當年大鬧天宮與二郎神賭鬥變化相比擬；表現芭蕉扇「三調」的趣味，也是融合人物性格、機智、以及敵對雙方對彼此的心理瞭解：悟空變牛魔王找羅刹女騙到扇子，得到扇子變大的口訣，但忘了問扇子變小的口訣，讀者可以想像一個小猴子得意地扛這大扇子的可愛身影；牛魔王又變八戒，趁著悟空失去戒心之際騙回扇子，一來一往之間，扇子始終是人物逗趣的點。

寶物，是武器，是解決問題的關鍵，也是綑綁與限制，恰似遊戲當中的兒童玩具，就成長的過程而言，兒童玩具的設計往往是成人世界對孩子的期待函數。《西遊記》的寶物同時富含了多重的期待，在遊戲般的爭鬥搶奪中，帶來歡樂，也是進入心性成熟的必要之物，火焰山的火經過四十九扇，終於斷絕火根，永不再發，孫悟空的心火終於熄滅，第六十一回之後，悟空對於妖魔的好殺之性，也有所轉變。所以這三回的芭蕉扇故事，上承悟空大鬧天宮的往事，也牽連牛魔王一家族（包括第五十三回擁有落胎泉的如意眞仙），是取經西行的轉捩點。

二、滌垢洗心——掃塔、除障、去穢

唐僧師徒走過火焰山，來到了祭賽國。第六十二回、六十三回的祭賽國之旅，他們面對的是寶塔的血雨，第六十四回則是八百里的荊棘嶺阻路，到了第六十七回稀柿衕的爛柿子把七絕山變成了一條淤泥河，一刮西風臭味飄進村莊，凡人無法開路。這幾回都有需要清理的場地：在祭賽國面對金光寺遭血雨汙染，三藏想到從前離開長安時，曾在法門寺立願：「上西方逢廟燒香，遇寺拜佛，見塔掃塔。」唐僧用帚子掃了十層，實在太累，命悟空替他把那三層掃淨下來。行者抖擻精神，登上第十一層，霎時又上到第十二層，塔頂上有人說話，行者道：「怪哉，怪哉！這早晚有三更時分，怎麼得有人在這頂上言語？斷乎是邪物也！且看看去。」（第六十二回）結果發現是萬聖龍王和駙馬九頭蟲偷走了佛寶舍利子。之後孫悟空打死了老龍，和二郎神一起打跑了九頭蟲，追回了舍利子，金光寺和尚也被釋放，金光寺後來被孫悟空改名為伏龍寺。荊棘嶺和稀柿衕的阻路，靠著八戒變大豬以粗壯的身軀拱開去路立功，前者八戒作為開路人，後者他欣然接受「這場臭功」。

唐僧遇到寶塔就「掃塔」的清潔動作，呈現的是一種「滌垢洗心」的儀式，屬於形而上的精神追求；悟空遭蛇妖「入肚」，八戒開通千年稀柿衕的「拱屎」行為，卻有洗淨人體排泄物腸道的除穢意味，是一種形而下的肉體需求；中間切入唐僧在木仙菴喜悅的吟詩談禪，是作為人的性情之常態。相鄰的這幾回，五聖經過各種行動，讓讀者在閱讀的過程中，一方面重溫文化中生命有機體的完整性，一方面藉由肉體、物質、日常生活的意象，鬆動或倒置上層文化的威權性，節奏舒緩的故事中，呈現出平凡的庶民性。

厄難	回數	點讀
45再貶心猿	五六	悟空因爲打死草寇，被唐僧趕走，導致後來的眞假悟空之難。
46二心亂乾坤	五七、五八	這一難是因爲悟空產生的，悟空再次遭貶的不仁、不忍之心生了心魔，眞假悟空對決自天庭打到地府，甚至複製了一隊五聖人馬欲上西天取經。六耳獼猴與悟空，如同形體與影子的關係，所以這是一場心與影子的纏鬥。
47火焰山受阻	五九～六一	三調芭蕉扇是《西遊記》中寫得極爲絢麗的一個故事，不僅悟空與牛魔王兩人七十二變的賭鬥變化，堪與當年大鬧天宮與二郎神賭鬥變化相比擬。這三回的芭蕉扇故事，上承悟空大鬧天宮的往事，也牽連牛魔王家族，是取經西行的轉捩點。五十九回第一次調芭蕉扇，悟空入羅刹女肚子，強取扇子。
48三調芭蕉扇		
49齊力敗魔王		
50祭賽國掃塔	六二	六十二回、六十七回都有需要清理的場地，唐僧遇到寶塔就「掃塔」的清潔動作，呈現的是一種「滌垢洗心」的儀式，屬於形而上的精神追求；悟空遭蛇妖「入肚」，八戒開通千年稀柿衕的「拱屎」行爲，卻有洗淨人體排泄物腸道的除穢意味，是一種形而下的肉體淨化。
51二僧蕩怪	六三	
52木仙菴三藏談詩	六四	唐僧在木仙菴與松、柏、竹、檜、杏、楓、桂、梅樹精喜悅的吟詩談禪，作爲人的性情之常態，卻呈現逸樂逢災的主題。

厄難	回數	點讀
53小雷音遇難	六五	小雷音寺黃眉老佛是彌勒佛前司磬童兒，法寶金鐃、褡包、狼牙棒十分厲害，收了無數天神。彌勒叫悟空變熟瓜讓妖精吃入肚中，以便收妖。這個故事的趣味點在於悟空被困在金鐃中無法出脫，他想方設法突圍，最後金鐃被敲成碎金，彌勒仍索回；褡包幾次將天神及眾人收住，這些困難充滿童趣。
54彌勒伏妖	六六	
55稀柿衕穢汙	六七	荊棘嶺和稀柿衕的阻路，靠著八戒變大豬以粗壯的身軀拱開去路立功，八戒開通千年稀柿衕欣然接受一場「臭功」，是開路神的古老身影。

第六節　第六十八～八十四回：情絲欲壑，入肚調藥（五十六～七十難）

《西遊記》中的敘事，許多圍繞著「食色」展開，「食色」是傳統文化、社會生活的兩大課題，就孫悟空的「買賣經」展現出西天取經精於算計而又包賺不虧之類的基本敘述模式和構架。民以食爲天，取經人以食爲天，神怪也以食爲天。唐僧師徒作爲行腳僧，他們「遇莊化飯，逢處求齋」，每當唐僧因飢餓生起食欲，僧衆爲保全唐僧肉身便得歇息化齋，此時唐僧肉身即成爲換取食物過程中的反餽物，百姓透過齋僧或得到心靈上的滿足、福報；或具體換得僧衆爲他們解決災難，形成互惠的流轉。至於妖精則是將化齋的唐僧視爲天上掉下來的禮物，只求遂欲，不願反餽。

「日用飲食」與「陰陽配合」兩種行爲，放在文化脈絡來看，後者的意義遠超過前者，無論是道家或儒家的系統，「陰陽」不僅具有氣化流衍、宇宙生成的意義，也有人文化成等義理。

一、情絲欲壑——妖洞中的蜘蛛精、老鼠精

第七十二回，唐僧逞強去化齋，到了一個人家，看見窗前四位佳人，都在那裡刺鳳描鸞做針線，看了約有半個時辰，又見茅草屋裡有一座木香亭子，又有三名女子在那裡踢氣球，「翠袖低垂籠玉筍，緗裙斜拽露金蓮。幾回踢罷嬌無力，雲鬢蓬鬆寶髻偏。」唐僧也「看得時辰久了」，就上前化齋，未料被抓住了：

> 那長老雖然苦惱，卻還留心看著那些女子。那些女子把他吊得停當，便去脫剝衣服。長老心驚，暗自忖道：「這一脫了衣服，是要打我的情了。或者夾生兒吃我的情也有哩。」原來那女子們只解了上身羅衫，露出肚腹，各顯神通：一個個腰眼中冒出絲繩，有鴨蛋粗細，骨都都的，迸玉飛銀，時下把莊門瞞了不題。（第七十二回）

《西遊記》裡可愛的妖精不多，這回蜘蛛精的美麗姑娘形象小巧可喜，不僅唐僧注視良久，也引得悟空、八戒的「偷窺癖」。悟空叼去她們的衣服，濯垢泉的姑娘裸著身子，像是貪玩又天眞的女孩子，捂著敏感部位羞答答又笑嘻嘻地逃脫，從肚臍孔冒出絲繩，罩住八

戒，也纏著悟空。女色和情網如此柔軟，卻最能纏人、黏人、困人，連金箍棒都無法對付。蜘蛛符號的象徵有多重意義：她們吐出的絲是情思的諧音，織成的情網，亦即盤絲洞，實質上是愛與死的迷宮，盤絲洞的盤是盤旋，是渦卷，是女性器官九曲十八彎的危險通道，像迷宮一樣困住唐僧、八戒。[23]

《西遊記》中的妖洞極多，蓮花洞（卅二回）、破兒洞（五十三回）、獬豸洞（六十六回）、盤絲洞（七十二回）、獅駝洞（七十四回）、無底洞（八十回）等，李豐楙指出：道教修行本即山居，山居修道者皆居山洞，因山洞爲天然居所，富於神祕性，道教洞天之說是道教完成之宗教性地理觀，其原始型態則源於洞穴相連說[24]，《西遊記》中的妖洞應是取意於此。

第八十回無底洞修行的是老鼠精，透過悟空八戒的眼，看見「山腳下有一塊大石，約有十餘里方圓，正中間有缸口大的一個洞兒，爬得光溜溜的」。悟空說：

23 蕭兵：〈盤絲洞——兼論志怪中「天鵝處女」之意蘊〉，《明清小說研究》二〇〇四年第三期（總第七十三期），頁二十三—三十一。

24 李豐楙：《六朝隋唐仙道類小說研究》（臺北：臺灣學生書局，一九八六年），頁一九一。

「怪哉！我老孫自保唐僧，瞞不得你兩個，妖精也拿了些，卻不見這樣洞府。八戒，你先下去試試，看有多少淺深，我好進去救師父。」八戒搖頭道：「這個難，這個難。我老豬身子夯夯的，若塌了腳吊下去，不知二三年可得到底哩。」行者道：「就有多深麼？」八戒道：「你看。」大聖伏在洞邊上，仔細往下看處，咦！深呵，周圍足有三百餘里。回頭道：「兄弟，果然深得緊。」（第八十二回）

行者道：「他這洞，不比走進來走出去的，是打上頭往下鑽。如今救了你，要打底下往上鑽。若是造化高，鑽著洞口兒，就出去了；若是造化低，鑽不著，還有個悶殺的日子了。」（第八十二回）

相較於曲徑幽深，進入洞內，從悟空的眼中觀看並讚嘆：「好去處呵！想老孫出世，天賜與水簾洞，這裡也是個洞天福地。」盤絲洞多借唐僧的視角觀看，無底洞則以悟空觀看，以及對水簾洞的類比來感受。「洞天福地」是道教吸收，改造兩漢社會的緯書地理說，進一步成爲道教的洞天福地說。東晉以後民間社會兼取原本流傳的舊說，加上道教的新說，成爲世俗化仙境說。[25]

第八十二回此處無底洞的形容，當他們聽見嚶嚶的叫聲「救人」，三藏穿過千年柏，隔起萬年松，附葛攀籐，只見大樹綁著一女子，上半截使葛籐綁在樹上，下半截埋在土裡，此為「半截觀音」的由來，也是「地湧夫人」吞噬下半身的意象。從「野外」、「寺廟」、「後殿」層層描繪空間，逐漸窄化收束，最後攝入一座地底花園，深具「女陰」的形象特徵，老鼠精是企圖攝取唐僧「童身修行，一點元陽未泄，正欲拿他去配合，成太乙金仙」，設幻、採補，是西行取經色欲考驗的母題，道教的洞府，在通俗文學中轉喻為欲壑，是下半身的飢渴，卻也涵蓋上半身超越的宏願。

二、入肚情節——在妖魔的肚子裡煮牛雜湯

《西遊記》中的災難，許多回合是由於「化齋」所引起的，透過食物的渴求，不斷發展生災與消災的過程。食物的需求是小說中一個突出的主題，五聖除了平日的化齋果腹，悟空、八戒也喜歡吃：孫悟空垂涎王母娘娘的蟠桃、不論老君的金丹、鎭元仙的人參果都是他偷盜的囊中物；相對於妖魔想要吃唐僧肉，唐僧害怕被吃，悟空卻喜歡被吃，降妖共六次進

25 李豐楙：《誤入與謫將：六朝隋唐道教文學論集》（臺北：臺灣學生書局，一九九六年），頁一三七—一三八。

入妖怪體內：第五十九回悟空第一次調芭蕉扇時，變成蟭蟟蟲，飛在茶水泡沫中，滾進羅剎女腹中，是為了強取寶扇；第六十六回悟空變做一個大熟瓜，鑽入黃眉怪的肚子，「抓腸蒯腹，翻根頭，豎蜻蜓，任他在裡面擺布」（六十六回），這是征服妖魔的手段；第六十七回，面對七絕山的紅鱗大蟒蛇，悟空刻意讓大蟒蛇吞吃，並與八戒一裡一外唱雙簧式的，以想像力在蛇腹中玩起造橋撐船遊戲，最後以金箍棒撐破蛇腹，為民除害；第七十五回悟空逃出獅駝嶺老魔的寶瓶，之後又被老魔一口吞下，不管老魔後悔，如何想要吐出他，他就像生了根一樣，耍了許多花招；第八十二回陷空山無底洞老鼠精接住唐僧遞給她悟空變成的紅桃，悟空趁機滾進肚子，這有從內部改造妖魔的寓意。這幾回悟空降妖的過程中，調動讀者對身體內外的視角，遭妖魔「入肚」的情節，看似緊張，悟空能化險為夷，頗有童話與民間詼諧文化特有的形象概念。

「入肚」的情節在第七十五、七十六回：悟空被獅駝嶺老魔吞吃特別有趣，老魔吃下悟空後，聽三魔說悟空不中吃，想用鹽湯、藥酒嘔出，卻換來被撒酒瘋的悟空弄昏了，悟空還威脅準備在魔肚中煮牛雜湯過冬；出肚時悟空要老魔叫他「孫外公」，得了口頭便宜，防範被咬，以金箍棒頂住，使得妖魔門牙都迸碎了，最後禁不住三魔的挑釁，以毫毛變的繩子拴著老魔心肝，從鼻孔迸出。悟空在老魔肚子裡頭的戲分，以及出肚時與三魔的互動，根本把降妖的賭鬥、打鬥推到一個極盡遊戲的高度，第七十六回回目稱「心神居舍魔歸性」也算是借悟空展演身體神學的反思。

《西遊記》的續書中對於「入肚」情節的繼承，最有名的是董說《西遊補》。本人曾從「續書文化」的觀點切入，指出孫行者在三調芭蕉扇之後，突然一個人掉進鯖魚的肚子，經歷了過去、現在、未來等虛幻世界，小說中對於明末「補天／補過」情結，小說中呈現的歷史與秩序的空白／斷裂，更折映董說那一世代的人，面對晚明亡國的精神困境。[26]楊玉成從「疾病」的角度切入，結合董氏歷來詩文創作，將《西遊補》也納作「心靈自傳」的一環，揭示作者夢囈、嘔吐等精神病態的癥狀。[27]林順夫由晚明佛教的視角，展開關於「情夢」的討論。[28]一個入肚情節可以衍生出充滿後現代意識流小說的多元詮釋，是《西遊記》非常具

26　高桂惠：〈《西遊補》文化型態的考察〉，《古典文學》第一五集（二〇〇〇年），頁三五九—三八五。

27　楊玉成：〈夢囈、嘔吐與醫療：晚明董說文學與心理傳記〉，李豐楙、廖肇亨主編：《沉淪、懺悔與救度——中國文化的懺悔書寫論集》（臺北：中央研究院中國文哲研究所，二〇一三年），頁五五七—六七八。

28　林順夫：〈試論董說《西遊補》「情夢」的理論基礎及其寓意〉，收在鍾彩鈞主編：《明清文學與思想中之情、理、欲——學術思想篇》（臺北：中央研究院中國文哲研究所，二〇〇九年），頁二四五—三二八。

有啓發的故事情節，無怪乎悟空喜歡入妖精肚子，在狹窄的空間中把危機視爲可以馳騁自由的遊戲空間。

三、吃喝拉撒的糞屎文化——穢物、垢物、藥物、食物

《西遊記》的對話中夾雜了許多以排泄物的笑罵屎話，這些言辭多出自八戒的口中，「出恭」更常成爲他棄戰或偷懶的藉口（如七十四回被獅駝洞的規模「唬出屎來」）；而第七回悟空在如來手指邊「撒尿」留名，第四十五回悟空捉弄虎力、鹿力、羊力三仙「喝尿」；第六十九回，他還以塵土馬尿合藥給國王治病；第七十八回五聖到比丘國爲救一千一百一十一個小兒，悟空和唐僧用八戒撒溺和土的「臊泥」塗在臉上，互換模樣。

透過吃喝拉撒的糞屎文化，《西遊記》放大了對肉體低下部位的注視，稀柿衕的「稀屎」意象，和農業社會中豬與排泄物的密切關連相當吻合；比丘國悟空將八戒溺尿的泥土，塗在自己和唐僧臉上，以改變彼此的「嘴臉」，排泄物的運用，帶來身分的短暫改變，以及悟空到比丘國王及妖精面前演出一齣剖心的戲碼，這個充滿味道與悶濕的「臊泥」，是奇特的面具表演，八戒同時戲謔了師父與師兄，也是作者對五倫的輕微嘲弄。

《西遊記》中聖俗之別，有時讓食（藥）物帶有諧謔色彩，作者以「穢物」來解構蘊蓄

其中的神祕或是神聖意涵，進而帶出破除表象的深意。第六十八、六十九回行經朱紫國，行者自稱能醫治朱紫國王，並煞有其事地調製「烏金丹」，烏金丹乃是由藥性極強的大黃、巴豆，以及鍋灰、龍馬尿製成，最後再配合名為「無根水」，實為東海龍王之噴嚏、涎津液服下，國王吃了行者所送來的藥方，立即行下病根：

> 不多時，腹中作響，如轆轤之聲不絕。即取淨桶，連行了三五次。服了些米飲，攲倒在龍床之上。有兩個妃子將淨桶檢看，說不盡那穢汙痰涎，內有糯米飯塊一團。妃子近龍床前來報：「病根都行下來也。」國王聞此言，甚喜，又進一次米飯。

悟空戲仿了醫者行醫的手段，同時在行醫的過程誇示了人體的排泄，這種以聖界之汙穢（尿液、噴嚏、唾液），作為俗界之甘霖，一方面充滿諧謔、諷刺的意味；另一方面也引導讀者從反面來思考穢物中的靈性與神聖性，如悟空向龍馬索取尿液製藥時，龍馬即言道：

> 師兄，你豈不知？我本是西海飛龍，因為犯了天條，觀音菩薩救了我，將我鋸了角，退了鱗，變作馬，馱師父往西天取經，將功折罪。我若過水撒尿，水中

> 游魚食了成龍；過山撒尿，山中草頭得味變作靈芝，仙僮採去長壽。我怎肯在此塵俗之處輕抛卻也？（第六十九回）

將穢物做成聖物，是作者的神來之筆，更是小說對食物循環裡的角色——牲畜、妖魔、人類、神仙一起納入循環，食物讓所有的界限和圈子變成了奧祕，當食物圈變成一種奧祕，就有無限生機的可能。

晚明興起「物的崛起」的時代風尚，亦突顯董說個人對「物」的特殊關懷。許暉林以「物」觀點的董說研究嘗試，他從董說《非煙香法》「水蒸香」的癖好，探究董氏對「故國之物」的留戀，並揭示其通過「蒸香」感懷前朝的隱微心曲，[29]明代不只書寫紛繁的「物象」，亦常常展現豐富的「物論」。《西遊記》許多情節常常藉寶物等物象述說物論，第六十九回作爲食物的聖物由認知中以爲來自遙不可測的地方，突然轉爲來自身體循環的廢棄物時，奉獻身體的一部分作爲「藥物」來拯救生命，轉喻了佛陀奉獻身體的偉大情操。龍馬對自己尿液的形容，是因經過一層由死而生的蛻變過程，點出了道的眞實意義：龍馬雖失卻外在的神聖形體，然其內在的道性、靈性仍然存在，所以即便是穢物也視如珍寶，不敢輕易抛卻，說明了修煉佛心、道性實屬不易，也提醒世人不應被聖俗、表裡之差異所囿，而要學習如何體道，進而修道，以此破除虛妄，直視本心。[30]

29 許暉林：〈物、感官與故國：論明遺民董說《非煙香法》〉，《考古人類學刊》八八期（二〇一八），頁九十三—一〇一。

30 高桂惠：〈《西遊記》禮物書寫探析〉，收在康來新主編《海上真真——紅樓夢暨明清文學文化論文集》，二〇一五年十月，頁四一〇—四一一。

厄難	回數	點讀
56朱紫國行醫	六八	朱紫國行醫，悟空戲仿了醫者行醫的手段，自稱能醫治朱紫國王，煞有其事地調製「烏金丹」，在行醫的過程誇示了人體的排泄，這種以聖界之汙穢（尿液、噴嚏、唾液），作爲俗界之甘霖，一方面充滿諧謔、諷刺的意味；另一方面也引導讀者從反面來思考穢物中的靈性與神聖性。龍馬在本回開口說話，是《西遊記》少數著力寫龍馬的地方。
57拯救國王	六九	
58伏妖救后	七十、七一	
59七情迷本	七二	有七隻蜘蛛精的盤絲洞是大家熟知的故事，悟空叼去她們的衣服，滌垢泉的女妖裸身，如貪玩天眞的女孩，捂著敏感部位羞答答又笑嘻嘻地逃脫，從肚臍孔冒出絲繩，罩住八戒，也纏著悟空，「迷本」的情節設計輕巧清新，尤其八戒與其戲水，她們在八戒胯下嬉遊，頗具意淫味道。
60舊恨生災	七三	黃花觀百眼魔君蜈蚣精兩脥下千隻眼中射出光芒，是蜘蛛精師兄，爲師妹報仇。毘藍婆菩薩以綉花針破了金光，收妖回千花洞爲她看守門戶。本回算是上一回的延伸，足見妖亦有情。
61獅駝受阻	七四	相對於妖魔想要吃唐僧肉，唐僧害怕被吃，悟空卻喜歡被吃，降妖共六次進入妖怪體內：第五十九回進羅剎女腹中；第六十六回鑽入黃眉怪的肚；第六十七回，讓大蟒蛇吞吃；第七十五回被獅駝嶺老魔一口吞下；第八十二回陷空山無底洞變紅桃，滾進老鼠精
62賭鬥三怪	七五	
63行者遭吞	七六	
64群魔欺本性	七七	

<table>
<tr><th>厄難</th><th>回數</th><th>點讀</th></tr>
<tr><td></td><td></td><td>肚子，這有從內部改造妖魔的寓意。這幾回悟空降妖的過程中，調動讀者對身體內外的視角，遭妖魔「入肚」的情節，頗有童話與民間詼諧文化特有的形象概念。
「入肚」的情節在第七十五、七十六回悟空在老魔肚子裡頭的戲分，以及出肚時與三魔的互動，把降妖的賭鬥、打鬥推到一個極盡遊戲的高度，第七十六回回目稱「心神居舍魔歸性」也算是借悟空展演身體神學的反思。悟空入妖精肚子，在狹窄的空間中把危機視爲可以馳騁自由的遊戲空間。</td></tr>
<tr><td>65比丘國救子</td><td>七八</td><td rowspan="2">比丘國國丈是南極壽星座騎白鹿成精，欲以一千一百一十一小兒心肝爲藥引子爲國王延壽。這回的趣點在八戒以尿液和泥，讓唐僧、悟空塗在臉上互換形體；悟空變唐僧剖腹剜心，滾出一堆「慳貪心、利名心、嫉妒心、計較心、好勝心……種種不善之心」，魯迅說：「叫人看了，無所容心，……但覺好玩，所謂忘懷得失，獨存賞鑒。」都是降妖過程取經人有趣的互動。
無道昏君成爲歷來研究者指出諷刺明世宗（嘉靖帝）的故事，學界向有稽考嘉靖時事與玉帝、比丘國、車遲國和嘉靖帝品性相近之處，可以看出作者筆端凝聚對時局的憂憤。</td></tr>
<tr><td>66辨認眞邪</td><td>七九</td></tr>
</table>

厄難	回數	點讀
67黑松林救怪	八十	在無底洞修行的是老鼠精，三藏起先見女妖幻化人形，上半截用葛籐將自己綁在樹上，下半截埋在土裡，此爲「半截觀音」的由來，也是「地湧夫人」吞噬下半身的意象。無底洞深具「女陰」的形象特徵，老鼠精企圖攝取唐僧元陽，設幻、採補，是西行取經色欲考驗的母題，道教的洞府，在通俗文學中轉喻爲欲壑，是下半身的飢渴，卻也涵蓋上半身超越的宏願。
68僧房臥病	八一	
69無底洞遭困	八二、八三	
70滅法國難行	八四	滅法國王爲了報復被和尙毀謗的恨，殺了九千九百九十六個和尙，還要殺四個滿一萬。取經人扮馬商，悟空使分身法，以左上臂毫毛變小行者，右臂毫毛變瞌睡蟲，讓衛兵睡著，小行者一夜之間將其國君臣以及后妃宮女剃成光頭，後遂悔悟，改爲「欽法國」，將一個宗教迫害的滅佛故事，以輕鬆奇幻筆法予以揭露，融滑稽、諷刺、幽默於一爐的藝術特質。

第七節　第八十五～一百回：脫胎換骨，天地不全（七十一～八十一難）

張錦池對《西遊記》的敘事結構以「金線貫珠式」的角度來詮釋，他認爲：所謂的「金線」是取經小家庭之間的「不睦」往往是每一次災難降臨的預兆，取經家庭的「睦」又多與妖魔的被除同時或緊隨其後，值得注意的是，「不睦」與「睦」的周而復始，並不是簡單的重複，而是一層層的過程，以增進自我和彼此的瞭解，得到心智的成長與性格的發展。[31]小說進行到接近最後十難時，接近功德圓滿，五聖的關係漸趨和睦，彼此的信賴與合作更形緊密，但也因爲層層遞進的敘事特點，有些類似的情節，帶來層次不同的意涵：

31 張錦池：《漫說西遊》（香港：三聯書店有限公司，二〇〇一年），頁一一六－一一九。

一、逸樂逢災——木仙菴、小雷音寺及金平府

鄭明娳觀察五聖面對自然環境的衝突時，大多能齊心協力，諸如稀柿衕穢阻、過通天河；面對自然阻逆時，節奏比較緩慢，當五聖分裂及災難踵至時，內在衝突與外在衝突並行，節奏則變得緊峭。[32]在荊棘嶺路開之後唐僧被化作土地神的樹妖攝去木仙菴吟詩，大談禪機，讀者可以隨著唐僧與樹妖吟詩，在一路殺伐的除妖過程，第六十四回的確是節奏舒緩的故事，並感受到唐僧吟詠之中的「情樂懷開」，雖然後來遭杏仙逼親流下淚來，但悟空等人即時趕到，八戒並一頓鈀築倒松，柏，檜，竹。

與木仙菴同樣是賞心樂事的災厄，第九十一回唐僧到達金平府慈雲寺本是打一個齋便要啓程，卻在此受眾僧及齋主款留，「老師寬住一二日，過了元宵，耍耍去不妨。」一心取經的唐僧顯得有些玩興，貪看元宵夜花燈，竟被犀牛精攝走。

之前在第六十五回唐僧到了「小雷音寺」時，悟空就曾警告「不可進去，此處少吉多凶。若有禍患，你莫怪我。」唐僧不聽勸，結果被黃眉怪變成的假如來給挾去了。第九十一回唐僧依舊爲假佛所騙，在金平府的金燈橋上，聽聞當地人說佛祖每年來此收燈的傳說，不由得一心嚮往，想見佛祖，陪著看燈的和尚也站不住腳，唐僧不顧眾人勸說，道：「我弟子原是思佛念佛拜佛的人，今逢佳景，果有諸佛降臨，就此拜拜，多少是好。」風中霎時出現

三位妖精變的假佛身，唐僧跑上橋頂，倒身下拜，也是被妖精的一陣風把唐僧抱走。

元宵的節慶歡樂與賞燈閒遊，較木仙菴吟詩更具節慶文化的逸樂傾向，唐僧一行經歷十數寒暑，對於節慶的描寫鮮少，第九十一回的金平府接近西方淨土，看似地方昌盛、人民和樂的城池，卻隱藏著危機。元宵的狂歡氣氛：「有那跳舞的、躧蹺的、裝鬼的、騎象的、東一攢、西一簇，看之不盡。」節慶將人民帶向一個非常態的生活，狂歡的氣氛隱含著道德與理性的暫時缺位。李豐楙特別針對中國節慶、儀式提出：透過節慶對日常生活中的調節，人們得以打破陳規和常軌，在短暫時間內回到了「怪力亂神」的世界。[33]所以這一回韻文點示：

經云「泰極還生否」，好處逢凶實有之。
愛賞花燈禪性亂，喜遊美景道心漓。

32 鄭明娳：《西遊記探源》全一冊（下）（臺北：里仁書局，二〇〇三年四月），頁一〇〇。
33 李豐楙：〈由常入非常：中國節日慶典中的狂文化〉，《中外文學》（二十二卷三期，一九九三年），頁一一六—一五四。

大丹自古宜長守，一失原來到底虧。
緊閉牢拴休曠蕩，須臾懈怠見參差。（第九十二回）

唐僧在《西遊記》中作爲一個聖僧的形象，秉持著潔身自愛的自我修持，對於色欲的考驗需不忘本的回拒；因除妖備受愛戴，爲當地人懇留時，還是要秉持初衷繼續上路，第七十一回，悟空救出朱紫國皇后，唐僧回絕國王說：「一則是賢王之福，二來是小徒之功。今蒙盛宴，至矣！就此拜別，不要誤了貧僧向西去也。」對於誘惑與崇敬，一刻都不能「耽誤」，對於取經求法必須堅定專注，否則難達靈山眞境。在接近靈山的唐僧仍時時停頓，做些賞心樂事，惹來災難，可見唐僧的修行，除了外在妖魔的威脅之外，其實很根本的問題仍在內在心性的安穩，所以「禪性亂」、「道心漓」就會認假佛爲眞，無法聽進悟空的警告，也無法判斷事物的眞假，曠蕩的心必須嚴加持守，方可抵達靈山眞境。

二、從料理肉體、張羅宴席到脱胎換骨

《西遊記》作者想必是一個對於庶民的飲食文化相當有興趣的作家，小說除了第九十三回因接住兔精假公主的彩球被招親這一類的「元陽身體」，唐僧的身體在被妖魔捉拿後，常

常被當作可以蒸煮炒炸的俎上肉，《西遊記》對於料理的方式有極爲細膩的描述，不僅揭露唐僧身體的糗態，也興味盎然的透過妖魔大談料理方式。唐僧肉是妖魔眼中的超級營養補給品「聞得人言，有人吃了唐僧一塊肉，髮白還黑，齒落更生」（五十回）」凡身的唐僧，淪爲「遇妖精就捆，逢魔頭就吊，受諸苦惱」，卻在不斷出現的危機當中見證心志的可能性。

此外，唐僧肉還成爲宴席的主題，第八十九回豹頭山妖精打算設「釘耙宴」宴請竹節山祖翁，呈現出共享的氛圍，延宕了唐僧遭難的時間，以及悟空救援的機會。

《西遊記》有許多「宴席」場面，小說第一回描寫猴王準備離開花果山尋仙訪道，衆猴設宴送別，以衆猴的日常飲食作爲「仙酒仙肴」般的快樂心情來映襯悟空「尋仙訪道」的苦惱。對悟空而言，仙佛之路，意味斷絕原本的美味世界，這與他日後「盜取」天庭蟠桃，以及西行取經路上，不斷爲「化齋」問題逢災遇難，形成強烈的對比。在花果山豐富的筵席之後，悟空的食物匱乏以及食物等級的提高（如：仙桃、仙丹、人參果等）成爲一個重要的欲望渴求和求道辯證的關鍵，爲了修成「正果」，悟空勢必離開充滿「花果」的山林。

第五回被孫悟空擾亂的「蟠桃勝會」，以及第七回描寫的「安天大會」。小說引詩而稱「宴設蟠桃猴攪亂，安天大會勝蟠桃」，蟠桃會因爲孫悟空而遭到攪亂，最後天庭諸仙則以「奉謝」的名義召開了安天大會。蟠桃會在小說中具有象徵意義，劉勇強指出：

> 事實上，「蟠桃宴」在中國傳統文化中一個象徵著王權至上的和諧場景，而《西遊記》通過幻想的情節，將古代中國維護禮法秩序與褻瀆、破壞這一秩序的越軌行為之間的矛盾生動地再現出來了。[34]

筵席的召開不僅是一種參與者之間情感交流的場合，更是一種突顯參與者身分的場合，藉由宴會的參與者和非參與者的區隔性現象，強調宴會作為一種群體活動，實際上蘊含了區分我群和他群的意義，形成一種社會區辨功能。

唐僧遭擒，一共被繩索綑了六次，綁在樁上二次，吊過七次，關在鐵籠或石匣內四次，常見的畫面是「師父赤條條，捆在院中哭哩」（四十三回）隱霧山的小妖發號施令：「把唐僧送在後園，綁在樹上，二三日不要與他吃飯，一則圖他裡面乾淨。」（八十五回），經歷這麼多折磨的肉體，卻展現了柔弱道體的特質，不斷被聖化的身體，在六丁六甲、四值功曹、十八位護教伽藍、五方揭諦的暗助下，最終保全了「金蟬子」宗教性的神體。

到了靈山腳下玉真觀脫離了赤身裸體、時常飢寒的肉身窘境，「唐僧換了衣服，披上錦襴袈裟，戴了毘盧帽，手持錫杖，登堂拜辭大仙。（金頂）大仙笑道：『昨日襤褸，今日鮮明，睹此相，真佛子也。』」（第九十八回）唐三藏聖僧的錦襴袈裟、毘盧帽、九環錫杖、紫金鉢，他的官方認證，禮樂雍容，身分體現在他的衣冠配備，這還是官方與領路神仙的認證。到了凌雲渡，還有一個轉化的歷程，上接引佛的無底船時：「長老還自驚疑，行者扠著膊子，往上一推。那師父踏不住腳，轂轆的跌在水裡，早被撐船人一把扯起，站在船上。師父還抖衣服，垛鞋腳，抱怨行者。……只見上溜頭泱下一個死屍。長老見了大驚。行者笑道：『師父莫怕。那個原來是你。』八戒也道：『是你，是你。』沙僧拍著手，也道：『是你，是你！』那撐船的打著號子，也說：「那是你，可賀，可賀。」他們三人也一齊聲相和。撐著船，不一時，穩穩當當的過了凌雲仙渡。」（第九十八回）

「金蟬脫殼」的聖僧，在徒弟對死屍的指認當中，終於認識自己的肉身不過是衣衫襤褸的天路客，他們一個個身輕體快的步上靈山。

三、人事與托付——紫金鉢、心經、真經以及不全的經

《西遊記》在五聖取經路途展開不久之後，小說第十九回描述唐僧獲烏巢禪師贈與

34 劉勇強：《中國古代小說史敘論》（北京：北京大學出版社，二〇〇七年），頁二六九。

《心經》，《心經》與小說最後的「無字眞經」、「有字眞經」之間似乎也透成了一種可交換與不可交換的對比關係，尤其是《心經》義理的辯駁過程，更與小說最後的「無字眞經」相互呼應，構成小說本身在義理層次上的書寫實踐。

五聖取經行之初，三藏就由烏巢禪師處獲贈《心經》，這關係到唐僧一行逢災歷難的核心意義。歷來對於《心經》與《西遊記》的討論甚多，如：程毅中指出西遊系列故事中對於《心經》與「心猿」如何在取經途中成爲護持力量有著不同的描寫，心猿眞正成爲小說中唐三藏的護持者，實際上是在《大唐三藏取經詩話》之後，在此之前的相關記載中，《心經》才是具有協助玄奘度過磨難的力量。[35]

在百回本的《西遊記》中，《心經》的傳授者改爲烏巢禪師，並且是在取經路程開始不久的第十九回：

> 三藏再拜，請問西天大雷音寺還在那裡。禪師道：「遠哩！遠哩！只是路多虎豹難行。」三藏殷勤致意，再回：「路途果有多遠？」禪師道：「路途雖遠，終須有到之日，卻只是魔瘴難消。我有《多心經》一卷，凡五十四句，共計二百七十字。若遇魔瘴之處，但念此經，自無傷害。」三藏拜伏於地懇求，那禪師遂口誦傳之。[36]

依照文本的敘述看來，《心經》應有辟魔的效用，但事實是，在接下來的取經路途上，《心經》從未發揮過此類效用，《西遊記》中對於《心經》的描寫則不僅於此，更多圍繞《心經》開展的篇幅是唐僧師徒對於《心經》義理的解釋與對話，當身為高僧的唐三藏不解經義而須經由孫悟空加以提點時，小說文本展現的諷刺濃厚。[37]

如果考察整體的《西遊記》取經過程來看，值得注意的是《心經》與小說最後「無字真經」之間的對比。小說第九十三回描寫唐僧與悟空對於《心經》的體悟與認識：

行者道：「師父，你好是又把烏巢禪師《心經》忘記了也。」三藏道：「《般若心經》是我隨身衣缽，自那烏巢禪師教後，那一日不念？那一時得忘？顛倒也念得來，怎會忘得？」行者道：「師父只是念得，不曾求那師父解得。」

35 程毅中：〈《心經》與心猿〉，《文學遺產》第一期（二〇〇四年），頁一〇八—一一一。

36 明．吳承恩著，陳先行、包於飛校點：《西遊記：李卓吾評本》（上海：上海古籍出版社，二〇〇七年），頁二五一。

37 胡勝、趙毓龍：〈從《心經》在《西遊記》成書過程中的地位變遷看小說意蘊的轉換〉，《社會科學輯刊》第五期（二〇〇九年），頁一六〇—一六五。

三藏說：「猴頭，怎又說我不曾解得？你解得麼？」行者道：「我解得，我解得。」自此，三藏、行者再不作聲。旁邊笑倒一個八戒，喜壞一個沙僧，說道：「嘴巴，替我一般的做妖精出身，又不是那裡禪和子聽過講經，那裡應佛僧也曾見過說法。弄虛頭，找架子，說甚麼『曉得』、『解得』。怎麼就不作聲？聽講，請解。」沙僧說：「二哥，你也信他？大哥扯長話，哄師父走路。他曉得弄棒罷了，他那裡曉得講經？」三藏道：「悟能、悟淨，休要亂說。悟空解得是無言語文字，乃是眞解。」（第九十三回）

這裡三藏稱「《般若心經》是我隨身衣鉢」，而後師徒二人在對話中「解得是無言語文字，乃是眞解」，就預敘了他們即將取得的靈山經典之眞意。

《西遊記》第九十八回描寫五聖抵達靈山面見如來，獲贈經藏卻遭阿儺、伽葉二尊者索取「人事」的書寫，值得一提：

阿儺、伽葉引唐僧看遍經名，對唐僧道：「聖僧東土到此，有些甚麼人事送我們？快拿出來，好傳經與你去。」三藏聞言道：「弟子玄奘，來路迢遙，不曾備得。」二尊者笑道：「好好好，白手傳經繼世，後人當餓死矣。」行者見他講口扭捏，不肯傳經，他忍不住叫噪道：「師父，我們去告如來，教他自家來把經與老孫也。」阿儺道：「莫嚷，此是甚麼去處，你還撒野放刁？到這邊來接著經。」八戒、沙僧耐住了性子，勸住了行者，轉身來接，一卷卷收在包裡，馱在馬上，又細了兩擔，八戒與沙僧挑著，卻來寶座前叩頭，謝了如來，一直出門。卻說那寶閣上有一尊燃燈古佛，他在閣上暗暗的聽著那傳經之事，心中甚明：原是阿儺、伽葉將無字之經傳去。卻自笑云：「東土眾僧愚迷，不識無字之經，卻不枉費了聖僧這場跋涉？」（第九十八回）

尊者索取「人事」呈現了一種凡人的面相，無怪乎李卓吾本的評點者對此即言：「此處也少不得錢。」[38]但是尊者傳予五聖的經典卻是「無字眞經」，是東土愚迷衆僧無法理解、了悟之「眞義」，最後只好重新以「有字眞經」作爲對聖僧一場跋涉的交換與饋贈，這似乎也說明了在「無字眞經」之前，世俗衆生皆難以對「眞經」存有確切的認識，而「有字眞經」對於世俗衆生才眞正具有度化之意義。

38 明．吳承恩著，陳先行、包於飛校點：《西遊記：李卓吾評本》（上海：上海古籍出版社，二〇〇七年），頁一三二一。

但是唐僧因無備人事，得到無字之經，一行人只得再次前往換經，此時又再度重現此一情景：

二尊者復領四眾，到珍樓寶閣之下，仍問唐僧要些人事。三藏無物奉承，即命沙僧取出紫金鉢盂，雙手奉上道：「弟子委是窮寒路遙，不曾備得人事。這鉢盂乃唐王親手所賜，教弟子持此沿路化齋。今特奉上，聊表寸心。萬望尊者將此收下，待回朝奏上唐王，定有厚謝。只是以有字眞經賜下，庶不孤欽差之意，遠涉之勞也。」那阿儺接了，但微微而笑。被那些管珍樓的力士、管香積的庖丁、看閣的尊者，你抹他臉，我撲他背，彈指的，扭唇的，一個個笑道：「不羞，不羞，需索取經的人事。」須臾，把臉皮都羞皺了，只是拿著鉢盂不放。[39]

作者刻意書寫阿儺的表情，十分人性化，唐僧前來換經時，如來早知道這事，也再次說明經書的價格，以及阿儺、伽葉向唐僧再度索取人事，以具有價值的紫金鉢盂換取有字眞經，無非是要藉此突顯了佛法之價值與不可交換性，說明「眞經」的不可交換性，也回應了一路護持的「心經」之「心行」主旨。

從「經」作爲西行的主要目標來看，一部《西遊記》中「取經」與「贈經」，值得注意的是《心經》之白白傳授與五聖，一路在魔難中不斷以之內化，有著「衣缽」性質的《心經》，與小說最後的「無字眞經」、「有字眞經」，需透過交易的語境及情節來完成，二者之間的對比和連結，除了如劉瓊云所言「意義的遊戲」與「降格的經典」，[40]杜貴晨認爲以紫金缽盂送「人事」的描寫，既是照應，且是公案，又是象徵，這在宋明佛教是所謂「繞路說禪」，在小說則是融禪宗哲理於物象的藝術象徵[41]。所以「心經」、「紫金缽盂」這兩樣禮物具有如「衣缽」的實用性質，卻吊詭的折射出救贖的精神性經典——「無字眞經」的不可交換性。

《西遊記》第九十九回五聖回程時因忘了幫通天河老黿詢問如來，它還有多少壽命，遂被淬下水，待經擔從水中撈起，曬乾之後，《本行經》經尾沾破了，孫行者說經不全乃是天

39 明·吳承恩著，陳先行、包於飛校點：《西遊記：李卓吾評本》，頁一三二四。

40 詳參劉瓊云：〈聖教與戲言——論世本《西遊記》中意義的遊戲〉，《中國文哲研究集刊》第三十六期（二〇一〇年三月），頁一—四十三。

41 杜貴晨：〈唐僧的「紫金缽盂」〉，《數理批評與小說考論》，頁一九五—一九六。

地不全，「今沾破了，乃是應不全之奧妙也。豈人力所能與耶！」吳達芸即指出，「天地不全」正是《西遊記》主題所在。[42]

小說最後透過空的紫金缽、心經、以及殘缺的眞經經卷等物，我們可以發現取經過程所牽涉的物質：飢餓、保命口訣、正果，都成爲靈程重要的指標，悟空望著曬經石上沾破的眞經，慨嘆：「不全的奧秘，豈人力所能」！恰似小說起始悟空對於「齊天」的願望，一部經典正因爲它的開放性與未完成，正符合「永遠無法逼近眞理」的殘缺，正是它能永垂不朽的祕密。

42 吳達芸：〈天地不全——西遊記主題試探〉，《中外文學》第十卷十一期（一九八二年四月），頁一〇六。

<table>
<tr><th>厄難</th><th>回數</th><th>點讀</th></tr>
<tr><td>71隱霧山遇魔</td><td>八五、八六</td><td>隱霧山的小妖發號施令：「把唐僧送在後園，綁在樹上，二三日不要與他吃飯，一則圖他裡面乾淨。」（八十五回）經歷這麼多折磨的肉體，卻展現了柔弱道體的特質，不斷被聖化的身體，在衆神的暗助下，最終保全了「金蟬子」宗教性的神體。</td></tr>
<tr><td>72鳳仙郡求雨</td><td>八七</td><td>玉皇大帝降災鳳仙郡是因國君推倒供桌，潑了素饌的不敬之罪，三年不降雨。此回以勸善爲主，作者從悟空上天庭求援，再次帶領讀者一覽神譜，但也隱含諷刺玉帝的意味。</td></tr>
<tr><td>73三聖失落兵器</td><td>八八</td><td rowspan="3">玉華國悟空、八戒、沙僧大展神通、兵器，被豹頭山金毛獅子精奪走，這是一個以兵器爲名的宴席故事。妖精打算設「釘耙宴」宴請竹節山祖翁九頭獅子，悟空、八戒變小妖刁鑽古怪、古怪刁鑽入妖洞奪寶。</td></tr>
<tr><td>74計鬧豹頭山</td><td>八九</td></tr>
<tr><td>75竹節山遭難</td><td>九十</td></tr>
<tr><td>76玄英洞受苦</td><td>九一</td><td rowspan="2">元宵的節慶歡樂與賞燈閒遊，較木仙菴吟詩更具節慶文化的逸樂傾向，唐僧一行經歷十數寒暑，對於節慶的描寫鮮少，金平府接近西方淨土，看似地方昌盛、人民和樂的城池，卻隱藏著危機。</td></tr>
<tr><td>77挾捉犀牛怪</td><td>九二</td></tr>
<tr><td>78天竺招親</td><td>九三～九五</td><td>唐僧因接住玉兔精變假公主的彩球被招親，再次展演唐僧「元陽身體」的試煉。作者不忘在月宮太陰星君收妖時，補上一筆八戒調戲嫦娥，以及對往事的回顧，似此細節，既寫八戒本性難移，又於小說接近尾聲時，在情節上起了照應的作用。</td></tr>
</table>

厄難	回數	點讀
79銅臺府牢獄之災	九六、九七	取經人被誣陷爲盜，受牢獄之災。
80凌雲渡脫胎	九八	「金蟬脫殼」的聖僧，在徒弟對死屍的指認當中，終於認識自己的肉身不過是衣衫襤褸的天路客，取經人身輕體快的步上靈山。 五聖抵達靈山面見如來，獲贈經藏卻遭阿儺、伽葉二尊者索取「人事」，以具有價値的紫金缽盂換取有字眞經，突顯佛法之價値與不可交換性，回應了一路護持的「心經」之「心行」主旨。
81通天河落水	九九	五聖回程時因忘了幫通天河老黿詢問如來，它還有多少壽命，遂被淬下水，《本行經》經尾沾破了，孫行者說經不全乃是天地不全。

國家圖書館出版品預行編目資料

吳承恩與《西遊記》／高桂惠著. —— 初版.
—— 臺北市：五南圖書出版股份有限公司,
2021.05
面；　公分
ISBN 978-986-522-711-1（平裝）

1.西遊記　2.研究考訂

857.47　　110006174

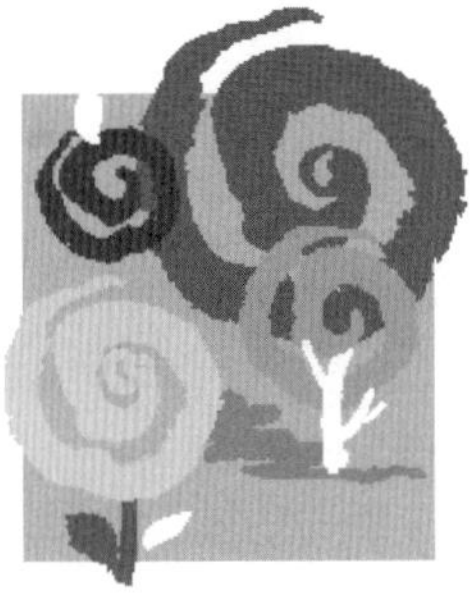

1XJV
經典名作鑑賞

吳承恩與《西遊記》

作　　者 — 高桂惠（189.5）
發 行 人 — 楊榮川
總 經 理 — 楊士清
總 編 輯 — 楊秀麗
副總編輯 — 黃文瓊
責任編輯 — 吳雨潔
封面設計 — 姚孝慈
美術設計 — 姚孝慈
出 版 者 — 五南圖書出版股份有限公司
地　　址：106台北市大安區和平東路二段339號4樓
電　　話：(02)2705-5066　　傳　　真：(02)2706-6100
網　　址：https://www.wunan.com.tw
電子郵件：wunan@wunan.com.tw
劃撥帳號：01068953
戶　　名：五南圖書出版股份有限公司
法律顧問　林勝安律師事務所　林勝安律師
出版日期　2021年5月初版一刷
定　　價　新臺幣400元

童年的祕密
烏托邦
奇怪的戰敗
新工具
理想國
禪學隨筆
美學原理
自殺論
人的行為：經濟學專論